Le plus séduisant des médecins

*

Une passion orageuse

LOUISA GEORGE

Le plus séduisant des médecins

Traduction française de
CAROLINE JUNG

BLANCHE

HARLEQUIN

Collection : Blanche

Titre original :
THE LAST DOCTOR SHE SHOULD EVER DATE

Ce roman a déjà été publié en 2018

HARPERCOLLINS FRANCE
83-85, boulevard Vincent-Auriol, 75646 PARIS CEDEX 13
Service Lectrices — Tél. : 01 45 82 47 47 - www.harlequin.fr
ISBN 978-2-2804-9333-8 — ISSN 0223-5056

Composé et édité par HarperCollins France.
Imprimé en juillet 2023 par CPI Black Print (Barcelone)
en utilisant 100% d'électricité renouvelable.
Dépôt légal : août 2023.

FSC
www.fsc.org
MIXTE
Papier issu de sources responsables
FSC® C159065

Pour limiter l'empreinte environnementale de ses livres, HarperCollins France s'engage à n'utiliser que du papier fabriqué à partir de bois provenant de forêts gérées durablement et de manière responsable.

1.

Papa, tu me revaudras ça. Au centuple…

Daniella Danatello appuya sur le bouton de l'ascenceur, veillant à ne pas érafler ses ongles impeccablement vernis, puis prenant une grande inspiration, elle se redressa.

Je peux le faire.

Une fois de plus, elle devait se soumettre à ce jeu, qu'elle avait toujours détesté, consistant à se montrer sous son meilleur jour face aux journalistes qui guettaient les moindres faits et gestes des membres de la famille Danatello dont les lecteurs des tabloïds se repaissaient sans pitié.

Si elle parvenait cette fois à faire ses preuves, peut-être son père cesserait-il de s'acharner sur elle sous prétexte qu'elle n'avait pas la même conception du succès que lui.

Encore que ! Rien de moins sûr…

Elle regarda ses pieds chaussés de ridicules escarpins ornés de pierres précieuses, vérifia qu'aucun de ses cheveux n'avait osé bouger et passa la main sur les kilomètres de soie gris perle de sa somptueuse robe.

Elle avait affronté pire dans sa vie, après tout. Affichant son plus beau sourire, elle sortit de l'ascenseur. Des dizaines de flashes se mirent à crépiter tandis qu'un mur de journalistes avançait dans sa direction.

— Mademoiselle Danatello ! Dani ! Par ici !

Aveuglée par les flashes, elle leva une main pour protéger ses yeux.

— Dani ! Les Jets sont-ils en position de force ?

— Pouvez-vous nous dire qui fera partie de la sélection finale ?

— Mademoiselle Danatello, juste une question !

Elle s'éclaircit la gorge.

— Je suis désolée, je n'ai pas d'informations sur l'équipe. Demandez plutôt à mon père ou à mes sœurs, Desere ou Deanna. Deanna vous donnera tous les renseignements que vous voudrez, pour peu que vous lui accordiez une double page dans votre journal !

Desere, sa sœur aînée, avait épousé l'ailier des Jets d'Auckland. Son autre sœur, l'éblouissante Deanna, comme la surnommaient les médias, avait négocié avec un journal people l'exclusivité de son escapade avec un autre des joueurs de l'équipe. On avait ainsi pu admirer, en gros plan, l'instant précis où ce dernier avait demandé Deanna en mariage, dans un Jacuzzi, face à l'océan. Avec pour témoins le ciel, la mer, un styliste, une maquilleuse et un photographe professionnel. Quel romantisme !

Contre toute attente, leur père n'avait pas assisté à la cérémonie, mais il y avait gros à parier qu'il avait tiré les ficelles de toute cette mise en scène.

C'était lui qui avait convoqué la horde de paparazzi qui s'agitait sous les yeux de Dani, à l'occasion de cette très sélecte soirée de bienfaisance. Davide Danatello, grand entrepreneur et président de l'équipe de rugby la plus brillante de toute l'histoire d'Auckland, finissait systématiquement par mêler la vie privée de ses filles à ses affaires. Dani était parvenue à résister, jusqu'à présent. Mais ce soir, et pour toute la durée du tournoi, elle se retrouvait impliquée en personne dans le système.

— Allez, Dani, vous devez bien connaître les Jets !

— Non, mon intérêt pour les joueurs est d'ordre strictement professionnel, rétorqua-t-elle sans se départir de son sourire éclatant.

— Il n'y en a pas un qui vous touche plus que les autres ? Vous n'avez pas des vues sur un en particulier ?

— Non, absolument pas.

Pourquoi les questions finissaient-elles systématiquement par tourner autour de sa vie privée ? Elle détourna le regard, fixant la salle de réception à travers la baie vitrée, tout en triturant machinalement une mèche de cheveux entre ses doigts. De l'autre côté de la vitre, les gens avaient l'air détendus, bavardant et plaisantant au son tranquille d'un quatuor à cordes. Dix pas sur le tapis rouge. C'était tout ce qui la séparait à présent du retour au calme.

Quand elle avança, le crépitement des flashes reprit de plus belle. De l'élégance, du maintien, de la courtoisie… Les cours de savoir-vivre que leur avait dispensés leur mère lui revinrent à l'esprit. Elle avait beau avoir été exposée à la presse depuis le jour de son baptême, elle ne parvenait toujours pas à être totalement à l'aise face aux médias. Elle n'avait jamais aimé se retrouver sous les feux de la rampe et lorsqu'elle avait trois ans, les photos la montraient se cachant tant bien que mal derrière les jambes de sa mère, ou, à sept ans, tirant la langue à la meute de photographes. Comme elle aurait aimé avoir sept ans en cet instant précis !

Elle soupira discrètement tout en continuant à sourire. Après tout, les journalistes exerçaient leur métier, et elle n'avait qu'à faire de même. L'épreuve tirant à sa fin, elle reprit confiance en elle.

— Dani ! Une dernière question !

Elle esquissa un mouvement de recul pour éviter que le micro brandi par un journaliste ne la heurte.

— Dites-nous : depuis la fin de votre cure de désintoxication, êtes-vous vraiment sortie de votre dépression ?

Elle se tourna vers l'auteur de la question et sentit son estomac se nouer face aux objectifs braqués sur elle.

Quelle question délicate ! Qui, dans toute la Nouvelle-Zélande, n'avait pas déjà lu et relu les détails sordides des circonstances l'ayant conduite à séjourner à la clinique ?

Sa gorge se serra. Peu à peu, les déclics des appareils se raréfièrent jusqu'à ce qu'un silence pesant tombe sur la pièce.

— Alors, Dani, un commentaire ?

Une réponse lui vint à l'esprit, mais elle l'estima trop grossière pour être diffusée dans les foyers de millions de téléspectateurs.

Elle avait beau s'être fait la promesse de répondre à ce genre d'attaque avec humour et grâce, elle rétorqua sur un ton plus sec qu'elle ne l'aurait souhaité.

— Je suis en pleine forme, merci.

Elle entortilla sa mèche de cheveux autour de son doigt et la porta instinctivement à sa bouche.

— Cette page est tournée depuis longtemps, ajouta-t-elle.

Cinq ans s'étaient écoulés, bon sang ! Jusqu'à quand allait-on la ramener systématiquement à cet épisode douloureux de sa vie ?

Elle fixa la porte, dont quelques pas la séparaient encore. Mais, de toute évidence, la meute n'était pas prête à lâcher sa proie aussi facilement.

— Dani, vous avez de la chance que la police ait abandonné les charges contre vous. Comment se fait-il que…

— Merci à tous ! Les questions sont terminées pour ce soir.

Tandis qu'elle se tournait vers la voix de baryton qui venait d'interrompre l'interrogatoire, une main ferme la prit par le bras pour la guider vers la porte.

Mais cette apparition, loin de décourager les journalistes, sembla attiser leur intérêt, et les flashes reprirent de plus belle.

L'homme qui se tenait près d'elle la dépassait d'une bonne tête, malgré la hauteur vertigineuse de ses propres talons aiguilles. Ses épaules larges formaient un rempart providentiel contre les flashes et l'indiscrétion des journalistes. Elle croisa alors son regard, d'un brun profond, et vit son sourire franc qui creusait une petite fossette au milieu de sa joue gauche. Elle eut soudain envie de se blottir contre lui.

— Prenez mon bras, dit-il d'une voix apaisante. Je vais vous sortir de là.

— Mais tout va bien, merci, rétorqua-t-elle entre ses dents.

Elle pouvait se sortir de là sans qu'intervienne un joueur de rugby super sexy, vraisemblablement mandaté par son père. Elle était déterminée à gérer sans aucune aide les tâches qui lui incomberaient durant tout le tournoi. Pas question qu'un homme s'interpose et lui dicte ce qu'elle avait à faire. De toute façon, les hommes n'étaient plus les bienvenus dans sa vie depuis sa rupture avec Paul-le-goujat. Elle avancerait seule, désormais. Elle n'avait pas besoin d'un sauveur, fût-il un Adonis sexy et souriant, en costume trois-pièces.

— Dani ! C'est votre nouvelle conquête ?

— Non ! s'écria-t-elle avant d'imaginer les gros titres du lendemain : « Le coup de foudre de Dani Danatello ».

Elle tenta de se dégager, mais l'homme la tenait fermement. Elle comprit alors qu'il n'était pas joueur de rugby. Il était certes bien bâti, mais aucune cicatrice ou nez cassé ne venait altérer la régularité des traits de son visage. Par ailleurs, il ne figurait pas sur la photographie officielle de l'équipe car elle s'en serait souvenue.

— Ne nous disputons pas devant les enfants, lui murmura-t-il au creux de l'oreille. Le secret, c'est d'imaginer que tous ces gens sont nus.

Elle eut envie de pouffer en embrassant du regard l'assemblée de journalistes. Puis elle tourna la tête vers l'homme. A quoi ressemblerait-il, nu ?

Elle sentit ses joues s'empourprer et s'efforça de revenir à la réalité du moment. Malgré son empressement à vouloir la sortir de ce mauvais pas, son sauveur semblait prendre son temps, serrant la main de quelque journaliste de la télévision, hélant un photographe au fond de la salle.

Encore un aspirant à la célébrité, prêt à tout pour son quart d'heure de gloire. Ce ne serait pas le premier qui chercherait à l'utiliser comme tremplin pour approcher son père ou se retrouver en gros plan dans un magazine.

Il pressa doucement sa main dans le bas de son dos pour l'inviter à avancer.

— Ce truc fonctionne, apparemment : vous semblez nettement plus détendue que trois minutes auparavant. Maintenant, essayez de sourire avec sincérité, Dani. Vous n'en mourrez pas. Et cessez de mâchonner vos cheveux, vous allez vous retrouver avec une boule dans l'estomac.

— Mais…

Il connaissait sans doute son prénom pour l'avoir entendu prononcer par les journalistes, mais comment savait-il qu'elle mâchonnait ses cheveux ? Elle avait abandonné cette habitude depuis des années.

— Je ne mâchonne pas mes cheveux…

— Si, justement. Lâchez cette mèche et souriez à ces vautours. Je n'ai pas envie que vous vous étrangliez. Cela commencerait mal, pour mon premier jour ici.

D'un geste de la main, il repoussa le flot de journalistes qui s'écarta devant lui comme la mer Rouge devant Moïse, et la guida vers la porte vitrée.

Un instant plus tard, ils pénétraient dans l'oasis de tranquillité où d'élégantes tables étaient dressées pour le dîner organisé en l'honneur des Jets. Tout le gratin de la Nouvelle-Zélande avait été convié à fêter les débuts du tournoi qui allait consacrer la fameuse équipe d'Auckland.

Dani s'apprêtait à jouer le rôle le plus important de sa vie et, si les dieux se montraient cléments, elle regagnerait une place dans le cœur de son père.

Elle lâcha le bras de Joli Cœur.

— Je vais me débrouiller, maintenant.

— Laissez-moi vous accompagner à votre table.

— N'avez-vous pas mieux à faire ailleurs ?

— L'idée d'assister à un gala de charité en compagnie du nouveau kiné de l'équipe et passer ma soirée à discuter de muscles et de tendons ne me réjouit pas outre mesure. Avec vous, au moins, je n'aurais pas envie de dormir.

Elle ignora le frisson d'excitation qui la parcourut. Ce magnifique spécimen était un homme, rien de plus. Or, depuis sa rupture avec Paul, elle était bien décidée à faire une croix sur la gent masculine.

De plus, Joli Cœur participait sans doute à l'organisation

du tournoi et avait donc partie liée avec son père. Pourquoi fallait-il que le premier homme qui ne la laisse pas indifférente depuis sa rupture avec Paul soit précisément l'un des sbires de son père ?

— Savez-vous qui je suis ? demanda-t-elle.

— Bien sûr. Vous êtes Dani Danatello, l'une des filles de Davide.

— Laquelle ?

— Je l'ignore. Je ne sais même pas combien il a d'enfants.

— Nous sommes trois filles, si mes informations sont bonnes.

— Votre famille fait tellement souvent la une des magazines que j'ai perdu le fil. Mais vous êtes partie en cure, à en croire ce journaliste… Ah oui, je me rappelle ! Mais vous avez changé. Vous avez coupé vos cheveux…

Il n'allait pas s'y mettre lui aussi ! Quand lui parlerait-on d'autre chose que de sa cure de désintoxication et de ce fâcheux et stupide épisode ? Le seul dont les gens se souvenaient à son sujet.

— Allez-y, dites-le.

— Quoi donc ?

— La photo qui a fait la une : « Quand l'alcool fait faire n'importe quoi. »

L'homme sourit mais sans cynisme. Au contraire, il lui sembla même déceler une large part de bienveillance dans son regard.

— D'accord, vous étiez nue dans une fontaine. Mais quel âge aviez-vous ? Vingt et un ans ?

— C'était le jour de mes vingt-trois ans. J'étais ivre morte. Et idiote…

Et trop alcoolisée pour s'en soucier. La presse s'était servie de sa photo en première page pour illustrer la vie des gosses de riches et les dangers de l'alcoolisme chez les jeunes. Ainsi que pour humilier sa famille, son père en premier lieu.

Ils avaient mis du temps à s'en remettre et leur relation, qui s'était largement détériorée à la suite de cet événement, demeurait tendue. Mais ce tournoi allait lui donner l'occasion de changer la donne et de recouvrer de la valeur aux yeux de son père.

— Pourquoi les gens ne retiennent-ils que ça ?

— Parce que c'était une photo mémorable ! Dani Danatello chevauchant un cheval de marbre, nue et trempée…

— Une sorte de lady Godiva.

— Lady Godiva ? La femme qui parcourait la campagne nue sur son cheval pour protester contre les impôts, ou quelque chose de ce genre ?

— C'est ça. Je la connais par cœur, mon père est féru d'histoire… Vous imaginez sa honte !

Il posa une main sur son épaule et la dévisagea. Elle eut envie de reculer, mais la pression de ses doigts lui parut étonnamment réconfortante. Il avait beau être le laquais de son père, il y avait quelque chose de calme et de franc en lui.

A moins qu'il ne s'agisse d'un vernis, destiné à mieux la tromper ? Comment savoir ? Ses propres perceptions étaient assez peu fiables, depuis quelque temps.

— Dani, on fait tous des choses que l'on regrette. Il ne faut pas s'y accrocher. Les gens eux-mêmes finiront par oublier.

Il prononça ces mots d'une voix douce mais assurée, comme s'ils émanaient d'une expérience vécue.

— Cela fait cinq ans, pourtant. Il est difficile de tirer un trait sur une chose à laquelle les autres font perpétuellement allusion. J'ai travaillé dur pour arriver à ce que je suis aujourd'hui. Je ne suis plus l'enfant gâtée et perdue que j'étais à l'époque.

Elle prit un verre d'eau sur le plateau d'un serveur. Il était grand temps de mettre un terme à cette conversation et, pourtant, elle ne parvenait pas à s'y résoudre. Joli Cœur était séduisant et agaçant, certes, mais sa personne semblait receler autre chose qui l'intriguait.

— C'est facile de dire que les gens oublieront, reprit-elle après avoir bu quelques gorgées, quand on n'est pas en permanence harcelé par les médias avides du moindre détail de votre vie, en particulier des erreurs que l'on aimerait bien garder pour soi. Chaque fois que j'essaie de relever la tête, ils m'assènent un nouveau coup. Vous n'avez pas idée de la difficulté à regagner la confiance perdue…

— Je sais ce que c'est que perdre la considération d'une personne, croyez-moi.

A en juger par le ton morne de sa voix, il lui parut sincère. Elle eut l'impression qu'il comprenait vraiment ce qu'elle avait enduré.

— Par chance, la vie que je mène me tient éloignée de tous ces… artifices, dit-elle en soulevant légèrement sa robe impressionnante, louée pour l'occasion par sa sœur et que son salaire n'aurait jamais pu lui payer.

— C'est ainsi que vous voyez les choses, mais combien de gens seraient prêts à se casser une jambe pour côtoyer des célébrités, de grands sportifs, des acteurs ? Ce sont l'argent, le statut social, le pouvoir qui font tourner le monde.

— Pas le mien, en tout cas.

Elle était bien placée pour savoir que l'argent pouvait détourner les gens des valeurs importantes telles que la famille, l'amour, la vérité.

— Pourquoi êtes-vous là, dans ce cas ?

— C'est compliqué.

A peine eut-elle prononcé ce constat que son père apparut et lui fit signe de venir.

— Excusez-moi, mon père m'appelle.

— Attendez. Je voudrais vous inviter à dîner. Pas maintenant, mais quand nous en aurons fini avec toute cette folie, d'ici quelques semaines. Si vous êtes libre…

Qu'entendait-il par *libre* ? Sans autre obligation ou sans autre homme dans sa vie ? Peu importait, de toute façon, elle n'avait pas l'intention d'accepter.

Il sortit son portefeuille de sa poche et lui tendit une carte. De son autre main, il lui replaça une mèche de cheveux derrière l'oreille. Elle aurait juré qu'il avait accompli ce geste des centaines de fois, avec des centaines d'autres femmes.

Il émanait de lui du charme et du sex-appeal, ainsi qu'une certaine expérience.

Il planta son regard dans le sien, déclenchant une myriade de réactions en chaîne dans son corps.

— Nous devons être abstinents pendant tout le tournoi, les joueurs tout comme l'encadrement, ajouta-t-il. Je ne voudrais pas m'exposer à quelque tentation que ce soit jusqu'à ce que nous ayons remporté la victoire.

— Pardon ? Vous m'invitez donc à dîner dans le but de coucher avec moi ?

Les mots avaient jailli spontanément de sa bouche. Le silence tomba dans la salle et, pour la seconde fois en quelques minutes, tous les regards convergèrent vers elle. Dire qu'elle cherchait à fuir les projecteurs…

Elle adressa un sourire gêné au maire et à son épouse et un signe de la main à son père dont le visage était devenu cramoisi. Puis elle s'inclina devant une femme en tenue traditionnelle japonaise qui se tenait face à elle.

Joli Cœur prit un verre et le leva en direction d'une tablée de rugbymen bouche bée.

— Enfin… Pas tout de suite, évidemment. Peut-être lorsque nous aurons fait plus ample connaissance.

— Je n'arrive pas à croire que vous vous permettiez de me parler de cette façon, monsieur… oh, monsieur Price, lut-elle sur la carte de visite.

Zachary Price. Médecin en chef des Jets d'Auckland.

Son cœur fit un bond dans sa poitrine. Ainsi, Joli Cœur était le médecin de l'équipe ? Ce n'était donc pas un sbire de son père, mais la personne avec laquelle elle allait passer les semaines à venir, presque vingt-quatre heures sur vingt-quatre. Et qui déclarait ouvertement vouloir coucher avec elle…

Le plus embarrassant était peut-être que cet homme ne la laissait pas du tout indifférente.

Sans baisser la voix, de sorte que son interlocuteur et

l'ensemble de l'assistance entendent clairement ce qu'elle avait à dire, elle reprit la parole.

— Je suis navrée, docteur Price, mais je ne coucherais pas avec vous, fussiez-vous le dernier homme sur Terre.

2.

— Je prends cela pour un non, donc.

Non, pour l'instant du moins, pensa Zac en regardant la magnifique Dani dans sa longue robe gris perle rejoindre, l'air tendu, son père qui l'attendait à l'autre bout de la pièce.

Il venait de passer un moment surprenant mais agréable en sa compagnie. Encore aurait-il pu éviter de l'inviter à dîner. Les femmes avec qui il sortait d'habitude étaient indépendantes et distantes, loin de ce genre de débutante effrayée et rougissante. En tant que séducteur invétéré, il avait pour habitude de respecter quelques règles intangibles dès le début d'une relation.

Règle numéro 1 : pas d'attaches.

Règle numéro 2 : pas d'engagement.

Règle numéro 3 : pas de rencontre avec les parents.

Ce qui revenait plus ou moins au même, mais lui permettait de toujours s'en sortir à bon compte.

Il ne nouait plus de relations intimes avec les gens. Plus maintenant, du moins. Cela ne faisait qu'augmenter la culpabilité si, par hasard, la situation se détériorait — ce qui était presque toujours le cas.

Il se passa une main dans les cheveux, tout en essayant de remiser ces mauvais souvenirs dans un coin reculé de son cerveau. La vie lui avait appris qu'il ne fallait jamais donner plus que nécessaire, faire des promesses impossibles à tenir ni s'engager avec quelqu'un qui cherchait une relation durable à tout prix. Il lui était impossible d'imaginer devoir être toujours là pour quelqu'un, alors qu'il avait trahi la confiance de la personne qu'il aimait plus que tout, et qu'il ne se l'était jamais pardonné.

Tout en Dani semblait la désigner comme quelqu'un qui s'attachait, à la vie à la mort. De quoi le faire fuir à toutes jambes.

Matt, l'entraîneur de l'équipe, s'approcha et émit un sifflement admiratif.

— C'était… lady Godiva ?

En l'entendant prononcer le surnom dont l'avaient affublée les médias, il éprouva un sentiment de colère et l'envie soudaine de prendre sa défense. Pour la deuxième fois en un quart d'heure…

Il fallait qu'il se concentre sur son travail. Il ne pouvait pas se permettre de mettre en jeu sa carrière et sa vie de famille à cause d'une femme dont il ferait mieux de se tenir éloigné de toute façon.

Il avait perçu au fond de ses yeux une distance, une barrière de protection, qui semblait se renforcer lorsqu'elle le regardait. En d'autres circonstances, il se serait fait un malin plaisir de chercher à la faire céder. Car c'était le genre de défi qui l'excitait. Mais il n'avait pas envie de s'amuser aux dépens de Dani. Elle avait déjà trop souffert.

— Ne lui parle pas de cette époque. Elle en a suffisamment bavé à cause de ça.

— C'est noté. Mais c'est quand même dommage qu'elle ait coupé ses tresses. J'aimais bien…

— Je t'ai dit…

— D'accord, d'accord. En revanche, fais attention à toi. Tu joues avec la mort. Tu connais le règlement du tournoi de Danatello : pas de drogue, pas d'alcool, pas de sexe. Encore moins avec la fille du patron.

Zac dirigea de nouveau son regard vers la somptueuse robe, la peau laiteuse qu'il avait touchée, l'espace d'un instant, les boucles blondes qu'il rêvait de voir étalées sur son oreiller. Il éprouvait une attirance envers elle, c'était indéniable. Or, les quatre semaines d'abstinence ne faisaient que commencer.

Et, de fait, la règle numéro 3 avait déjà été enfreinte : il avait connu le père avant même de rencontrer la fille.

— Il n'existe aucune preuve que l'abstinence sexuelle ait un impact positif sur les résultats sportifs. Au contraire, le temps passé avec sa femme ou sa petite amie est bon pour le moral.

Matt sourit.

— Davide a lu quelque part que l'abstinence maintenait l'agressivité et le taux de testostérone des joueurs. En revanche, je ne vois pas pourquoi l'encadrement devrait aussi se serrer la ceinture. Mais ce n'est peut-être pas le moment d'aller lui dire qu'il a tort. N'oublie pas ce qui est arrivé à Stewy.

— Avant de le renvoyer parce qu'il avait osé critiquer sa stratégie, Davide aurait pu au moins penser aux conséquences que ce renvoi aurait sur l'équipe. Sur mon travail, en particulier.

Le kinésithérapeute avait été remercié la veille du tournoi de rugby le plus important après la Coupe du monde, privant Zac d'un partenaire indispensable à la préparation de l'équipe à quelques heures de la cérémonie d'ouverture.

— Economise ta salive, Zac. Davide Danatello est le président, le plus grand sponsor et le patron du club. Si tu veux garder ton boulot, ne le contredis pas. Et abstiens-toi de toute relation sexuelle avec quiconque, fille du patron ou non.

Dans un soupir, Zac regarda les joueurs de l'équipe prendre place à table, leur costume-cravate dissimulant des mètres de bandage.

— Les trois quarts d'entre eux auront besoin de massages et de soins entre les matchs, ne serait-ce que pour tenir debout sur le terrain. Même avec la meilleure volonté du monde, je ne peux pas faire ça tout seul. Je suis bon, mais je ne réalise pas de miracles !

Il s'assit à son tour, constatant, le ventre noué, que la place à côté de lui était toujours vacante. On avait même oublié d'enlever le marque-place du kinésithérapeute renvoyé. Quel manque de professionnalisme !

Il ne fallait pas perdre de vue que, s'il se mettait Davide à dos, il perdrait son poste aussi vite que Stewy. Combien de personnes rêvaient de se trouver à sa place ?

Lui-même avait interrompu sa brillante carrière de médecin généraliste pour venir travailler là. Mais aujourd'hui, il se demandait s'il n'avait pas commis une erreur.

Ses parents avaient toujours dit de lui qu'il n'était pas fiable, pas sérieux. De fait, il les avait déçus, tout comme il avait dû décevoir Tom qui comptait sur lui, mais à qui il avait fait défaut. Quoi qu'il arrive désormais, il ne pouvait se permettre le moindre manquement.

Il prit le marque-place de Stewy et en fit une boule.

— J'espère que Davide ne va pas me coller un kiné minable. Il me faut quelqu'un de bon et d'expérimenté car je n'aurai pas le temps d'expliquer les choses. Il va y avoir de l'action. Et surtout, il faut que ces gars remportent le tournoi.

— Ne t'inquiète pas, il va trouver, le rassura Matt tout en sortant de sa poche une feuille de papier froissée. Tiens, regarde, c'est le programme de demain. Petit déjeuner à 6 heures, conférence téléphonique avec les médias, entraînement, séances de kiné, trajet en bus, ouverture de la cérémonie et premier match. Ça promet d'être intense !

Il haussa les épaules avant d'ajouter :

— Si ça peut te consoler, docteur, tu n'auras pas une minute pour faire autre chose.

— J'emploierai mes rares temps morts à imaginer comment utiliser les deux mille préservatifs qui m'ont été donnés par un sponsor.

— Deux mille ? Ta réputation t'a précédé !

— Ils sont pour les joueurs. Etre médecin du sport consiste aussi à faire de la prévention. Quant à ma réputation, elle ne m'a jamais posé problème. J'aime les femmes, il n'y a aucun mal à ça. Cela contribue à mon bonheur autant que mon travail.

— Qu'est-ce qui contribue à votre bonheur ? Oh ! Laissez-moi deviner.

La voix de Dani parvint jusqu'à lui, précédée d'un effluve de ce parfum enivrant qui lui avait déjà fait deviner sa présence. Il ouvrit la bouche, mais elle le devança.

— Désolée pour le refus en public, tout à l'heure. Et pour l'obligation d'abstinence.

— Quel plaisir de vous voir, Dani, répondit-il en se levant.

Sur ses paupières, un trait d'or faisait ressortir le bleu intense de ses yeux. Elle était éblouissante. Mais manifestement énervée.

— Je crois que le discours va commencer d'une minute à l'autre, ajouta-t-il. Allez vite vous asseoir.

— Ma place est là, répondit-elle en désignant la chaise vacante. Bonsoir, dit-elle, s'adressant aux autres convives assis à table en les saluant d'un signe de tête.

Les hommes murmurèrent un *bonsoir*, l'air hagard, avant de se redresser sur leur chaise et de plonger à l'unisson leur regard dans son décolleté, tels des lapins pris dans la lumière des phares. Zac savait exactement ce qui se passait dans leurs cerveaux primaires. Une histoire de fontaine, de chevaux de marbre et de tresses blondes.

Il eut envie de la protéger de leurs regards concupiscents mais, par chance, la lumière de la salle baissa tandis que des projecteurs illuminaient une estrade.

— Je crois que cette chaise est réservée, murmura-t-il tandis que les regards convergeaient vers la scène.

— Vous avez raison. Nous n'avons pas encore été présentés, docteur Price.

Elle tendit sa main parfaitement manucurée et afficha le sourire figé qu'elle avait adressé aux journalistes une heure plus tôt.

— Je suis Daniella Danatello, la nouvelle kinésithérapeute de l'équipe.

Si elle n'avait pas vu le sourire de son interlocuteur disparaître d'un coup, elle aurait pu trouver la scène amusante. Elle avait décidé depuis longtemps de ne pas se laisser intimider par ce que les gens pensaient d'elle. Elle était ici pour travailler, que cela lui plaise ou non, et se lier d'amitié avec lui ne figurait pas dans le descriptif du poste.

Elle plaqua un masque d'impassibilité sur son visage pour écouter poliment son père accueillant ses hôtes en provenance du monde entier, puis quelques anciens joueurs dire leur émotion d'assister à un tel tournoi, tout en savourant quelques bouchées d'un succulent agneau de Nouvelle-Zélande et d'un soufflé au kiwi. Elle n'en était pas moins consciente de la présence de Zac Price à son côté et de la déception qui émanait de toute sa personne. Pour avoir grandi dans son ombre, elle était capable de déceler la déception à des kilomètres.

A la fin du repas, un orchestre se mit à jouer. Dans ce cercle très masculin et très fermé, elle n'était manifestement pas la bienvenue. Silencieuse au milieu des convives en pleine conversation, elle jouait avec ses couverts en marquant le rythme du pied.

Elle jeta un coup d'œil à Joli Cœur dont la cravate dénouée pendait autour de son cou. Il était appuyé contre le dossier de sa chaise, le bras sur le dossier voisin. Tout, en lui, évoquait le succès et l'aisance, et il possédait le charme et la grâce que son père avait toute sa vie essayé d'obtenir. En vain.

Mais lorsqu'il se tourna vers elle, ses yeux lançaient des éclairs.

— C'est pratique !

— Je vous demande pardon ?

— Travailler pour papa, c'est pratique !

Le soulagement qu'elle avait éprouvé en voyant qu'on s'adressait enfin à elle s'évanouit. Mais elle avait affronté des épreuves plus difficiles dans sa vie.

— Encore un homme qui ne me prend pas au sérieux. C'est le drame de ma vie ! dit-elle d'un ton blasé. C'est pratique, en effet, parce que j'ai été disponible au pied levé et que je suis aussi qualifiée qu'expérimentée pour ce poste.

Il n'était pas utile de mentionner le chantage affectif de son père. *Tu nous dois bien cela, Dani, après tout ce que tu nous as fait endurer !* Mais ce qu'elle leur avait fait endurer n'était-il pas la conséquence de l'éducation qu'ils lui avaient dispensée ?

— Vous êtes donc kinésithérapeute.

Il se pencha pour scruter ses mains.

— Avec des ongles pareils ?

— Pour quelqu'un qui se fait passer pour un homme qui s'y connaît, il y a des choses, concernant les femmes, qui semblent vous échapper. Ce sont des faux. Comme vous et votre gentillesse affectée...

Comme cela faisait du bien d'être franche ! Pourtant, en voyant son visage se fermer, elle regretta un instant de s'être montrée sarcastique. Au cours de leur précédent échange, elle avait presque cru qu'il était différent des autres hommes. Presque.

Elle passa son doigt sur le bord de son verre et esquissa un sourire plus naturel.

— Il se trouve que je suis une bonne kiné. J'ai été bien formée et je suis sortie major de ma promotion.

Il l'observa, l'air suspicieux.

— Vous avez de l'expérience dans le sport ?

— Evidemment ! Mais avez-vous soumis Matt ou le masseur du club au même genre d'interrogatoire ?

Il eut la décence d'afficher un air contrit.

— Bien sûr que non, reprit-elle. Pour votre gouverne, je suis kinésithérapeute depuis huit mois, spécialisée en traumatologie sportive. Certes, je n'ai pas l'expérience qu'avait Stewy, mais je sais ce que je fais.

Elle éprouva une certaine fierté en voyant la surprise se dessiner sur les traits de son interlocuteur.

— De toute façon, je suis sûre que les résultats, dans cette profession, sont le fruit d'un travail d'équipe, ajouta-t-elle. A moins que vous ne considériez qu'une femme soit incapable d'exercer ce métier aussi bien qu'un homme ?

— Du calme, du calme ! Vous avez le droit de refuser mes avances, mais pas de m'accuser de misogynie. Ce n'est pas le fait que vous soyez une femme qui me pose problème, mais plutôt le fait que vous soyez la fille de Davide. Les filles Danatello ont la réputation de ne pas exercer de travail rémunéré, à part quand elles posent pour un magazine. Vous avez vous-même avoué que vous aviez changé. Le temps des tresses blondes et des fontaines est révolu, alors ?

Pour la première fois de sa vie, l'allusion à l'incident de la fontaine la fit sourire.

— Je n'allais pas passer le reste de mon existence aux crochets de mes parents. Pourtant, on m'a traitée de folle quand j'ai annoncé que je voulais devenir kinésithérapeute.

— Mais vous n'avez pas besoin de travailler pour vivre, n'est-ce pas ? Ne pouviez-vous pas vous contenter de quelques œuvres caritatives ?

— Je déteste être sous les feux de la rampe. Je n'ai aucune envie d'être une célébrité mariée à une autre célébrité. La seule chose à laquelle j'accepte que mon nom soit associé désormais, c'est mon diplôme universitaire. De plus, j'adore aider les gens à aller mieux et le sport est un univers dans lequel je me sens bien.

Sauf quand on la traitait comme une poupée de porcelaine. Ou pire, qu'on l'ignorait complètement.

— Mais vous êtes comme mon père, vous croyez ce que les gens disent sur mon compte, sans chercher à cerner qui se cache derrière cette image fabriquée de toutes pièces. Si j'écoutais mon père, je serais au bras d'un joueur, à qui je servirais d'appât pour qu'il intègre l'équipe.

Il tendit la main vers elle et ôta la mèche de cheveux qu'elle venait de porter à sa bouche.

— Oh…

A son contact, elle ressentit une étrange décharge électrique. Pourquoi la rendait-il nerveuse ?

Et à quoi avaient donc servi toutes ces heures de psychothérapie si elle continuait à mâchonner ses cheveux ?

— Est-ce un crime de vouloir aider les gens plutôt que de les exploiter ?

Il se cala contre le dossier de sa chaise et la dévisagea d'un regard bienveillant.

— Je suis désolé. Je me suis trompé sur votre compte.

— J'ai l'habitude.

— Vous ne devriez pas.

— Bienvenue dans le monde de dingues des Danatello, conclut-elle avant d'exhaler un long soupir.

Quoi qu'il en soit, elle ne s'y trouverait que le temps du tournoi. Dans un mois, elle serait de nouveau chez elle, à Wellington, et reprendrait le travail qu'elle aimait tant.

— J'ai passé un long mois à la clinique, où j'ai affronté mes démons, ajouta-t-elle. La seule chose qui me faisait du bien était de discuter avec le personnel qui m'écoutait au lieu de me dicter ce que je devais faire. Puis, peu à peu, j'ai cessé de parler. J'avais envie d'agir. Une infirmière m'a raconté que son frère était kinésithérapeute dans une université, où il aidait les jeunes à se rétablir après une blessure. Cela s'est imposé à moi comme une évidence. Cela me paraissait si… normal.

Zac sourit et une fossette apparut au milieu de sa joue.

— Je descends d'une lignée d'universitaires qui se prennent tous très au sérieux. J'ai grandi au milieu de fouilles archéologiques et dans des pensionnats. Parlez-moi de la normalité !

Elle éclata de rire. Parler, rire, être elle-même et être acceptée comme telle, voilà ce qu'elle voulait.

— Mais laissons de côté ma petite personne, reprit-elle. Dites-moi tout sur ces préservatifs.

Il s'étrangla avec une gorgée d'eau et reposa promptement son verre.

— Vous m'avez entendu ?

— J'ai une oreille bionique, faites attention, dit-elle en lui tendant une serviette.

Il se tapota la bouche puis lui décocha le regard le plus mutin qu'on lui ait jamais adressé.

— En ce qui me concerne, j'ai aussi des super pouvoirs. Ce qui explique l'abondance de préservatifs. Faites attention, vous aussi !

Une vague de chaleur envahit Dani. Elle se rappela qu'elle avait essayé de l'imaginer nu. Comme il serait beau dans ses draps de coton d'Egypte !

Elle posa sa main fraîche sur sa nuque moite. La séduction était un jeu pour lequel elle n'était pas douée. De plus, flirter dans ce contexte était tout à fait déplacé. D'ailleurs, tout ce qui émanait de cet homme l'était. Etait-ce une caractéristique masculine ? Depuis la trahison de Paul, elle n'imaginait pas faire de nouveau confiance à quelqu'un du sexe opposé.

Mais que faire de l'excitation qu'elle ressentait dès qu'elle parlait avec Zac ?

Elle jeta un coup d'œil circulaire dans la salle et prit conscience que la musique s'était arrêtée. Les serveurs débarrassaient les tables que la plupart des convives avaient désertées. Même son père était parti.

— Bien, je vais aller me coucher.

— Je vous accompagne jusqu'à l'ascenseur.

Des effluves de son parfum boisé parvinrent à Dani, ressuscitant le souvenir de leur premier contact, face aux journalistes. Un parfum rassurant et excitant à la fois, dont il émanait une grande virilité. Et un grand danger.

— Quel étage ?

Elle tendit la main vers le bouton, troublée par la soudaine proximité de ce corps inconnu.

— Moi aussi, je dors au onzième, dit-il avec un sourire indolent. Comme tout l'encadrement, manifestement.

Comme il semblait à l'aise ! Il y avait fort à parier que cette bouche en avait séduit plus d'une. Mais en ce qui la concernait, elle ne figurerait pas sur la liste de ses pauvres conquêtes.

— C'est certainement plus pratique pour les réunions et l'organisation en général.

— Oui, sans doute. Je partage ma chambre avec Matt. Et vous ?

— Avec personne.

— C'est bien…

A son grand soulagement, l'ascenseur s'immobilisa et elle

sortit en hâte de la cabine. Mais elle eut beau avancer aussi vite que ses talons le lui permettaient, il lui emboîta le pas avec sa nonchalance habituelle.

— Vous êtes pressée ?

— J'ai besoin de dormir, répondit-elle en glissant nerveusement la carte dans le lecteur.

Mais la porte de sa chambre ne s'ouvrit pas.

Elle recommença l'opération.

— Vous avez besoin d'aide ?

Sans attendre la réponse, il lui prit la carte des mains.

— Et voilà ! Et pour votre chance, je suis dans la chambre voisine. Si vous avez besoin de quoi que ce soit, vous n'avez qu'à m'appeler.

Déglutissant avec difficulté, elle entra dans sa chambre et referma vivement la porte à laquelle elle s'adossa en soufflant.

Tout en activant l'air conditionné, elle se demanda comment elle allait pouvoir travailler aux côtés de Joli Cœur et maîtriser les sensations multiples qui se manifestaient dans son corps dès qu'il se trouvait à moins d'un mètre d'elle. Elle jeta un coup d'œil à la porte de communication. A partir de maintenant, et pendant un mois, elle devrait faire preuve de la plus ferme volonté car le défi était de taille.

3.

Quand il s'écarta pour laisser Dani monter à bord du bus de l'équipe, Zac ressentit une incroyable bouffée d'excitation. Même affublée d'un survêtement et d'une casquette, elle était attirante. Le bus avait beau être imprégné de testostérone, la seule chose qui emplissait ses narines était cet effluve délicat de jasmin et de fleurs.

Comme si son métier n'était pas déjà assez éprouvant !

Ils avaient passé trois heures côte à côte, à masser et soigner les joueurs et, contre toute attente, il était parvenu à rester concentré sur sa tâche, s'efforçant de ne pas penser à la texture soyeuse de sa peau, à la lumière dans ses yeux lorsqu'elle souriait, ni à la tentation de la serrer dans ses bras. Mais quelle frustration il éprouvait à présent ! Comment parviendrait-il à travailler pendant quatre semaines dans de telles conditions ?

La réponse tenait en un mot : Tom. Il s'était promis de réaliser ce rêve pour lui et, en dépit de la culpabilité qui l'assaillait dès qu'il pensait à lui, il le réaliserait.

— Le destin semble vouloir nous réunir à tout prix, dit-il en constatant que le seul siège resté libre dans le bus était le siège voisin du sien.

— Quelle chance j'ai ! ironisa-t-elle en lui lançant un regard qui démentait ses paroles.

Des hourras retentirent dès qu'il prit place avant que l'équipe au complet entame l'hymne national.

— Il y en a qui sont de bonne humeur, au moins ! commenta-t-il.

— Vous avez entendu le patron, il vaudrait mieux qu'ils se concentrent sur la stratégie plutôt que de gaspiller leur énergie.

Elle se leva et se tourna vers l'arrière du bus.

— Maintenant, calmez-vous un peu. Jaxon, il faut que vous gardiez cette cuisse au chaud. Manu, si vous vous étirez encore une fois de cette façon, vous risquez de passer le match sur la touche.

Zac admirait sa confiance en elle. Autant elle lui avait paru un peu timorée, de prime abord, autant elle avait fait preuve d'un grand professionnalisme au cours de cette matinée de soins. Sa voix était posée et claire lorsqu'elle s'adressait aux joueurs, à qui elle avait prouvé qu'elle savait s'occuper d'un muscle froissé aussi bien que quiconque. Lors de l'entraînement, elle avait couru avec les autres ses cinq kilomètres, aussi à l'aise que s'il s'agissait d'une petite balade en famille.

— La prochaine fois que j'ai besoin d'un garde du corps, je saurai à qui m'adresser.

— Ne gaspillez pas votre énergie, vous non plus. N'oubliez pas que je suis habilitée à me servir de sparadrap et je n'hésiterai pas.

Elle était d'humeur facétieuse ? Soit.

— Par quelle partie de mon corps souhaiteriez-vous commencer ?

— Probablement par votre bouche. Ensuite…

Elle le fixa et il sembla à Zac que la température grimpait de dix degrés. Ses lèvres au dessin parfait se pressèrent en un sourire mutin et une étincelle de désir brilla au fond de ses yeux. Le désir qu'il suscitait chez une femme ne lui échappait pas, mais celui de Dani l'embrasait comme rarement.

Toutefois, quand son père monta à bord, sa confiance en elle sembla s'évanouir. Elle ne le quitta pas des yeux tandis qu'il saluait les joueurs puis prenait place sur le siège que le chauffeur lui avait réservé à l'avant du bus. Automatiquement, elle saisit une mèche de ses cheveux, comme chaque fois qu'elle était stressée.

Comme il la comprenait ! Il savait, lui aussi, pour l'avoir

vécu en personne, comme il était douloureux d'obtenir l'attention d'un père. Le bus démarra et Zac sentit quelqu'un lui tapoter l'épaule.

— Tiens, dit Matt en lui tendant un journal. Page 12. Ne lui montre pas.

— C'est pas vrai ! marmonna-t-il en découvrant la photographie de Dani accrochée à son bras sur le tapis rouge.

Il devait s'agir du moment où il lui avait suggéré d'imaginer les journalistes nus car Dani semblait joyeuse, ses yeux brillaient. L'angle de vue de l'image accentuait l'impression d'une grande proximité qui pourtant n'existait pas dans la réalité.

Lady Godiva et messire Lancelot ? titrait le journal.

Messire A-gagné-le-gros-lot, plutôt.

Lors de l'une de ses rarissimes apparitions en public, la belle Dani Danatello s'est affichée au bras de son nouveau fiancé, le Dr Zachary Price, sur le tapis rouge conduisant à la très sélecte soirée de charité organisée par Danatello Investments. Manifestement très heureuse, Dani ne l'a pas lâché d'une semelle. Mais qui l'en blâmerait ? Price n'a pas seulement l'allure d'un joueur de rugby, il est également issu d'une excellente famille. Ses parents, Marguerite et Rufus Price, sont à la tête du prestigieux Institut de géologie Price, dont la réputation à l'échelle internationale n'est plus à faire. Connu pour son dénigrement de la culture populaire et d'une société à ses yeux fondée sur la célébrité, l'excès et la faillite de l'éducation, Rufus Price a exposé ses théories dans son récent ouvrage intitulé « Une catastrophe annoncée *». On ne peut que s'interroger sur sa réaction face à la toute nouvelle relation de son fils avec une femme issue du milieu même qu'il méprise.*

— Qu'y a-t-il ? demanda Dani, dont le parfum fleuri flottait autour de lui.

Un impérieux besoin de la protéger se mêla à de la colère.

Dani n'avait pas besoin de cela. Lui non plus, du reste. Si cette histoire parvenait aux oreilles de Davide Danatello, ils le paieraient probablement cher.

Il referma brusquement le journal.

— Rien. Le rebut habituel…

— Vous mentez très mal. Or, plus je sens qu'on me ment, plus j'ai envie de savoir la vérité. De toute façon, je peux consulter ce journal sur internet.

Quand elle sortit son téléphone portable et se mit à cliquer, il capitula.

— Tenez… Mais je vous préviens, cela ne va pas vous faire plaisir.

Le cœur battant, il lui tendit le journal et il la sentit se raidir à la lecture de l'article. Un geste suffirait pour qu'elle pose la tête sur son épaule, qu'il lui caresse la joue et la protège de tout ce mal. Mais il se retint.

La dernière fois qu'il avait été censé prendre soin de quelqu'un, il avait échoué lamentablement et ne cessait de le payer depuis. Son envie de protéger Dani était une efficace sonnette d'alarme.

Quoi qu'il en soit, leur relation avait déjà pris une tournure trop personnelle bien qu'ils se connaissent à peine. Il se sentait relié à elle par une force invisible qu'il n'avait éprouvée avec personne d'autre. Mieux valait remettre une certaine distance entre eux. En général, l'éloignement physique suffisait, mais comment se détacher d'une personne avec laquelle on travaillait à longueur de journée ?

Il se retourna pour chercher une autre place libre et la vit embrasser le bus du regard. Ils avaient manifestement eu la même idée.

Dehors, la foule se pressait sur le bord de la route pour saluer les joueurs. Des orchestres jouaient des airs joyeux sur lesquels évoluaient des acrobates juchés sur des échasses et des jongleurs. Des milliers de drapeaux aux couleurs de l'équipe voletaient au-dessus des têtes et, lorsque le bus s'arrêtait à un feu, des groupes de danseurs envahissaient la chaussée. A l'extérieur du véhicule, le monde était devenu une immense fête qui contrastait avec le silence écrasant régnant dans l'habitacle. De temps à autre, l'un des joueurs saluait la foule. Mais la plupart d'entre eux avaient des écouteurs sur les oreilles et semblaient concentrés sur la musique.

D'ici à quelques minutes, le bus les déposerait pour qu'ils participent à l'un des événements les plus excitants de toute sa carrière, pourtant, Zac ne parvenait pas à se réjouir, aux prises avec toutes sortes d'émotions contradictoires. Il était en colère. Contre lui, mais aussi contre la presse et contre Dani, à cause de qui il n'était plus tout à fait lui-même. Pourquoi, dès qu'il décidait qu'il valait mieux s'éloigner d'elle, avait-il envie de la prendre dans ses bras ?

— Je suis désolé d'avoir provoqué ça, murmura-t-il en désignant la photographie. Cela ne se reproduira jamais.

— Je suis désolée que notre relation vous cause autant d'ennuis. Vos parents vont être horrifiés.

Il eut un rire lugubre.

— Je me fiche pas mal de ce que peuvent penser mes parents. J'ai trente-quatre ans, pas cinq.

— Pourtant, vous détournez le regard lorsque vous parlez d'eux, comme si vous ne croyiez pas à ce que vous dites.

Il préféra ne pas répondre.

— Et votre père ? Comment va-t-il réagir ? demanda-t-il.

— C'est la question que tout le monde se pose avant même de se demander comment je vis cette intrusion dans ma vie privée, ces conjectures et ces mensonges avérés. A votre avis ? Il sera furieux car il se sentira pris en défaut.

Elle eut une moue de mépris et il comprit que les barrières qu'il avait entrevues la veille au soir étaient de nouveau dressées.

— Mais ne vous inquiétez pas, ajouta-t-elle. Cela aura au moins servi à vous faire remarquer. C'est ce que vous cherchiez, n'est-ce pas ?

— Vous vous trompez. Je voulais vraiment vous aider. Loin de moi l'idée d'attirer l'attention. Pourquoi imaginez-vous une chose pareille ?

— Parce que c'est ce que cherchent la plupart des gens. Vous faites partie de l'encadrement dans ce club. Ne me dites pas que vous n'avez pas pensé à la suite de votre carrière. Pourquoi pas un poste de médecin dans l'équipe nationale ? Tout médecin du sport, en Nouvelle-Zélande, ne rêve-t-il pas de travailler avec les All Blacks ?

Qui pouvait répondre par la négative à une telle question ? Comme il hésitait, elle reprit :

— Votre hésitation vous a trahi, docteur Price. Pour une personne avide de succès, se rapprocher de moi peut être infiniment utile.

— Vous déformez les choses.

— Non, c'est vous qui avez commencé à les déformer en me serrant de près devant tous ces paparazzi.

— Je voulais simplement vous venir en aide.

— Mais quand comprendrez-vous que je n'ai pas besoin de votre aide ?

Il baissa les yeux sur la photo qui avait fait d'eux le couple de l'année. Ils allaient bien ensemble, c'était indéniable.

— Ce n'est pas si grave… Cela aurait pu être pire : ils ont photographié mon bon profil ! dit-il, tentant de dédramatiser.

— Vous plaisantez ? Toute cette histoire vous fait rire ?

Le bus arrivait à destination. Autour du stade, des hordes de supporters hurlaient et applaudissaient, et il dut hausser le ton pour couvrir leurs cris.

— J'essayais juste de ne pas perdre le sens de l'humour. Tout ça ne doit pas gâcher une journée qui s'annonce magnifique. De plus, cette journaliste devrait réviser son histoire. Lady Godiva et messire Lancelot ne peuvent pas avoir eu d'aventure ensemble.

Dani prit ses sacs, se leva et le regarda avec un air hautain.

— Et ils n'en auront jamais.

Les Jets étaient en train de perdre le match.

Dani avait eu beau faire son travail à la perfection — sans

perdre un instant le terrain de vue, toujours présente pour les joueurs sortant, relayant les informations à l'entraîneur à l'aide de son micro —, ils n'étaient pas en position de force. A la mi-temps, elle avait dû appliquer de la glace sur trois genoux et une épaule. Il fallait qu'ils marquent un but rapidement s'ils ne voulaient pas se voir disqualifier.

Zac prit place sur le banc, à côté d'elle. Sa jambe tressautait nerveusement.

— Plus que dix minutes. Ils ne peuvent pas perdre, surtout face à l'équipe la plus faible du classement !

— Sauf s'ils veulent être la risée du tournoi.

Et faire redoubler la colère de son père. Par chance, Davide n'avait pas vu l'article et la photo du magazine, sans quoi il aurait fallu qu'elle déploie le double d'efforts pour se faire pardonner. Mais pardonner de quoi, au juste ?

Pour ajouter à la tension ambiante, elle était en train de tomber amoureuse de la seule personne dont il fallait qu'elle se tienne éloignée. Chaque fois qu'elle posait les yeux sur lui, son cœur se mettait à battre plus vite et plus fort, son corps semblait pétiller. A moins qu'il ne s'agisse d'un début d'urticaire ? Tout à fait plausible, si l'on considérait à quel point Zac pouvait parfois se montrer irritant.

Il fallait qu'elle se concentre sur son travail et ce que son père attendait d'elle. Mais comment éviter la compagnie du beau médecin avec lequel elle était censée travailler toute la journée, tous les jours, pendant un mois ?

Sur le terrain, Jaxon semblait souffrir de sa blessure à la cuisse.

— Matt, il faut que je m'occupe de Jaxon, dit-elle dans le micro, au prochain arrêt de jeu.

— Entendu, répondit l'entraîneur.

Zac se leva alors d'un bond en interpellant l'équipe. Son parfum l'enveloppa comme une étole et elle dut refréner de toutes ses forces les diverses envies qui montaient en elle, à savoir, le frapper, le prendre dans ses bras, l'embrasser à pleine bouche.

Mais Zac se mit tout à coup à courir sur le terrain en lui criant d'apporter sa mallette et la glace. Son cœur, dont le rythme était déjà chaotique, s'emballa. Elle saisit les sacs et se précipita à son tour sur la pelouse.

— Manu ? Manu ? Tu m'entends ? demanda Zac en tapotant la joue du joueur.

— Mmm…, murmura ce dernier.

— Dani, il y a eu un choc frontal. L'autre n'a rien, apparemment. Son médecin va l'examiner.

— Faut-il appeler une civière ?

— Il peut peut-être marcher, dit Zac en soulevant la tête du joueur avec précaution. Ça va, Manu ?

— Oui, je vais reprendre le jeu.

Des gradins s'éleva un brouhaha de mécontentement et d'inquiétude. Sachant que les caméras de télévision devaient être tournées vers eux, Dani s'efforça de se concentrer sur son patient, sans lever les yeux vers les écrans géants disposés dans le stade. Jouer était sans doute la chose la plus importante de la vie des joueurs, et il fallait faire preuve de doigté pour qu'ils acceptent de sortir du terrain.

— Manu, il ne reste que quelques minutes de jeu, alors on va plutôt s'occuper de votre tête afin que vous puissiez participer aux prochains matches.

— Je vais bien, je peux continuer, insista le rugbyman.

— Non, vous quittez le terrain, dit-elle fermement.

— En quel honneur ? demanda-t-il en se levant d'un bond.

Puis il avança vers elle, l'air menaçant, le crâne couvert de sang, les yeux hagards, comme s'il ne parvenait pas à la fixer. Si elle l'avait rencontré un soir dans une rue sombre, elle se serait enfuie en courant, mais, pour l'heure, elle devait l'affronter et lui faire entendre raison.

— Vous n'êtes pas mon entraîneur, et vous êtes une femme, en plus. Qu'est-ce que vous y connaissez ?

— Ça suffit ! intervint Zac d'un ton déterminé. Tu as besoin d'être examiné. Un traumatisme crânien peut avoir des conséquences plus graves qu'un mal de tête et des troubles de la vue. Nous ne prendrons aucun risque, ni Dani ni moi, alors écoute-nous et suis-nous.

Lui posant une main sur l'épaule, il le força à quitter le terrain, tandis qu'une salve d'applaudissements s'élevait des gradins en l'honneur du joueur.

— Il va bien ? demanda-t-elle.

— A mon avis, il souffre d'une légère commotion cérébrale, ce qui expliquerait aussi la saute d'humeur. Je vais prendre rendez-vous chez un neurologue. L'ambulance va l'emmener.

Elle aurait pu s'occuper seule du joueur, mais elle fut soulagée de la façon dont Zac prenait les choses en main, avec sang-froid et habileté. Elle repensa à la fossette qui se creusait à chacun de ses sourires, la chaleur de ses yeux bruns, la force de ses bras qui avaient soutenu Manu sur le terrain. Que ne donnerait-elle pas pour se blottir dans ces mêmes bras !

Un grondement s'éleva alors des gradins. Inquiète d'avoir manqué une action importante sur le terrain, elle se retourna pour regarder le ralenti sur l'écran géant : un essai, qui, ramenant le score à égalité, pouvait se transformer en une victoire. Dani retint son souffle, comme tous les spectateurs du stade, tandis que Jaxon s'apprêtait à tirer. Il émanait de lui cette assurance semblant indestructible que certains hommes possédaient. Comme Zac, par exemple…

Le ballon passa au-dessus de la barre et le coup de sifflet final retentit. Le match était terminé et les Jets l'avaient gagné. Une épreuve était passée. Combien d'autres restait-il encore ?

Elle exhala un profond soupir de soulagement et remplit ses poumons d'air frais. Son père devait être ravi, ce qui rendrait sa vie plus facile… jusqu'au prochain match.

Il fallait simplement qu'elle reste concentrée sur son travail plutôt que sur cette adorable fossette.

— Tout va bien, Daniella ? lui demanda Zac dans le tunnel des joueurs tandis qu'ils regagnaient la salle de soins.

La façon dont il avait prononcé son prénom la troubla. Personne ne l'appelait plus Daniella sauf pour la sermonner.

Mais dans sa bouche, cela sonnait bien. Elle se sentit désirable, comme cela ne lui était pas arrivé depuis longtemps.

— Je vois beaucoup de glace et de bandages dans un avenir très proche…, plaisanta-t-il.

— Oui, mais rien de bien grave. A part Manu, tout le monde va bien.

Il lui posa une main sur le bras pour l'arrêter et attendit que le tunnel désemplisse.

— Et *vous*, vous allez bien ?

— Bien sûr, pourquoi ?

Il la fixait d'une façon très déstabilisante. Pensait-il qu'elle était faible, en difficulté ?

— Vous ne me croyez pas capable de gérer tout ça ?

— Bien sûr que si, parfaitement capable, répondit-il en tendant la main vers son visage.

Puis il sembla se raviser.

— Vous aviez l'air un peu secouée quand Manu vous a agressée. J'étais inquiet.

Joli Cœur devenant gentil ? Il ne fallait pas tomber dans le piège.

— J'aurais pu lui répondre moi-même, rétorqua-t-elle sèchement. Je ne suis pas une pauvre petite femme apeurée, alors refrénez vos élans néandertaliens.

— Désolé, je ne peux pas m'en empêcher.

Il sourit et se pencha vers elle.

— Depuis que je vous connais, je suis un homme des cavernes, toujours sur le qui-vive, qui a un besoin viscéral de chasser et de protéger.

— Allez protéger quelqu'un d'autre. Pourquoi pas en Sibérie ou en Mongolie ?

En tout cas, loin de ce tunnel désert.

— En attendant, j'ai du travail, docteur. Et je n'ai pas envie que les gens se remettent à jaser.

— A moins que nous leur donnions de bonnes raisons de le faire, répliqua-t-il avec un sourire irrésistible.

Il la scruta, en quête sans doute d'une réaction. De fait, elle avait beau s'efforcer de rester détachée, elle se sentait céder.

— J'ai réfléchi à cette abstinence imposée et j'ai eu envie de créer une liste de toutes les choses que nous pourrions faire et qui n'impliqueraient pas l'acte lui-même. Un genre de sexe sans sexe. *Tout* sauf *ça*.

Le timbre grave et chaud de sa voix la fit frissonner.

— Pourquoi ne m'aideriez-vous pas à trouver des idées ? Nous pourrions, par exemple, nous frictionner.

— Zac…, dit-elle d'un ton qu'elle aurait voulu ferme mais qui se révéla plus proche du couinement que de la parole.

— Se frictionner ici, là, se toucher, se frotter…, ajouta-t-il, ses doigts glissant sur elle, son épaule et son cou.

— Vous êtes devenu un vrai dictionnaire…

— En tout cas, vous aimez ça.

Elle pencha instinctivement la tête sous l'effet de ses caresses, comme envoûtée. Aurait-elle la force de l'arrêter, de résister ?

Il faudrait plutôt écrire une autre liste. Une liste qu'elle rédigerait elle-même et qui commencerait par : « le frapper ».

— Que pensez-vous des mots « émigration » ? « Castration » ?

— Vous avez de l'idée, mais il faudrait affiner un peu.

Son sourire en coin l'agaça. Elle se raidit.

— Zachary, je vous l'ai dit, je ne suis pas intéressée.

— Ayez l'air un peu plus convaincue et je vous croirai.

La voix de Matt résonna soudain dans l'oreillette de Dani.

— On se calme, les enfants ! Ne pouvez-vous pas vous embrasser une bonne fois pour toutes et nous rejoindre ? Davide veut vous voir. C'est au sujet de cet article de journal. Et puis, je suis dans le sparadrap jusqu'au cou !

4.

— Quoi ?

Dans la salle de soins où l'interminable compte rendu du match tirait à sa fin, Zac jeta un coup d'œil en direction de Matt. Davide Danatello ayant le dos tourné, l'entraîneur lui fit signe de ne pas répondre.

Mais pourquoi devrait-il se taire ? Il était un médecin hautement qualifié, pas un adolescent en pleine crise hormonale. Aussi avait-il le droit de s'adresser à Dani comme bon lui semblait. Même sur le ton du flirt… De toute façon, ils étaient deux adultes consentants et il lui semblait que leurs conversations lui plaisaient autant qu'à lui.

La prochaine fois, il faudrait simplement qu'elle veille à ce que son micro la reliant à l'entraîneur soit coupé.

Mais quelle prochaine fois ?

Davide Danatello scruta le groupe, dévisageant chacun de ses membres.

Zac comprit alors pourquoi cet homme avait si bien réussi. Il dominait le monde, par son allure et par sa voix. Comme son propre père, il pouvait anéantir une personne d'un regard, mais contrairement à l'intellectuel toujours couvert de terre et de poussière, le président des Jets d'Auckland était l'incarnation même du monde des affaires. Il avait le visage rougeaud, la bedaine et le souffle court de quelqu'un que l'infarctus guette.

— Maintenant, tout le monde au lit, tonna-t-il. Dani, Zac, restez là, j'ai un mot à vous dire.

A son côté, Dani se raidit. Du coin de l'œil, il perçut le

mouvement de ses doigts triturant une mèche. D'ici trois secondes au maximum, elle la porterait à sa bouche…

Bingo ! La confrontation avec son père n'était pas seulement une contrariété pour elle, mais une profonde source de stress. Où était passée la kinésithérapeute pleine d'assurance qui regardait Manu dans les yeux en affirmant que c'était elle qui décidait ?

Son cœur se serra et il décida de ne plus lui imposer de stress supplémentaire pendant un moment. Fini les joutes verbales et le flirt plus ou moins direct.

Davide Danatello reprit la parole.

— S'est-il passé quelque chose que je devrais savoir ? s'enquit-il en jetant le magazine sur la table. Je déteste le mensonge autant que les surprises.

Zac comprenait qu'un père ait besoin de protéger sa fille. Mais quelque chose dans le ton de sa voix laissait à penser qu'il s'agissait moins de sollicitude paternelle que d'un besoin viscéral de garder le contrôle et le pouvoir sur la vie du clan Danatello.

— Cet article est un amas de mensonges destiné à faire sensation. Le fait est que j'ai rencontré votre fille sur ce tapis rouge, ce soir même, et que nous ne nous étions jamais vus auparavant.

— Il n'y a strictement rien entre nous, ajouta Dani d'une voix tremblante. Je suis désolée pour toute cette histoire.

Son visage était décomposé et ses épaules semblaient soudain porter la misère du monde. Or, il était plus coupable qu'elle dans cette affaire, songea-t-il en serrant les poings. Il avait passé sa vie à vouloir s'opposer à son père. La moindre des choses était de venir en aide à Dani face au sien.

— J'ai pris Dani par le bras pour la sortir des griffes de ces journalistes intrusifs. Je n'ai aucun regret et referais la même chose si l'occasion se représentait. Je déplore simplement qu'un homme et une femme ne puissent plus faire une apparition en public sans que les médias inventent une histoire et fassent courir des ragots. Je déplore encore davantage qu'il y ait des gens pour y croire.

Il fixa le président, qui le regardait, bouche bée, et espéra que le message était passé. Puis il se tourna vers Dani.

— Nous travaillons ensemble et formons une bonne équipe. Ce qui compte pour nous, c'est de participer de notre mieux à la victoire des Jets. C'est tout. Bonsoir. A demain.

Dani retrouva Zac dans le hall, devant l'ascenseur. Leur histoire allait-elle s'arrêter là ?

Au lieu d'atténuer son attirance irrationnelle pour lui, ce qui venait de se passer n'avait fait que la décupler. Cet homme s'était comporté de façon absolument parfaite. Il se retourna et la regarda avec une intensité qui la fit vaciller. Ce n'était plus un play-boy qui se tenait devant elle, mais un gentleman. Toute la journée, que ce soit en salle de soins, sur le terrain ou face à son père, il s'était montré professionnel et charismatique. Mais aussi terriblement sexy.

Il lui adressa un sourire empli de bienveillance. Il avait l'air détendu, à l'aise dans son élégant costume, et de petits éclats dorés illuminaient le brun profond de son regard.

Elle sentit une force se manifester en elle, qui n'aspirait qu'à jaillir. Une envie de s'amuser trop longtemps réprimée ? De l'insouciance ? De la légèreté ? Le badinage de Zac avait réveillé une partie de son être et lui avait redonné l'impression d'être vivante.

Mais n'était-ce pas l'insouciance qui lui avait fait faire des choses regrettables, par le passé ? De toute façon, la priorité du moment était clairement le tournoi de rugby qui lui permettrait de regagner l'estime de son père et de racheter ses erreurs de jeunesse. La seule relation qu'il faudrait développer avec Zac serait une camaraderie professionnelle.

— Merci pour ce que vous avez dit tout à l'heure. Comme ça, les choses sont claires pour tout le monde.

— Claires comme de l'eau de roche. Votre père est un sacré personnage.

— Oui, mais ne craignez rien, vous ne risquez pas de perdre votre poste. Il s'emporte facilement, mais il n'est pas idiot au point de renvoyer son médecin en plein milieu d'un tournoi.

Quels que soient ses défauts, Davide demeurait son père. L'immense amour qu'elle éprouvait pour lui n'avait jamais faibli, même lorsqu'il l'avait brutalement rejetée. Point positif : il n'avait pas utilisé l'article du magazine pour sa propre publicité, comme il l'avait fait avec les fiançailles de Deanna. Autre point positif : Zac ne s'était pas enfui à toutes jambes, comme Paul l'avait fait avant lui. Pas encore, du moins.

— Depuis que maman est morte, il a du mal à contrôler ses humeurs. Dans leur couple, elle était la douce voix de la raison.

Zac tourna vers elle un regard attristé.

— Je suis désolé.

— C'était il y a longtemps.

— Vous avez donc pris le relais ?

Elle leva le menton et afficha un sourire de circonstance. Les relations familiales étaient toujours complexes et sa famille était loin de faire exception à la règle.

— Je ne sais pas, répondit-elle. Les choses ne sont pas si simples.

— Vous pouvez peut-être essayer de m'expliquer.

— Non, je ne veux rien essayer du tout avec vous, Zac.

Il s'approcha d'elle.

— Menteuse, murmura-t-il.

Il avait raison, mais il lui était difficile de l'avouer.

— Pas même en rêve.

— Ce n'est pas ce que disent vos yeux, dit-il en se rapprochant encore. Et ils expriment beaucoup de choses : ce que vous pensez, ce que vous ressentez, ce que vous désirez.

Quelle idée ! Elle avait passé sa vie à ériger des barrières entre elle et le monde. Il ne pouvait pas les abattre d'un revers de la main.

— Je vais vous dire le fond de ma pensée, Zachary : oubliez-moi !

Elle ferma les yeux et soupira.

Lorsqu'elle les rouvrit, Zac se tenait devant la porte ouverte de l'ascenseur. Elle passa devant lui et appuya sur le bouton du onzième étage. Etait-ce la chaleur de cette fin d'été ou la promiscuité de la cabine d'ascenseur qui rendait soudain sa respiration difficile ?

Pendant les longues secondes d'ascension, elle n'eut présents à l'esprit que les battements de son cœur et le désir bouillonnant en elle. C'était une torture de désirer cet homme à ce point tout en sachant qu'il ne pourrait rien se passer entre eux. Mais dès qu'elle se promettait de se tenir à bonne distance de lui, c'était lui qui se rapprochait, comme s'ils étaient aimantés.

Elle eut envie de caresser son torse. Elle regarda ses mains, fermement agrippées à la barre métallique, et imagina quel plaisir elles pourraient lui donner. Quel goût avaient ses lèvres ? Ses baisers étaient-ils doux et lents ou fougueux ?

Etait-ce de la faiblesse que de souhaiter que l'ascenseur tombe en panne à cet instant précis ? Et qu'ils demeurent seuls, sans public ni caméras, sans ces règles stupides imposées par son père ? En fait, elle désirait cet homme depuis qu'il avait surgi de nulle part, sur le tapis rouge, face aux journalistes.

Comme en réponse à ses prières, les lumières clignotèrent et la cabine tressauta. Dieu existait donc !

Son euphorie fut de courte durée : les portes de l'ascenseur s'ouvrirent sur le palier du onzième étage.

Elle soupira et s'apprêta à sortir de la cabine, mais ses pieds refusèrent d'obéir aux ordres de son cerveau.

— Allez, princesse, il est temps d'aller se coucher. La journée a été longue, dit Zac en lui offrant son bras.

Comment cet homme pouvait-il se montrer si prévenant alors qu'elle rêvait qu'il lui saute sauvagement dessus ? Elle était en train de tomber amoureuse de lui, ce qui était pourtant la dernière chose à faire en de telles circonstances. Il ne fallait pas succomber au charme d'un séducteur patenté qui cherchait vraisemblablement à l'utiliser pour gravir les échelons du succès.

— Dani ?

— Oui ? répondit-elle d'une voix rauque et mal assurée.

Son visage était à quelques centimètres du sien. Mais elle ne devait pas céder. Il fallait qu'elle se protège, en dépit du désir qui la consumait.

— Qu'est-ce que vous voulez, Zac ?

— Je ne sais pas. Enfin, si… je ne le sais que trop.

Dans ses yeux, elle lut la question à laquelle elle était incapable de répondre, ne sachant plus ce qui était bien ou mal, évident ou déplacé. Elle ne comprenait plus rien, à part ce besoin presque douloureux de sentir ses lèvres sur les siennes.

Mais d'un geste vif, Zac lui prit sa casquette et se mit à la décoiffer.

— Vous savez, je passe mon temps à compléter cette liste.

— La liste du sexe sans sexe ?

— Oui. Que pensez-vous d'*embrasser* ?

Il se pencha et déposa un bref baiser sur sa bouche.

— Téter ?

Il se mit à lui aspirer doucement la lèvre inférieure.

— Mordiller ?

Posant les mains sur sa taille, il l'attira à lui. Sa bouche qu'il avait plaquée sur la sienne avait la saveur virile et sensuelle qu'elle imaginait. Il poussa un gémissement qui ne fit que décupler son désir pour lui.

Elle recula et inspira profondément pour recouvrer son souffle, les jambes flageolantes.

— C'est ainsi que vous souhaitez bonne nuit à vos collègues, docteur Price ?

— Non. Il paraît que Matt embrasse très mal. Vous, en revanche…

Il rapprocha son visage.

— Vous qui n'aviez pas envie, *même pas en rêve* ! murmura-t-il contre sa bouche. Et dire que je m'étais promis d'avoir un comportement exemplaire ! Il a fallu que je vous rencontre pour que toutes mes résolutions s'évaporent.

— C'est provisoire. Les choses vont bientôt rentrer dans l'ordre, murmura-t-elle.

Alors qu'elle s'abandonnait à son baiser, elle aperçut soudain un petit voyant lumineux rouge dans un angle du plafond. Une alarme à incendie ? Une caméra de surveillance ?

Elle sentit la colère monter en elle. Où diable pourrait-elle enfin trouver un peu d'intimité ?

Elle posa les mains sur son torse pour le repousser doucement.

— Je dois y aller.

— Que se passe-t-il ? demanda-t-il, l'air soudain dépité.

— Je vais me coucher. Nous n'aurions pas dû. Il ne faut pas que cela se reproduise.

Elle se retourna et marcha jusqu'à sa chambre, consciente du regard de Zac dans son dos. La chaleur de son corps et l'excitation d'avoir fait une chose interdite et imprévisible s'évanouirent dans l'air frais et sec du couloir. Cette fois, sa porte s'ouvrit du premier coup. Puis elle la referma et, s'y adossant, elle pressa les doigts contre ses tempes en comptant pour faire retomber la pression qui menaçait de faire exploser sa tête.

Une fois calmée, elle se dirigea vers la salle de bains, où elle remplit d'eau froide un verre qu'elle appliqua sur son front.

Va au diable avec ta liste stupide, et laisse-moi tranquille !

Dans le miroir, elle scruta son reflet, ses cheveux défaits, ses lèvres rougies, si peu habituées à être embrassées. Ses yeux las et moralisateurs, qui semblaient lui dire qu'elle n'avait pas la moindre chance de réussir. Mais elle ne laisserait pas un homme détruire la vie qu'elle avait reconstruite avec tant d'énergie. Après tout, ce baiser n'avait été qu'un petit dérapage. Elle redressa les épaules et étala du lait démaquillant sur son visage.

— Daniella Danatello, tu es une bonne personne. Tu n'as échoué en rien. Si torride soit-il, un baiser ne signifie pas que tu as perdu le contrôle de ta vie, ni que tu as transgressé les règles.

Cela dit, jamais un baiser n'avait provoqué en elle un tel effet !

5.

— Allez, dis-moi tout : il est comment, le Dr Canon, au travail ? Qu'est-ce qu'il est beau !

Poussant un soupir, Desere se pencha vers le miroir au cadre doré de l'hôtel pour appliquer le rouge à lèvres le plus voyant que Dani ait jamais vu. La salle de bains de la suite regorgeait de parfums et de cosmétiques en tout genre.

Dani tenta de détourner l'intérêt de sa sœur pour Zac. Avec un peu de chance, elle n'y verrait que du feu.

— Il est beau, ton rouge à lèvres. Il te va bien.

— Tu aimes ? C'est un cadeau que j'ai rapporté de la Fashion Week, dit-elle en lui agitant l'objet sous le nez.

Par chance, n'importe quel sujet de conversation perdait de son importance aux yeux de Desere dès que l'on évoquait la science du maquillage.

— Il n'y en a que vingt disponibles dans tout le pays et la liste d'attente est longue. Tu devrais t'inscrire.

— Hmm…

Desere lissa son T-shirt trop petit d'au moins deux tailles et vérifia sous toutes les coutures son fessier moulé dans un jean à impression peau de serpent.

— Oh ! Mon Dieu, quelle lumière ! Regarde comme je suis affreuse !

Dani tenta de transformer son rictus incrédule en sourire bienveillant, mais en vain. Pourquoi, chez sa sœur, tout devait-il tourner autour de l'apparence plutôt que de son travail ou sa personnalité ? Que faisait-elle à part sourire et se pavaner dans des robes de haute couture et exécuter les ordres de leur père ? Desere élevait le vide au rang d'art. Le point positif était qu'elle avait relégué Zac dans un coin éloigné de son cerveau.

— Desere, tu es magnifique ! Comme toujours.

— Toi aussi, tu pourrais l'être si tu faisais un effort. Regarde ce survêtement informe ! dit-elle en lui descendant la fermeture Eclair de sa veste pour dévoiler un peu de son décolleté. Tu ne te mets pas en valeur. L'an prochain, c'est Luigi qui dessinera la tenue de l'équipe et lui, il saura s'occuper de toi. Allez, viens, il faut qu'on y aille !

— Je n'ai pas besoin de mettre en valeur quoi que ce soit pour travailler. J'ai besoin d'être à l'aise dans mes vêtements. Mais… Pourquoi dis-tu qu'il faut qu'*on* y aille ?

La réalité pénétra enfin son esprit hébété. Utiliser son cerveau de façon intelligente s'était révélé presque impossible depuis que Zac l'avait embrassée, deux jours auparavant. Dès qu'elle l'approchait, elle était obnubilée par tout ce qu'elle pourrait ajouter à sa maudite liste.

— Les femmes et les petites amies sont censées être bannies de l'hôtel. Tu peux bien m'emmener avec vous faire un tour en hélicoptère !

Dani réprima son agacement. C'était typique de Desere de vouloir profiter d'elle. Quand cesserait-elle de s'immiscer dans sa vie ?

— Papa voulait que nous soyons là pour créer un effet de surprise pour la couverture médiatique. C'est la dernière occasion que nous ayons, avant que tu partes demain en camp fermé à Rotorua. Tu pourras dire que je travaille aussi.

Elle lui adressa son fameux sourire, tête légèrement penchée, dentition parfaite et œil de biche, qu'elle avait perfectionné au fil des ans. Puis elle lui donna une petite tape sur le bout du nez comme si elle était son chihuahua.

Dani se prit à rêver à sa petite maison et à son anonymat, loin de cette vie superficielle, et eut envie de tout plaquer : ses sœurs, son père et toute cette comédie.

Sa sœur la dévisagea.

— Allez, laisse-moi faire, dit-elle en s'approchant d'elle. On défait cet élastique. Une mèche en liberté ici, un soupçon de gloss et un peu de blush.

— Desere, je peux m'en occuper moi-même.

— Ne refuse jamais l'aide d'une experte, ma chérie.

Elle se soumit au caprice de Desere, pensant tout enlever dès qu'elle serait partie. C'était toujours préférable au fait de la voir bouder.

Se reculant, Desere contempla son œuvre.

— Superbe ! Et je ne suis pas la seule à le penser.

Dani la regarda d'un air interrogateur.

— Dr Canon ! Dani, ne me dis pas que tu ne l'as pas remarqué !

— Ne sois pas ridicule.

— Etant donné que tu passes tes journées en survêtement, c'est vrai que c'est étonnant. Mais qui suis-je pour juger ?

— C'est pourtant en cela que tu excelles.

Et pas seulement Desere, mais le clan Danatello tout entier passait son temps à juger les autres.

Vous êtes pauvre ? Ne vous avisez pas de nous adresser la parole. Vous êtes inconnu ? Vous faites partie des gens communs ? Passez votre chemin !

Plus jeune, Dani rêvait d'avoir une sœur à laquelle elle pourrait se confier et demander des conseils, et Desere n'avait jamais rempli ce rôle. Depuis la mort de leur mère, elle s'était appliquée à devenir le bras droit de leur père et Dani avait compris qu'il était plus facile de s'adresser à ses amis de Wellington, les seules personnes en qui elle pouvait avoir confiance.

— Zac est un collègue de travail, répondit-elle du ton le plus détaché qu'elle put.

— Ne fronce pas les sourcils, ma chérie, ou tu vas être ridée prématurément. D'ailleurs, tu devrais peut-être commencer les injections, non ?

Desere enleva l'excédent de rouge à lèvres avec un

mouchoir en papier extrait d'une boîte dorée incrustée de fausses pierres précieuses.

— Collègue ou non, cet homme est un dieu !

Un dieu à l'esprit mal tourné, aux mains brûlantes, à la liste stupide… Dani réprima un sourire.

— Pas remarqué…, marmonna-t-elle en espérant être crédible.

— Tu as un problème de vue, alors. Bon, on y va ?

Desere attrapa sa pochette et ouvrit la porte de la salle de bains. Malheureusement, Zac revint dans la conversation dès qu'elles furent dans le couloir.

— Tu sais que papa l'adore ? En fait, dès que le tournoi sera terminé, il va lui faire grimper les échelons.

Sa sœur lui révélait un scoop.

— Comment ça ?

— Je ne sais pas. Dans une équipe nationale ou au comité olympique… Cela dit, ce serait bon pour les Jets qu'il reste ici. Si tu vois ce que je veux dire…

— Que les choses soient claires, Desere, rétorqua Dani, lasse des allusions répétées de sa sœur. Zac est assez grand pour décider des orientations à donner à sa vie sans que j'aie besoin d'intervenir.

— Je ne te demande pas d'intervenir. Mais tu pourrais te comporter de sorte qu'il ait encore plus envie de rester.

C'était ainsi que sa sœur la considérait ? Capable de séduire un médecin par pur intérêt commercial ? Cela dit, n'était-ce pas ce que Desere avait fait avec Joseph ?

Mais c'était nier les efforts que Dani avait accomplis pour créer sa propre vie, loin des Jets d'Auckland et de sa famille.

— Tu plaisantes, j'espère ? s'emporta Dani alors qu'elles arrivaient dans le hall de l'hôtel.

— Ce n'est pas la mer à boire. Regarde-le !

Dani suivit le regard de sa sœur jusqu'au groupe d'hommes qui les attendaient, et ses yeux se posèrent instinctivement sur Zac. Au milieu de ces armoires à glace débordant de testostérone, loin de se perdre dans le décor, il se distinguait par son charisme et son élégance naturelle. Comme toujours, le sourire qu'il lui adressa la fit chavirer.

— Réfléchis bien, murmura Desere en la serrant dans ses bras. Si tu ne le fais pas pour toi, fais-le au moins pour nous, pour ta famille. Fais-le pour papa.

— Non, Desere, je ne me prostituerai pour personne. La demande en mariage de Paul m'a vaccinée.

Parfois, elle détestait sa sœur autant qu'elle l'aimait. Quoi qu'il en soit, si elle avait une aventure avec Zac, ce serait par désir, pas par calcul. Sa vie avait déjà été émaillée de trop de tromperies. Elle avait désormais choisi une autre voie, dont rien ne la détournerait, au risque même que les relations avec son père ne s'améliorent pas.

Mais il était temps de mettre un terme à cette discussion. Les caméras étaient là et elle n'avait pas l'intention de leur livrer quoi que ce soit d'elle, comme elle avait eu la faiblesse de le faire sur le tapis rouge.

Elle releva le menton et inspira. Cette fois, ce serait elle qui mènerait la danse.

Le plan A ne s'était pas déroulé exactement comme Zac l'avait imaginé. Leur simple *relation entre collègues* s'était métamorphosée en montagnes russes. A peine s'était-il promis de ne pas flirter que, l'instant d'après, il serrait Dani dans ses bras.

Des heures s'étaient écoulées avant que son cœur recouvre son rythme normal et qu'il efface le visage de Dani de son esprit. Il avait l'impression d'être incapable de raisonner, tant son cœur et sa tête étaient en conflit.

Il fallait qu'il lui parle. Mais Dani était maîtresse dans l'art de l'évitement et lui décochait un regard paralysant dès qu'il s'approchait trop d'elle.

Après le dernier tour en hélicoptère, il la rejoignit devant l'embarcadère, où elle essayait de calmer l'impatience des joueurs à embarquer à bord des jet-boats. Matt et Davide

Danatello participant à une réunion d'entraîneurs, ils se retrouvaient seuls, tels deux baby-sitters chargés de garder vingt-deux athlètes surexcités.

Elle lui jeta un coup d'œil aussi glacial que la banquise avant de se concentrer de nouveau sur les joueurs.

— Ne vous inquiétez pas, princesse, ils se calmeront d'eux-mêmes dès qu'ils auront accroché leur ceinture de sécurité, dit Zac.

Elle leva les yeux vers lui.

— Pardon ? C'est à moi que vous parlez ?

— Oui, je ne vois pas qui je pourrais appeler *princesse* ici. A part peut-être Jaxon, depuis qu'il est devenu la diva de l'équipe, ou votre ravissante sœur.

Il indiqua d'un signe de tête Desere, juchée sur les talons les plus hauts et vêtue du jean le plus moulant qu'il ait jamais vus. Dire qu'elle avait la réputation d'être discrète ! De toute façon, que ce soit elle ou Deanna, aucune n'arrivait à la cheville de Dani.

Desere leur adressa un clin d'œil.

— Ne faites pas attention à elle, dit Dani. Elle va bientôt s'en aller car elle n'est venue que pour les photos. Elle ne risque pas de monter à bord de cet engin avec les chaussures qu'elle a aux pieds et puis le vent et les embruns risqueraient de décoiffer son sacro-saint brushing. Mais je suis sûre qu'elle serait ravie de vous parler. Allez-y, ne vous privez pas. Et quand vous serez décidé à venir m'aider à tenir cette horde de gamins, vous me ferez signe.

— J'imagine que le moment est mal choisi pour parler de ce qui s'est passé l'autre jour.

Elle le dévisagea. Elle semblait en proie à une lutte intérieure, entre l'envie évidente de lui parler et la détermination à l'envoyer au diable.

— Pour le moins, rétorqua-t-elle.

Puis elle tourna la tête, comme si quelque chose avait soudain attiré son attention.

— Joseph ! s'écria-t-elle.

Se rappelant sans doute que les micros et les caméras n'étaient pas loin, elle se rapprocha du joueur et ordonna à mi-voix :

— Donne-moi cette flasque. Où t'es-tu procuré ça ? Tu sais bien que l'alcool est proscrit pendant tout le tournoi !

Se contentant de hausser les épaules, Joseph se tourna vers sa femme.

— Desere, c'est toi qui l'as apportée ?

— Détends-toi, sœurette, répondit cette dernière. J'ai fait ça pour l'aider. Je lui manque, il est stressé, et il a besoin de se détendre un peu ! Comme toi, d'ailleurs.

De toute évidence, Desere ne mesurait pas le risque qu'elle faisait courir à l'équipe ou à sa sœur, songea Zac qui intervint.

— Que se passera-t-il si les autres l'apprennent ? Cela ne servira qu'à semer la zizanie au sein de l'équipe.

— Je sais, Zac, répondit Desere, l'air contrit.

L'espace d'un instant, il la crut sincère, mais une lueur enjouée dans ses yeux la trahit. En ceci, elle ressemblait à son père : on pouvait concevoir des doutes sur ce qui se cachait derrière ses mots, à l'inverse de Daniella, avec qui on savait à quoi s'en tenir. Dani était claire. Il était conscient du moment où il pouvait s'approcher d'elle et savait quand il devait rester distant. Quand il pouvait la taquiner, la séduire, l'embrasser. Il savait aussi à quel point elle était attirée par lui, même si elle s'efforçait de ne rien en laisser paraître.

C'était la première fois qu'il avait l'impression de comprendre une autre personne que lui.

La moue coupable de Desere s'élargit en un immense sourire.

— Il n'y a pas que l'alcool qui soit interdit, d'ailleurs. Mais nous savons bien comment on peut contourner le règlement, n'est-ce pas, Dani ? dit-elle en donnant une petite tape sur le nez de sa sœur.

— Tu devrais partir, Desere, avant que la presse ait vent de la nouvelle. Et tant que tu y es, cesse de te mêler de ma vie. Je ne veux plus te voir jusqu'au dernier jour du tournoi. Compris ?

Furieuse, elle se tourna pour monter à bord du bateau et Zac vint s'asseoir à côté d'elle. Elle le regarda à peine, se concentrant sur les joueurs qui envahissaient les lieux en riant, se taquinant et plaisantant, tels des gamins. Les sièges étant étroits, ils ne pouvaient pas faire autrement que de se toucher et Zac percevait sa colère et sa respiration haletante, la chaleur de sa cuisse contre la sienne. Sur elle, même la tenue réglementaire bleu marine était sexy.

Cette femme le rendait fou.

— Maudite Desere… Allez savoir qui en a bu. Regardez Jaxon, son comportement est aberrant !

Les bras tendus, l'un derrière l'autre, Manu et Jaxon rejouaient la scène du *Titanic* en chantant à tue-tête.

— Qui fait Kate Winslet ? demanda Zac en espérant détendre l'atmosphère.

Il sut qu'il y était parvenu en voyant un sourire timide se dessiner sur les lèvres de Dani.

— Ne me faites pas rire. J'essaie d'être fâchée contre Desere.

Il posa sa main sur la sienne, comprenant à quel point, sous ses airs autoritaires, elle devait souffrir face à une famille qui ne l'épargnait pas.

— Elle n'a sans doute pas voulu mal faire. Elle ne saisit pas à quel point ce travail est important pour vous.

Dani retira sa main.

— Elle devrait, pourtant. De toute façon, j'ai passé toute ma vie en désaccord avec Desere. Vous avez des frères et des sœurs ?

— J'ai une sœur beaucoup plus jeune que moi. On aurait pu être en désaccord si on avait eu l'occasion de vivre ensemble. Or, on m'a envoyé en pension quand elle était bébé, et c'est l'école qui est devenue ma famille, mon refuge.

Et Tom était devenu son frère, en quelque sorte, mais il l'avait laissé tomber. Le sentiment de culpabilité, qui ne le quittait que rarement, s'insinua en lui telle une lame de couteau. Il chassa ce souvenir de son esprit.

— Je ne suis donc pas un expert en relations.

— Sur ce point-là, nous sommes deux. La pension vous plaisait ?

— Oui, je m'y suis fait de bons amis.

— Ce n'est pas ce que disent vos yeux.

Il détourna le regard pour ne pas la laisser pénétrer plus loin dans les profondeurs de son âme. Il s'était toujours employé à cacher ces détails de sa vie qu'il n'avait jamais révélés à quiconque.

— Et vous, vous aimiez l'école ? demanda-t-il, ignorant sa remarque.

— J'ai saisi le message. Mais je vous comprends, moi aussi je protège ma vie privée et mon intimité.

Elle haussa les épaules.

— J'aimais bien l'école, au détail près que j'étais une fille Danatello et que j'ai mis mes pas dans ceux de Desere. J'ai donc porté très tôt des talons aiguilles vertigineux. Nous n'étions que des gosses de riches, avec beaucoup trop d'argent de poche et peu d'estime pour l'autorité. Mais tout ça est derrière moi, maintenant.

— Qu'entendait Desere par « contourner le règlement » tout à l'heure ? Lui avez-vous raconté que nous nous étions embrassés ?

— Bien sûr que non ! répondit-elle en jetant un regard suspicieux autour d'elle.

Mais les joueurs étaient occupés à enfiler leur combinaison et à s'installer, et le bruit du moteur couvrait déjà largement leurs voix.

— Vous lui avez parlé de notre liste, alors ?

— Zachary, je ne passe pas ma vie à parler de vous.

— Vous savez que vous êtes drôlement sexy quand vous prenez ce ton de maîtresse d'école !

Elle se redressa et releva le menton.

— Vous vous croyez certainement irrésistible, mais sachez que je ne cherche pas une aventure. Ce qui s'est passé entre nous est un accident. Disons que j'ai eu un manque de discernement temporaire.

— Un manque de discernement temporaire ? On dirait que vous êtes en conférence de presse. Pourquoi n'employez-vous pas des mots qui expriment ce que vous ressentez vraiment ?

Et lui, quels mots pouvait-il mettre sur cette histoire ? D'habitude, embrasser une femme lui procurait une sensation de soulagement, pas de frustration croissante car, depuis ce premier baiser, il ne rêvait que de recommencer. Mais il ne pouvait pas contrer le sentiment de regret qui s'immisçait en lui à l'idée que les choses allaient peut-être s'arrêter là. Il craignait d'avoir manqué une occasion, même s'il était conscient que les choses étaient sans doute mieux ainsi, pour l'un comme pour l'autre.

— Je suis désolée, vous avez raison, il faut que je m'exprime avec des mots simples. Voici donc la version simplifiée de ce que je viens de dire : ce n'était pas bien de vous embrasser.

— Pas bien ? Comment pouvez-vous dire une chose pareille ? Nos lèvres se sont à peine effleurées… Nous n'avons qu'à réessayer, vous me direz alors si c'est bien ou non.

Son regard se posa sur ses lèvres entrouvertes qu'elle avait maquillées d'un rouge vibrant. Que ne donnerait-il pour y poser sa bouche et lui voler un baiser ?

— N'y pensez pas, dit-elle en levant les yeux au ciel. Pauvre Zachary… Vous n'avez vraiment pas l'habitude de vous faire éconduire ! D'habitude, les femmes se jettent à vos pieds !

— Non. Enfin… C'est vrai que j'ai un certain succès.

Elle éclata de rire.

— Je n'en doute pas. Mais en ce qui me concerne, je ne figurerai pas sur votre tableau de chasse. Gardez votre énergie et vos deux mille préservatifs pour vos prochaines conquêtes.

Le capitaine du bateau énonça alors les consignes de sécurité tout en manœuvrant pour sortir du port. Tandis que l'embarcation fendait les eaux agitées du golfe de Hauraki, elle se pencha pour l'éclabousser et se retourna vers lui, l'air espiègle. Où était passée la femme docile qu'il avait rencontrée sur le tapis rouge ? Ou la femme sexy de l'ascenseur ? Dani était une femme aux multiples facettes, à la fois déterminée, fougueuse, réservée et vulnérable. Mais dans tous les cas, elle était magnifique, et il devenait de plus en plus difficile de résister à son charme.

Lorsque le bateau accosta, il sauta sur le ponton pour l'amarrer puis il tendit une main pour l'aider à descendre. L'ignorant, elle s'apprêtait à le faire seule quand deux des joueurs surgirent derrière elle, l'un portant tant bien que mal l'autre sur son dos, et manquèrent de la faire tomber à l'eau en passant.

Comme elle vacillait, Zac la rattrapa de justesse par le bras et elle prit appui sur son torse. Ses cheveux avaient un parfum de miel et d'embruns qui le rendait fou.

— Etes-vous sûre que vous n'avez pas envie de retenter l'expérience ? murmura-t-il dans le creux de son cou.

— Zac… Il… Il faut leur dire d'arrêter immédiatement de faire les fous sur le ponton.

Il sourit. Comme elle était charmante lorsque ses allusions sexuelles la faisaient rougir et bégayer ! Et de plus en plus excitante.

— Qu'avez-vous fait de votre sens de l'humour ?

— Je le garde pour l'après-finale, quand je serai sûre de ne plus vous revoir. D'ici là, nous allons devoir nous concentrer sur notre tâche qui, aujourd'hui, va consister, entre autres, à parler à ces journalistes, là-bas.

Elle fit semblant de tenir un micro.

— Docteur Price, pour quelle raison les joueurs de l'équipe la mieux payée de Nouvelle-Zélande se comportent-ils comme des gamins qui ont mangé trop de sucreries ?

— Je vous remercie de me poser cette question, mademoiselle Danatello, répondit-il en se penchant au-dessus du faux micro. La réponse est simple : c'est parce que les membres de l'encadrement sont en train d'avoir des relations sexuelles sans sexe sur un embarcadère.

— Parlez pour vous !

— Mais vous ? Dites-moi que vous n'en avez pas envie. Dans d'autres circonstances, voudriez-vous de moi ?

Il se pencha vers elle.

— Moi, en tout cas, je dirais oui sans la moindre hésitation, ajouta-t-il plus bas.

— Je… Je ne sais pas, bredouilla-t-elle en s'efforçant de soutenir son regard.

Mais ses yeux lui donnèrent une réponse plus franche. Il continua à la fixer, hypnotisé par leur éclat. Il désirait cette femme plus que jamais, et il ne s'agissait pas seulement d'un désir physique, mais de quelque chose de plus grand, plus profond, qu'il n'avait jamais éprouvé avec une autre femme.

Une voix rauque le sortit de sa torpeur.

— Docteur ! Dani ! Venez vite !

Il se précipita sur le ponton sur lequel l'ailier et Jaxon formaient un tas gigotant et ridicule de bras et de jambes.

6.

— Si vous ne vous étiez pas comporté de cette façon, nous aurions pu éviter à Jaxon de perdre la face, dit Dani, assise sur le canapé d'angle du bar de leur hôtel de Rotorua, en jetant un coup d'œil vers le joueur assis à l'autre extrémité du bar.

Bien que son pied soit resté bandé et surélevé pendant trois jours, sa cheville était encore gonflée.

— Il ne pourra pas jouer pendant au moins deux matchs, ajouta-t-elle. J'espère qu'il sera rétabli pour les demi-finales, si toutefois l'équipe arrive jusque-là sans lui.

— En quoi est-ce ma faute ? répliqua Zac. Jaxon est adulte et responsable de ses actes. Ce n'est pas moi qui lui ai tordu la cheville en lui tombant dessus de tout mon poids.

Le sourire de Zac était toujours aussi renversant, mais elle s'efforça de ne pas se laisser attendrir.

— Vous auriez dû les surveiller de plus près. Leur comportement est inacceptable.

— Nous ferons en sorte, désormais, qu'ils ne boivent rien d'autre que du jus d'orange. A ma décharge, je dois dire que j'ai été distrait.

Son regard glissa de ses yeux à ses lèvres puis revint fixer ses yeux. Son sourire était en soi un appel à la sensualité la plus débridée.

Depuis l'excursion en bateau, ils passaient le plus clair de leur temps à se provoquer. Loin d'imposer ses distances, Dani jouait le jeu du flirt avec plaisir tant que les limites qu'elle s'était fixées n'étaient pas dépassées.

— C'est donc à moi que revient la faute ? dit-elle avec un sourire.

— En partie, répondit-il en lui prenant la main pour déposer un baiser dans sa paume.

— Zac ! Arrêtez ça tout de suite ! Pas ici…

— Que craignez-vous ? Personne ne peut nous voir, dans ce coin.

— Arrêtez immédiatement ! J'aimerais avoir avec vous une conversation qui ne tourne pas uniquement autour du sexe.

— Soit, dit-il d'une voix résignée. Que voulez-vous savoir ?

Dani prit une grande inspiration dans l'espoir de chasser les images indécentes qui tourbillonnaient dans son esprit et de calmer les battements désordonnés de son cœur.

— Que vous est-il arrivé à l'école ?

Il blêmit et une succession d'émotions contradictoires traversa son visage sans qu'il puisse les dissimuler derrière un masque de séduction ou de professionnalisme. Pour la première fois depuis qu'elle le connaissait, il avait l'air démuni.

— Rien, répondit-il. C'est loin. Je n'ai pas envie d'en parler.

— Et, pourtant, vous êtes en train de le faire.

Il était surprenant qu'une personne aussi solaire que Zac ait peur d'explorer les recoins sombres de son histoire.

— Ne vous inquiétez pas, je ne vous demanderai pas les détails. Mais vous pouvez peut-être m'en dire un peu plus. Je suis sûre que votre vie n'est pas faite que de sexe et de listes…

Le fait qu'elle mentionne « sexe » et « listes » sembla le soulager ponctuellement.

— Peut-être, mais cette liste, par exemple, c'est du présent. Après le présent, c'est l'avenir. Or Dieu seul sait ce que l'avenir nous réserve. Aujourd'hui… Demain… Ensuite, ce sera le chaos.

— Bon sang, Zac, dois-je vous tirer les vers du nez ? Si vous ne me parlez pas, je cesse de compléter votre liste.

L'homme gai et bavard qu'elle connaissait disparut, l'espace d'un instant. Il semblait perdu. Elle savait qu'il aurait du mal à accepter son aide, pourtant elle ne pouvait pas ne pas la lui proposer. A force de le côtoyer et de parler avec lui, elle s'était attachée à lui et l'idée de le voir souffrir la bouleversait.

— Essayez, au moins.

Zac soupira.

— D'accord. Je vous raconte l'histoire dans les grandes lignes. J'avais un ami qui m'était très cher, mais je l'ai trahi. J'aurais dû être là pour lui et je n'y étais pas. C'est la seule chose que je regretterai toute ma vie.

— Comme je vous comprends !

— Oui, mais vous, vous avez rebondi.

Il se leva et jeta un coup d'œil circulaire.

— Le bar s'est vidé. Je crois qu'il est l'heure de partir.

— Mais…

— Il n'y a pas de mais, dit-il sur un ton qui ne souffrait pas la contradiction.

Elle était allée trop loin. De toute évidence, elle avait pénétré un territoire qu'il ne souhaitait montrer à personne.

— Je vais vérifier s'il n'y a pas de message pour nous à la réception. A demain !

— Bonne nuit, princesse ! dit-il, l'air désolé, avant de déposer un baiser sur sa joue.

Un geste spontané, empli de tendresse, mais alourdi par la tristesse tapie en lui, et qu'elle avait maladroitement réveillée. Son cœur se serra face à cette facette inattendue de sa personnalité. Comment ne pas voir en lui plus qu'un simple collègue de travail ? Si seulement elle pouvait s'empêcher de penser à cette fichue liste !

Un son grave fit sursauter Zac et le tira d'un rêve dont il aurait préféré ne jamais se réveiller, dans lequel Dani et lui se partageaient les rôles, tout à leur plaisir. Le réveil indiquait 1 heure et demie.

Le bruit se manifesta de nouveau. Il tendit la main pour prendre son portable et lut le message qui venait de s'afficher sur l'écran.

Un SMS de Dani au beau milieu de la nuit ?

Zac, est-ce que Matt est réveillé ? D.

Il n'eut pas besoin de se retourner pour comprendre que Matt dormait profondément. Le ronflement sonore qu'il émettait prouvait qu'après s'être longuement plaint d'avoir trop mangé, l'entraîneur de l'équipe avait fini par trouver le sommeil.

Zac relut le message afin d'y trouver un sens. Pourquoi diable Dani tenait-elle à savoir si Matt était réveillé ?

Non, il dort comme un bébé. Pourquoi ?

Une idée fit son chemin dans son esprit, mais le téléphone se remit à vibrer.

Bien. J'ai besoin de vous. Venez. D.

Avait-elle besoin de lui pour écraser une araignée ? Pour quelle autre raison une femme avait-elle besoin d'un homme à 1 heure et demie du matin ? Son imagination reprit le fil de son rêve interrompu. Des boucles blondes étalées sur son oreiller, de longues jambes fuselées enroulées autour de lui, les yeux clos, la tête renversée…

Est-ce si urgent ?

Oui. Venez vite.

Avait-il le choix ? Mais il ne fallait surtout pas que Davide ou Matt s'aperçoivent qu'il avait passé la moitié de la nuit dans le lit de Dani. D'ailleurs, il s'agissait peut-être d'un test, d'un piège tendu par le père de Dani lui-même.

Ils avaient beau flirter sans retenue, ils étaient l'un et l'autre d'avis de ne pas laisser les choses déraper. Or, passer la nuit ensemble constituait un sacré dérapage. Dani lui avait posé des questions qui l'avaient mis dans l'embarras. Après avoir été tenté de tout lui raconter, il s'était retenu, par peur, sans doute, qu'elle pénètre trop loin dans son univers. Il fallait en effet garder quelque distance. Il ne pouvait pas se permettre de tomber amoureux d'une femme comme Dani qui aurait besoin de lui, compterait sur sa présence. Et qu'il risquerait de décevoir un jour ou l'autre…

Pour l'heure, deux possibilités s'offraient à lui. Plan A : vérifier si Dani allait bien, et revenir sagement se coucher. Plan B : vérifier qu'elle allait bien, définir clairement les limites de leur relation — ni attaches ni engagement —, s'amuser un peu et revenir se coucher. Après tout, le règlement interdisait de coucher avec des femmes, pas de s'amuser.

Il se leva en prenant soin de ne pas réveiller son bruyant voisin, ouvrit le tiroir rempli de préservatifs et en prit quelques-uns.

J'arrive, princesse. Tenez bon !

Derrière lui, la porte se referma avec un léger déclic. Dans le couloir désert, il tapota instinctivement sa poche. Avait-il son portable ? Oui. Les préservatifs ? Oui. La clé de la chambre ? Non. Son cœur se mit à battre la chamade : il ne pouvait plus rentrer dans sa chambre, à moins de réveiller son camarade de chambrée.

Son portable se mit à vibrer.

Merci ! Je suis au bar. J'ai vraiment besoin d'aide.

Quoi ? Au bar ? Pas dans sa chambre ?

Dépité et intrigué à la fois, il se dirigea vers l'ascenseur. Décidément, il comprenait de moins en moins le sens de son appel.

Dani était assise au bar, dans la même tenue que durant la soirée, et jouait avec un sous-bock. Soit elle avait passé là ces quelques heures de la nuit, soit elle était revenue après être montée dans sa chambre. Dans un cas comme dans l'autre, il avait du mal à interpréter la scène.

— Dani, que se passe-t-il ?

— Je n'arrivais pas à dormir, alors j'ai décidé d'aller à la salle de sport. En passant, j'ai vu de la lumière et entendu une voix qui m'était familière.

Elle indiqua d'un signe de tête le salon dans lequel ils s'étaient assis. Le canapé d'angle était dans l'obscurité, mais il put distinguer une silhouette avachie sur les coussins.

— Jaxon ?

— En personne.

Elle descendit de son tabouret et alla s'accroupir près du rugbyman endormi pour prendre son pouls.

— On croyait qu'il était allé se coucher, comme tout le monde. Mais le barman l'a vu redescendre, il y a quelques heures, en hurlant. Il en voulait à la terre entière de ne pas pouvoir participer aux deux prochains matchs et, de toute évidence, il avait vidé le contenu du minibar de sa chambre. Heureusement que c'est moi, et non quelqu'un d'autre, qui suis tombée sur lui !

— Votre père va le tuer !

Elle tourna la tête et le fixa.

— Non, il ne le tuera pas, pour la bonne raison qu'il n'en saura rien.

— Vous plaisantez ! Cet endroit est truffé de caméras de surveillance. Et que faites-vous du barman ? Non, Dani. Nous devons agir en toute transparence et honnêteté. Et trouver une bonne agence de relations publiques.

— Le barman ne parlera pas. J'ai fait ce qu'il fallait pour le convaincre.

Manifestement, elle avait pensé à tout. Corruption, mensonge et manipulation… Etait-ce le quotidien dans la vie des Danatello ?

— Si je vous comprends bien, nous ferons comme si rien ne s'était passé ? Génial ! Fantastique ! Dans ce cas-là, j'aimerais autant partir en douce et faire comme si je ne vous avais jamais rejointe au bar au beau milieu de la nuit !

Elle lui adressa le même regard que sa mère lorsqu'il l'avait déçue.

— Je vois, dit-elle sèchement. Vous devez garder votre emploi. C'est ce qui vous pousse à laisser tomber Jaxon ?

— Ce n'est pas une honte, vous savez. J'ai travaillé dur

pour arriver là où j'en suis aujourd'hui. Et cela n'a pas toujours été simple, croyez-moi.

Mais il n'avait pas envie de s'étendre sur le sujet. Il exhala un long soupir. Tout allait si bien, jusqu'à présent… Pour la première fois de sa vie, l'avenir semblait radieux. Il avait un poste de rêve et, si l'équipe gagnait, le bonus qu'il recevrait lui permettrait de lever le pied pendant quelque temps. Suffisamment longtemps, en tout cas, pour qu'il commence à envisager les bons côtés de l'existence.

Dani se mit à entortiller une mèche de cheveux autour de son index, un geste qu'elle n'avait pas fait depuis longtemps. Il tendit le bras pour prendre sa main dans la sienne. En échange, elle lui adressa un sourire reconnaissant et mêla ses doigts aux siens.

— Réfléchissez bien, Zac. C'est un petit dérapage qui risque de lui coûter sa carrière. Le problème est que Jaxon est trop riche et la pression exercée sur lui trop forte pour quelqu'un de son âge. Le fait qu'il ne puisse plus jouer lui laisse également trop de temps pour gamberger. Il a besoin d'aide, pas de sanction. Zac, vous êtes médecin, vous devez bien comprendre ses besoins.

— Je les comprends, mais je pense qu'il faut informer le reste de l'encadrement de ce qui vient de se produire.

— Je n'en suis pas si sûre. Ne vous est-il jamais arrivé de commettre un acte que vous avez regretté par la suite ?

Et comment ! Dani avait le don de retourner le couteau dans la plaie.

— Vous savez pertinemment ce qui va se passer si cette histoire arrive aux oreilles de mon père, reprit-elle. Sa vie sera brisée. Je sais quel effet cela fait d'être jetée en pâture à la foule, de se retrouver nue en première page d'un tabloïd et de voir sa vie voler en éclats.

Le ton de sa voix avait changé. Il perçut la souffrance cachée derrière sa colère et son cœur se serra. Dani avait traversé l'enfer. Le monde entier avait ri de ses frasques, mais personne ne s'était demandé si elle en avait souffert.

— Si nous couvrons Jaxon et que votre père l'apprend, nous serons tous renvoyés. Nous marchons sur des œufs.

— Pensez au secret médical : en tant que médecin, vous n'êtes pas censé raconter cet épisode à qui que ce soit. Même si les entraîneurs, les médias et la nation tout entière estiment qu'ils ont un droit de regard sur son existence, Jaxon mérite, comme n'importe quel individu, que l'on respecte sa vie privée.

— Et si jamais votre père l'apprenait ? Qu'adviendrait-il de vous ?

L'idée sembla l'ébranler un peu. Sachant quels efforts elle déployait pour trouver grâce aux yeux de son père, il n'avait pas envie qu'elle prenne des risques inconsidérés.

— Je sais quels risques je cours, répliqua-t-elle comme si elle lisait dans ses pensées. Mais je suis prête à les prendre.

Son visage arborait à présent une expression implacable — comme si elle s'attendait qu'il la laisse tomber au moment précis où elle lui demandait son aide. Il sut alors qu'il serait prêt à donner n'importe quoi pour faire disparaître la froideur de son regard.

Il n'était pas enchanté d'avoir à mentir, mais avait-il le choix ?

— D'accord. Commençons par le sortir de ce canapé et le mettre à l'abri des regards. Avec qui partage-t-il sa chambre ?

— Avec Manu. Mais nous ne pouvons pas le ramener dans sa chambre dans cet état. Et je pense qu'il est préférable d'être là à son réveil car une gueule de bois est encore pire quand on la vit dans la solitude.

Zac souleva Jaxon.

— On l'emmène dans ma chambre ? Non. Il y a Matt. Dans la vôtre, alors ?

— Je crois que nous n'avons pas le choix, répondit-elle en prenant l'autre bras de Jaxon.

En dépit de tous les signaux qui, dans son corps, hurlaient qu'il était en train de faire une très grosse bêtise, il transporta avec elle le corps de Jaxon jusqu'à l'ascenseur puis de l'ascenseur à la chambre de Dani. Une fois que le rugbyman fut couché et qu'ils eurent installé près de lui des serviettes et une cuvette, il chercha Dani du regard. Elle avait ouvert le placard et en sortait une couette afin que la garde du malade soit plus confortable.

Ce n'était pas exactement ce qu'il avait en tête lorsqu'il avait imaginé qu'il passerait la nuit avec elle.

— Merci. Vraiment, merci, dit-elle en lui tendant la couette.

Elle avait vu combien cette décision lui avait coûté. Avait-il fini par accepter de l'aider *pour elle* plus que pour Jaxon ? Elle avait si peu l'habitude que les autres tiennent compte d'elle dans leurs décisions ! Non seulement Zac était intelligent et drôle, mais il démontrait à présent qu'il était loyal.

— Allez vous reposer, suggéra-t-elle. Je peux faire le premier quart jusqu'à 4 h 30, vous prendrez la relève jusqu'à 7 heures.

— Mais où allons-nous nous coucher si notre hôte a pris le grand lit ? Dans ma chambre, au moins, il y a deux lits.

— A propos, qu'allez-vous dire à Matt ? Il risque de s'imaginer des choses.

— Le problème est que j'ai laissé ma clé à l'intérieur.

— Je vois, dit-elle en éclatant de rire. Je ne sais pas qui de vous deux est le pire. Votre cerveau est connecté à votre sexe, rarement à votre raison.

— J'ignorais que les choses allaient se dérouler de cette façon. Je suis venu pour vous aider…

Elle le fixa droit dans les yeux.

— Zac, vous êtes venu avec une idée derrière la tête.

— Peut-être. Mais avouez que vos SMS étaient ambigus. Bref… Je vais aller chercher une nouvelle carte à la réception. Avec un peu de chance, Matt dormira encore et ne se rendra même pas compte que j'ai passé la nuit dehors.

Pourquoi l'impression d'enfreindre les règles était-elle si excitante ? Pourquoi se sentait-elle soudain si vivante ? Ils risquaient l'un et l'autre leur carrière, mais ce n'était pas le plus important.

— Dormez un peu, d'abord. Cela vous permettra d'apaiser votre libido et de régénérer les cellules de votre cerveau.

Elle jeta un coup d'œil circulaire dans la pièce, bien décorée, mais à laquelle il manquait précisément deux lits séparés. Décidément, cette nuit auprès de Zac était une épreuve sur le plan émotionnel. Comment résister à cette attirance mutuelle alors qu'ils étaient si proches et livrés à eux-mêmes toute une partie de la nuit ? La fatigue et ses hormones surexcitées rendaient sa perception des choses confuse.

— Il y a la méridienne, reprit-elle. A moins que vous ne préfériez la baignoire ?

Il prit la couette et la jeta sur la méridienne qu'il poussa contre le mur.

— Allongez-vous là, du côté du dossier, je me coucherai dans l'autre sens.

— Merci. Vous voyez bien que vous pouvez être aimable quand vous le voulez !

Elle lui lança un gros oreiller et se dirigea vers la salle de bains. Passer la nuit sur une méridienne avec Zac était une très mauvaise idée, elle en était consciente. Mais quel autre choix avait-elle ?

— Je sors de la salle de bains, fermez les yeux ! dit-elle quelques instants plus tard.

Pourquoi diable n'avait-elle pas pris son vieux pyjama de flanelle au lieu de cette nuisette en satin rouge ?

— A quel moment ? demanda-t-il, souriant, tandis qu'elle tirait sur sa chemise de nuit pour couvrir ses genoux. Oh ! désolé ! Trop tard !

Il s'immobilisa, bouche bée, la déshabillant du regard. Puis il lui adressa un sourire qui fit redoubler les battements de son cœur. Elle se cacha tant bien que mal derrière sa trousse de toilette, espérant que son trouble passerait inaperçu.

— Je vous avais demandé de fermer les yeux, dit-elle d'une voix qu'elle espérait ferme.

— Et de manquer ça ? J'aurais eu tort, commenta-t-il sans se départir de son troublant sourire.

Il ôta son sweat-shirt et le déposa sur ses épaules.

— Enfilez ça. Si Jaxon se réveille et vous voit dans cette tenue, il va avoir une crise cardiaque en plus de sa gueule de bois.

— Je vais me mettre sous la couette, dit-elle en s'efforçant d'ignorer le parfum viril et sensuel qui émanait du vêtement. De toute façon, Jaxon n'a peut-être pas l'esprit aussi mal tourné que vous.

— Croyez-moi, princesse, n'importe qui vous voyant dans cette tenue aurait l'esprit mal tourné.

Elle s'allongea sur la méridienne, les joues en feu, le cœur battant à tout rompre. Jamais elle n'avait connu d'homme plus séduisant que lui. Elle n'en revenait pas qu'il ait pris autant de risques pour l'aider et la protéger. Plus le temps passait, plus elle aimait ce qu'elle découvrait de lui. Elle aimait le sens de l'humour et l'intelligence de cet homme si charismatique et pourtant d'un abord si simple. Elle aimait aussi son parfum, son sourire, ses épaules larges, sur lesquelles elle sentait qu'elle pouvait se reposer. Sans parler des fossettes qui se creusaient chaque fois qu'il souriait et qui la faisaient littéralement chavirer.

Il était difficile d'imaginer ce que serait sa vie une fois que le tournoi serait terminé. Deux êtres de sexe opposé pouvaient-ils être amis ? Ou était-il impossible de faire abstraction du sexe dans une relation homme-femme ?

Il prit place en face d'elle, seulement vêtu d'un caleçon noir et de son sourire. Faire abstraction du sexe était en effet extrêmement difficile. Elle détourna le regard de ce torse aux proportions parfaites et s'éclaircit la voix.

— Si cela ne vous dérange pas trop, je vais laisser cette lumière allumée pour pouvoir lire, dit-elle en ouvrant son manuel de kinésithérapie à la page consacrée au traitement du syndrome de la bandelette ilio-tibiale.

Jaxon émit un ronflement plus fort que les autres qui les fit sursauter.

— Vivez votre vie, répondit Zac une fois que Jaxon eut repris son rythme. J'espère simplement que vous ronflez moins fort que lui, ajouta-t-il avec un sourire en coin.

Puis il se glissa à son tour sous la couette, lui effleurant la cuisse du bout du pied. Elle s'écarta tandis qu'il pliait l'oreiller sous sa tête et comme il fermait les yeux, elle observa sa poitrine qui se soulevait au rythme de sa respiration, ses longs cils noirs posés sur sa joue. Comment parviendrait-elle à le considérer un jour comme un ami ?

Un profond silence tomba dans la pièce, entrecoupé par les ronflements intempestifs de Jaxon et la respiration régulière de Zac semblant indiquer qu'il dormait. Elle soupira et se détendit. Malheureusement, rien dans le syndrome de la bandelette ilio-tibiale n'était assez prenant pour la distraire des sensations physiques qui l'assaillaient.

— Parlez-moi, dit soudain Zac.

— N'êtes-vous pas censé dormir ? demanda-t-elle en sentant son cœur s'emballer de nouveau.

Pourquoi ses efforts pour maintenir une distance entre elle et lui étaient-ils systématiquement vains ?

— Si, mais je dormirais mieux si vous me racontiez une histoire. Laquelle peut comporter autant d'allusions que vous voulez à notre liste…, ajouta-t-il d'un air malicieux.

— Oubliez cette liste. Je vous rappelle que nous ne sommes pas seuls.

— Avec le bruit qu'il fait, je ne risquais pas d'oublier ce détail. Quel trouble-fête !

— Encore un mot et vous allez coucher dans la baignoire, répondit-elle en soupirant.

Il repoussa la couette et s'assit, dos au mur, le visage pensif.

— Princesse, parlez-moi de cette photographie, dit-il à brûle-pourpoint. Que s'est-il passé, à l'époque ?

— Pourquoi me posez-vous cette question ?

Elle ne s'y attendait pas. Elle plia les jambes et serra ses genoux entre ses bras.

— Je pensais que cela vous ferait du bien de parler.

— Voyez donc ça ! M. Muet pense que parler *me* ferait du bien.

Il se pencha vers elle et lui prit la main.

— Je veux simplement vous aider. J'aimerais que nous ayons confiance l'un dans l'autre. Je suis sûr que nous en tirerions un grand profit, l'un comme l'autre.

— Non, rétorqua-t-elle aussitôt. Je ne fais confiance à aucun homme, encore moins à l'un des employés de mon père.

— Je suis un homme, certes, et un employé de votre père. Mais n'est-il pas possible de dissocier les deux ?

Elle le regarda dans la lumière tamisée de la petite lampe de chevet et se remémora son arrivée en pleine nuit au bar où, malgré l'heure indue, il avait répondu présent à son appel au secours. Même s'il avait une autre idée derrière la tête lorsqu'il l'avait rejointe, le fait est qu'il était resté et l'avait vraiment aidée.

Une sensation de plénitude l'envahit. Pendant des années, elle avait tout gardé pour elle, elle s'était coupée du reste du monde pour se protéger et survivre. N'était-il pas temps de partager un peu de sa vie avec quelqu'un ? Mais Zac était-il vraiment la bonne personne pour le faire alors qu'il allait disparaître d'ici moins d'un mois ?

Cela dit, si elle souhaitait qu'il s'ouvre à elle, elle devait commencer. De toute façon, elle n'était pas obligée de se livrer tout entière. Il suffisait d'avoir un peu confiance et de lâcher prise.

— C'était une période folle pendant laquelle on avait trop de temps et d'argent à dépenser. Alors on se soûlait et on se shootait à longueur de soirées. Nous défoncer était notre priorité numéro un.

— *Nous ?*

— Mes soi-disant *amis*, dit-elle en haussant les sourcils.

Les gens comme les Danatello avaient-ils des amis ? se

demanda Zac. Ils devaient souvent être entourés de parasites et d'ambitieux qui comptaient sur leur aide pour grimper sur l'échelle sociale.

— Des gens en qui j'avais confiance, mais qui m'ont laissée tomber quand j'en ai eu besoin, poursuivit Dani. Et qui m'ont complètement tourné le dos quand j'ai commencé ma désintoxication. Comme Paul, par exemple.

— Paul ?

— Mon ex-fiancé. Il voulait m'épouser pour se rapprocher de mon père. Mais il n'a pas été le seul...

Il n'était pas étonnant que Dani ait dressé des barrières autour d'elle ! Trop de gens l'avaient laissée tomber. Même Desere, quelques jours plus tôt, l'avait trompée, d'une certaine manière. L'idée qu'on puisse se servir d'elle de cette façon provoqua en Zac une sensation de dégoût et de colère. Comme il aurait aimé être là pour la protéger, pour la défendre ! Il fallait qu'il lui prouve qu'il était différent de tous ces gens, qu'il était capable de... De quoi, au juste ? De lui apporter quelque chose de plus, de mieux ?

Dani marqua une pause et se mit à enrouler une mèche autour de son doigt. Il tendit la main pour l'arrêter, et quand il plongea son regard dans le sien, il crut y déceler une lueur de confiance en dépit de ses efforts pour se barricader.

— Je ne valais pas mieux qu'eux, à l'époque, dit-elle avec un rictus de mépris. Je n'avais aucune ambition, n'étais bonne à rien, à part faire la fête et me détruire. Çà, oui. Je suis tombée vraiment bas.

Il pensa à sa propre vie et à la façon dont, très jeune, il avait pensé au moyen d'échapper au jugement négatif de ses parents. Il voulait devenir médecin et il y était parvenu, mais à quel prix ! Dani, elle, avait choisi le chemin opposé, sans plan, sans détermination. Juste le chaos.

— Cette fameuse photographie a constitué un déclic, même si je n'en ai pas eu conscience à l'époque. J'étais broyée, mortifiée. Mon père pensait une fois encore que l'argent réglerait le problème. Il m'a fait promettre de passer un mois en désintoxication à la clinique, en échange du paiement de la caution. Ça tombait bien, cela dit : j'étais épuisée. Epuisée de cette vie-là. Epuisée de tout.

Zac opina. Sur le cliché, au-delà de l'image d'un corps sculptural, il avait perçu ce regard vide, ce visage dénué d'expression, une absence totale d'émotion.

Cela ne l'avait pas empêchée de remonter la pente, de s'investir dans une formation et, à présent, un métier passionnant. Quel courage elle avait eu ! Sous l'énorme couette, elle paraissait minuscule. Pourtant, elle était capable de déplacer des montagnes.

Elle sourit.

— Voilà ! Fin de l'histoire pour ce soir… Il est temps de dormir, maintenant.

— Comment pourrai-je si vous êtes là ?

— Zac, ne recommencez pas.

Il prit l'avertissement au sérieux et s'efforça de maîtriser le flot de pensées plus ou moins impudiques qui tourbillonnaient dans son esprit. Il serait si facile de l'embrasser. Trop facile, même… Sa bouche était là, à quelques centimètres de la sienne, pulpeuse, appétissante, gourmande, aussi.

Mais cela les emmènerait trop loin et il risquait de se retrouver pris au piège dans une histoire qu'il ne pourrait pas assumer. Dani méritait mieux. Il lui fallait un homme capable de tenir ses promesses et d'être toujours là pour elle sans jamais défaillir. Lui-même ne pouvait pas s'engager dans un processus qui les conduirait tout droit au désastre.

Ce qui, si l'on considérait qu'il était à moitié nu sous une couette avec elle, était pour le moins ironique. Car il savait pertinemment qu'il était déjà trop tard pour rebrousser chemin.

7.

La lumière du jour filtrait à travers une minuscule fente dans l'épais rideau vert de la chambre. Dani cligna des yeux et voulut se retourner, mais une masse lourde l'empêchait de bouger sa jambe tout endolorie. Recouvrant peu à peu ses esprits, elle comprit que celle-ci était paralysée par le poids de celle de Zac, dont le bras la plaquait lourdement contre le matelas de la méridienne. Son parfum l'enveloppait pour la bonne raison que sa tête s'était lovée dans son cou.

Que s'était-il passé pour qu'elle s'endorme d'un côté de la méridienne et se réveille de l'autre, enlacée de surcroît à Zac. Elle leva la tête. Jaxon était-il là ? Qu'avait-il vu ? Qu'avait-il compris ?

Et Zac ?

Se confier à lui lui avait procuré un certain soulagement. Mais, à présent, dans la lumière de l'aube, elle se demandait si elle n'en avait pas trop dit. Elle ne s'était jamais livrée à quiconque comme elle s'était livrée à lui la veille. Fallait-il qu'elle soit crédule ou désespérée pour faire confiance à quelqu'un qu'elle connaissait à peine ! Comme si elle n'avait tiré aucun enseignement des épreuves du passé ! De plus, les hommes avaient beau vous convaincre de leur faire confiance, ils finissaient toujours par vous trahir.

Dans le lit, aucune trace de Jaxon, mais des bruits d'eau indiquaient qu'il était sous la douche, ce qui signifiait qu'il avait recouvré certaines de ses capacités motrices. Elle allait pouvoir lui dire ce qu'elle avait à lui dire.

Elle souleva le bras de Zac puis roula au bord de la

méridienne. Elle était bien, blottie dans ses bras, mais il valait mieux se lever sans attendre car ce serait encore plus difficile plus tard.

— Reviens ! protesta une voix sous la couette.

Il tendit le bras pour l'attirer à lui.

Non, Zac, ne fais pas ça, je t'en prie.

Elle déglutit, ignorant tant bien que mal les fourmillements qui se manifestaient dans son bras au contact de sa main. Elle sentit le désir se propager dans chacune des cellules de son corps. Et si elle se retournait ?

Elle secoua la tête. Elle était la kiné des Jets d'Auckland, lui leur médecin, et, ensemble, ils venaient de s'occuper d'un joueur en difficulté, voilà tout. Il fallait qu'elle se lève, qu'elle prenne du recul. Que ne donnerait-elle pour aller prendre l'air, marcher, courir ? En lieu et place, elle était confinée dans un espace trop étroit pour eux deux et, tant que Jaxon ne sortirait pas de la salle de bains, elle n'avait aucune échappatoire.

— Bonjour, princesse, dit Zac en émergeant, l'air rieur.

Il vint se coller contre elle, sans aucune pudeur face à la manifestation évidente de son désir. Ce qui était aussi agréable que choquant.

— Parfois, les mots ne sont pas nécessaires, dit-il sans afficher le moindre embarras.

— Moins qu'une bonne douche froide, en effet, répondit-elle en s'asseyant au bord de la méridienne. Il est grand temps de se préparer.

— Dommage ! On aurait pu commencer la journée par un peu de sport.

Il se recoucha sur le dos et s'étira, les cheveux en bataille, une constellation de petites rides autour des yeux. Comment faisait-il pour être aussi beau au réveil ?

— On peut toujours aller marcher…, suggéra-t-elle en lui lançant un coussin. Etes-vous toujours aussi en forme le matin ?

— Toujours frais et dispo.

— Même dans des conditions extrêmes, comme cette nuit ? Après quelques heures de sommeil sur une méridienne minuscule, à attendre qu'un rugbyman ivre mort dessoûle, bercé par ses ronflements ?

— Ne vous plaignez pas : vous avez pris toute la couette et vous avez passé la nuit à mon côté. Il y a des tas de femmes qui paieraient pour ça !

— C'est qu'elles ont plus d'argent que de bon sens.

— Ce n'est pas ce que vous pensiez dans l'ascenseur.

— Vous vous faites des idées.

Plaisanter, rire, flirter au réveil : serait-ce toujours ainsi si elle se réveillait près de lui tous les matins ?

Quelle idée ! Comme si Zac était le genre d'homme à se réveiller tous les matins auprès de la même femme ! Il préférait s'amuser, comme Paul, comme son père. Il n'avait probablement pas la moindre idée de ce que le mot *engagement* signifiait. De toute façon, elle n'était pas prête à risquer de souffrir à cause de ce genre d'homme.

Zac s'assit à son tour sur la méridienne.

— Alors, comment se porte notre héros ?

— Je trouve qu'il passe trop de temps sous la douche.

Elle se leva et alla frapper à la porte de la salle de bains.

— Jaxon ? Pour lutter contre la pénurie mondiale d'eau, il est conseillé de prendre des douches brèves.

Elle se retourna vers Zac.

— Comment allait-il cette nuit, quand je dormais ?

— J'ai failli aller chercher un sonomètre pour mesurer les décibels émis par son nez. A part ça, il a vomi une fois, avant de replonger dans un sommeil de mort. Je pense qu'il va s'en tirer avec un sérieux mal de crâne. Heureusement que nous ne travaillons pas ce matin.

Elle traversa la pièce et décrocha le téléphone.

— Bonjour, je voudrais trois petits déjeuners anglais, s'il vous plaît.

— Je doute que Jaxon parvienne à avaler quoi que ce soit, commenta Zac.

— Il faut que nous lui parlions sérieusement. Nous devons lui rappeler, entre autres, que la consommation d'alcool n'est pas sans danger et qu'il nous a mis dans un sacré pétrin. Il faut qu'il prenne conscience que ce sont nos carrières qui sont en jeu.

— Que faites-vous ce matin ? demanda-t-il brusquement. Je sais que nous avons un entraînement plus tard et ce dîner, mais nous avons quelques heures devant nous.

Personnellement, elle envisageait de relire ses notes et de se faire couler un bon bain chaud. De prendre du temps pour elle, sans Zac ni joueur de rugby aux réactions incontrôlées pour lui faire commettre des actes insensés.

— Rien de particulier, s'entendit-elle répondre, en dépit de sa volonté de s'enfuir à toutes jambes de cette chambre. Pourquoi ?

Il plissa les yeux, l'air pensif. De toute évidence, il avait un plan derrière la tête, dont elle faisait partie.

— Puisque les athlètes sont des modèles pour les jeunes et qu'ils ne sont pas censés boire à en perdre connaissance, nous allons lui faire faire une petite expérience.

— Les Sommets ? Qu'est-ce que c'est ? demanda Dani, assise sur le siège passager, en lisant la pancarte sur le bord de la route.

— C'est un foyer pour enfants handicapés moteur.

Zac s'engagea dans une longue allée bordée d'arbres, les mains agrippées sur le volant, le cœur serré. Qu'était-il en train de faire ?

Comme si se réveiller collé à Dani en nuisette rouge sur une méridienne trop étroite pour deux personnes n'avait pas suffi, il avait continué sur sa lancée et se retrouvait là, en voiture, avec elle et un rugbyman en train de cuver, à quelques kilomètres des Sommets. C'était l'idée la plus insensée que son cerveau ait conçue depuis longtemps.

Pourquoi amenait-il des étrangers dans l'endroit le plus important et le plus privé de sa vie ? Tellement privé qu'il n'avait jamais eu le courage d'y venir lui-même. Il allait sans doute devoir donner des explications, répondre aux questions que Dani et Jaxon ne manqueraient pas de lui poser alors qu'il n'avait pas envie de s'étendre ni de ressasser le passé.

Cela dit, Dani avait eu le courage de lui parler de son histoire douloureuse. Pourquoi n'en serait-il pas capable lui-même ? C'était un échange, un don de soi. Et il était certain que Jaxon tirerait une bonne leçon de vie de ce moment passé ici.

Mais était-il vraiment prêt à partager cela avec eux ?

Il voulut poursuivre avec son sens de la repartie habituel, mais celui-ci l'avait déserté. Il se contenta d'inspirer et d'expirer lentement en silence.

Au bout de la route se dressait un ensemble de bâtiments. Même sans être jamais venu, il pouvait en dessiner les plans les yeux fermés.

— C'est un centre qui comprend une salle de sport aménagée, un mur d'escalade, un espace de détente, avec un petit cinéma, une piscine, un bassin de kayak et bien sûr, des écuries.

— Des écuries ? Super ! s'écria Dani.

Plus loin, derrière les collines volcaniques, on apercevait la ville de Rotorua, la vapeur d'eau s'échappant au-dessus des thermes et, sur la droite, le fameux téléphérique et la piste de luge. Une forêt dense bordait le lac turquoise. Rotorua était un paradis pour les amateurs d'activités de plein air.

Il se demanda s'il n'aurait pas mieux fait d'aller sauter à l'élastique avec les Jets car, soudain, même l'idée de se jeter la tête la première dans le vide lui paraissait attrayante. Mais le regard émerveillé de Dani lui mit du baume au cœur.

— Quand j'étais étudiante, j'ai travaillé comme volontaire dans un haras auprès de jeunes handicapés. Ça a été l'une des plus belles expériences de ma vie, expliqua-t-elle avec un enthousiasme communicatif.

Il gara la voiture et guida Dani et Jaxon jusqu'à une aire de jeux.

— Ces jeux modulables ressemblent à tous les autres, mais ils sont équipés de sièges plus larges et d'une rampe, ainsi que d'un revêtement caoutchouté, afin que tous les enfants puissent y jouer.

— Quel que soit leur handicap ?

— Oui. Nous voulions que chacun puisse profiter de tout sans exception.

Il se tourna vers la grande bâtisse coloniale aux couleurs vives.

— Nous avons conçu ce centre comme une maison dans laquelle on peut venir passer quelques jours ou quelques semaines en famille. Les enfants adorent cet endroit. Nous avons reçu des dizaines de lettres de remerciement. Comme nous n'étions qu'à une heure de route, j'ai pensé que les enfants seraient enchantés de jouer au rugby avec Jaxon. Qu'en penses-tu, Jaxon ?

— D'accord, répondit l'intéressé, toujours économe de grands discours.

Au cours du petit déjeuner roboratif commandé par Dani, et de la discussion qui avait suivi, il était parvenu à articuler un *merci* lapidaire mais sincère. Il fourra les mains dans ses poches, un peu nauséeux.

— Salut, Zac, dit une voix grave qui le fit sursauter. Tu n'as pas eu de mal à nous trouver ?

Zac se retourna et son cœur se mit à tambouriner dans sa poitrine. Tom n'avait l'air ni choqué, ni en colère, ni même étonné de le voir là, après toutes ces années. Les seules occasions où ils se voyaient étaient les réunions du conseil d'administration à Auckland, après lesquelles Zac évitait de s'attarder.

Il afficha un sourire et tendit la main sans être sûr que Tom accepterait de la serrer. Il le fit.

— Content de te voir, Tom, dit-il.

— On ne t'attendait plus ! répondit Tom.

Le ton de la plaisanterie ne parvint pas pour autant à faire disparaître le spectre de la terrible tragédie.

— Dani, Jaxon, je vous présente Tom, le fondateur des Sommets. Tom, voici les visiteurs dont je t'ai parlé au téléphone.

Tom leur adressa un sourire. Puis il fit avancer son fauteuil roulant jusqu'à la porte du bâtiment principal.

— Les enfants ont fini leur atelier de tir à l'arc, et c'est l'heure du déjeuner. Ensuite, nous pourrions peut-être envisager une partie de murderball ? Qu'en pensez-vous, Jaxon ? Vous êtes partant ?

Le rugbyman ne répondit pas. Il regardait Tom, l'air atterré, comme s'il venait d'encaisser un penalty devant soixante mille spectateurs.

— Le murderball est du rugby en fauteuil roulant, expliqua Zac. Tu pourrais peut-être leur montrer des techniques, comme faire des passes à deux mains, par exemple ? Ce serait un bon début.

Il adressa un sourire encourageant au rugbyman médusé.

— Ensuite, ils te montreront ce dont ils sont capables pendant un match.

Jaxon opina. Des cris les accueillirent dans la salle à manger qu'ils traversèrent pour arriver dans le jardin, à l'arrière de la maison. Des grandes terrasses partaient des passerelles de bois zigzaguant dans des hectares de pelouse. Soudain huit fauteuils roulants dévalèrent la colline à vive allure.

— Doucement ! Doucement ! Nous avons des invités, vous allez leur faire peur ! lança Tom.

Une fois que tout le monde fut attablé, il expliqua que la star était venue leur apprendre quelques passes de rugby. Jaxon demeurait silencieux et immobile dans un coin. Néanmoins, il semblait avoir retrouvé son solide appétit. Zac savait que, une fois le coup de sifflet donné, Jaxon recouvrerait son enthousiasme.

— Les enfants, voulez-vous emmener Jaxon au gymnase, pour lui apprendre les règles du murderball ? demanda Zac. Donnez-lui un fauteuil roulant. Et soyez sympa avec lui !

L'un des garçons lança un ballon à Jaxon qui l'attrapa et lui refit une passe au vol.

— Ce n'est pas le bon ballon.

— Ah ? Tu ne sais pas jouer avec un ballon rond ? s'enquit le garçon.

Jaxon sourit.

— Si, bien sûr…

— Tu sais, on peut faire bien plus de choses avec nos fauteuils roulants que toi avec tes jambes !

— Ah, oui ? C'est ce que nous allons voir, répondit le rugbyman en rattrapant le ballon et en le faisant tourner sur son index. Allez, je vous suis.

Dani et Zac aidèrent Tom à débarrasser les tables. Zac ôtait mécaniquement les couverts et les assiettes, mais ne parvenait pas à détacher son regard de Dani qui parcourait la salle à manger, s'arrêtant çà et là pour admirer des photos accrochées au mur. Il la rejoignit lorsque Tom alla répondre au téléphone.

— Alors, que pensez-vous de tout ça ?

— Je pense que vous êtes un homme surprenant.

— Je parlais de cet endroit.

— Moi aussi. C'est une excellente idée d'avoir emmené Jaxon ici. Ce sera une bonne thérapie pour lui. Il apprendra la tolérance et la patience.

Elle leva les yeux vers lui.

— J'aurais bien aimé faire cet apprentissage, plus jeune. Se faire battre pendant un match par une horde d'enfants débordant d'énergie qui ne s'apitoient jamais sur leur sort est une expérience riche en enseignements. Il me vient quelques questions à vous poser à ce sujet.

— Allez-y, dit-il en priant pour qu'elle ne l'oblige pas à dévoiler des choses qu'il préférait garder pour lui.

— Quel rôle jouez-vous ici, aux Sommets ?

— Je fais partie du conseil d'administration, j'aide à lever des fonds, ce genre de choses…

De fait, il assistait à des réunions trimestrielles à Auckland. Jamais il ne se serait douté que venir ici susciterait en lui de tels remous émotionnels. Ici, il était chez Tom, dont l'accident avait changé le cours de sa vie, à lui aussi. Depuis, il déployait des efforts incommensurables pour tenter de réparer, autant qu'il était possible de le faire, ce qui avait été brisé.

— Pour quelle raison ? s'enquit Dani en le scrutant.

Comment répondre ? Par où commencer ?

— Pourquoi cet endroit en particulier ? reprit-elle. Vous auriez pu vous engager pour des tas d'autres causes, comme le cancer, l'arthrite, les maladies cardio-vasculaires ?

— Parce que c'est un endroit particulier, dit-il, hésitant.

— Je vois…

Elle posa une main sur son bras.

— Qui est Tom ? Quel lien avez-vous avec lui ?

Son regard bleu sembla le transpercer et lire jusqu'au plus profond de son âme.

Il s'écarta.

— Tom était mon ami. Il a eu un accident…

Un accident qui avait tout changé et à cause duquel il lui était impossible désormais de s'engager auprès de quelqu'un.

— Ce centre est devenu une passion pour Tom, en plus de lui fournir un travail qu'il adore. Ensemble, nous participons à la bonne marche de l'association.

— Qui *nous ?*

— Toby, le frère de Tom, quelques amis qui ont envie de participer et moi.

— Et personne n'est aussi efficace que Zac pour lever des fonds, intervint Tom en revenant, chargé d'un plateau de tasses de café fumantes. Raconte à Dani tout ce que tu fais : les marathons, les courses de natation, l'escalade…

Zac haussa les épaules. Trouver des sponsors était le minimum qu'il puisse faire pour Tom.

— Je fais ce que je peux, ce n'est pas grand-chose.

— C'est beaucoup, le reprit Tom, avant de tendre une tasse à Dani. C'est grâce à tous les efforts que déploie Zac dès qu'il a un peu de temps libre que cette association peut vivre.

Une fois leur café bu, Tom se leva et les entraîna en direction du gymnase. Zac avait envie de faire taire son ami qui le présentait comme un saint alors qu'il avait agi comme un salaud.

— Au lycée, Zac ne faisait que parler de devenir médecin du sport et de rugby, reprit Tom en chemin. Il était intarissable sur le sujet. Mais il a eu la prudence de devenir médecin généraliste, ce qui lui a assuré des revenus fixes. Le reste de son temps, il l'a consacré à l'association. A distance…

Il jeta un coup d'œil à Zac.

— On s'est vraiment battus pour le convaincre de lever le pied à l'association et de se consacrer au rêve de sa vie.

Dani tourna à son tour la tête vers Zac, manifestement gêné. Elle se demandait si, en dépit de toute la joie de vivre qu'il manifestait, il prenait vraiment le temps de s'occuper de lui et de sa propre vie.

Elle comprenait à présent tout ce que son poste actuel, au sein du club dc son père, représentait pour lui. Il avait besoin de ce travail et besoin de la prime qu'il gagnerait si les Jets remportaient le tournoi. S'il voulait faire bonne impression auprès de Davide Danatello, ce n'était pas par opportunisme, comme cela avait été le cas de Paul, mais pour aider encore davantage Les Sommets.

— J'ai un travail à terminer, reprit Tom une fois qu'ils furent arrivés au gymnase. Puis-je vous laisser continuer la visite sans moi ?

— Bien sûr ! répondit Zac. Nous allons nous en sortir tout seuls, n'est-ce pas, Dani ? demanda-t-il en lui adressant un sourire entendu.

Elle ignora la chaleur qui lui montait aux joues et se demanda si Zac lui avait tout dit. Qu'était-il arrivé à Tom et pourquoi Zac déployait-il autant d'énergie dans cette association ? A quoi était due l'étrange tension qu'elle sentait entre eux ?

Mais était-il nécessaire de creuser davantage la question et de tisser des liens plus serrés avec cet homme qu'elle ne reverrait plus après le tournoi ? Ne valait-il pas mieux garder ses distances plutôt que de risquer de souffrir lorsque la vie les séparerait définitivement ?

Elle le suivit dans le gymnase.

— Ah, au fait, qu'a dit Matt lorsque vous êtes retourné dans votre chambre, ce matin ?

Zac lui adressa un sourire de conspirateur. Maintenant que Tom s'était éloigné, il semblait plus détendu.

— Il était encore à moitié endormi. Notre vilain petit secret est à l'abri…

— Ne faites pas passer les choses pour pires qu'elles ne sont !

— Vraiment ? Pour vous, passer la nuit avec deux hommes n'est pas si honteux ?

Au contraire, dans sa bouche, l'idée en devenait presque excitante. Combien de fois s'était-elle imaginé se retrouver dans cette chambre d'hôtel, seule avec Zac ?

— Je serais vraiment curieuse de savoir ce qui l'est à vos yeux.

Ils se tournèrent vers le terrain où le match de rugby en fauteuil roulant avait commencé. Jaxon était loin d'être le meilleur, mais le sourire qu'il arborait enfin semblait indiquer que là n'était pas l'essentiel. Dani était impressionnée. Zac avait trouvé exactement ce dont le rugbyman avait besoin.

— Il a enfin l'air détendu. Espérons qu'il retienne la leçon.

Zac s'approcha d'elle et lui présenta un fauteuil roulant.

— Vous voulez jouer ?

Sur le terrain, les joueurs étaient concentrés et combatifs.

— Non, merci, dit-elle. Ça m'a l'air dangereux.

— Poule mouillée…, répliqua-t-il avec un regard en coin. Fille !

— Merci d'avoir remarqué.

— J'ai remarqué, en effet, dit-il en la fixant droit dans les yeux.

L'air devint soudain brûlant, comme lorsqu'un incendie se déclare et que le moindre souffle risque d'attiser les flammes puis de le propager. Un pas suffirait pour combler l'espace entre eux. Un pas. Un seul pas.

Dani tenta de prendre une profonde inspiration. Leur

attirance prenait des proportions qui menaçaient de lui faire perdre tout contrôle. Peut-être un baiser torride suffirait-il à éteindre le feu ?

Mais quelles idées lui traversaient-elles l'esprit ? Sous aucun prétexte elle n'embrasserait cet homme. Elle avait déjà succombé à la tentation une fois et cela aurait dû lui servir de leçon.

Mais ses pieds refusèrent de bouger. Sa raison avait beau lui intimer de partir, toute sa personne était tendue vers lui — corps et âme. Zac ne l'avait même pas touchée, mais son corps tout entier vibrait. Les cris résonnant dans le gymnase devinrent un bruit de fond cotonneux sur lequel se détacha soudain le timbre grave de sa voix.

— Je vous ai regardée dormir cette nuit, dans votre nuisette rouge, murmura-t-il. Ça a été la nuit la plus longue de toute mon existence. J'avais envie de vous toucher, de vous serrer, de faire l'amour avec vous. Je crois que nous devrions faire quelque chose car je suis en train de devenir fou. Je n'arrive plus à penser à rien d'autre qu'à vous. J'ai envie de vous embrasser.

— Mais… Mais c'est impossible. On ne peut pas. Ni ici, ni à l'hôtel, ni… nulle part.

Quand il s'approcha d'elle, elle se retint de poser les mains sur son visage. Les yeux plongés dans les profondeurs de son regard, elle eut l'impression d'entrer en contact avec lui à un niveau qu'elle n'avait jamais atteint avec quiconque Il avait envie d'elle autant qu'elle avait envie de lui. C'était instinctif, sauvage, irrépressible.

La tension qu'il avait fait naître en elle, dans l'ascenseur, avec sa maudite liste, son baiser à couper le souffle, son corps de dieu grec, son sourire à se damner, n'avait pas diminué comme elle l'avait espéré. Au contraire, elle était toujours plus vive, plus éclatante. Elle ne pouvait plus l'ignorer.

— Non… Il faut que ça s'arrête…

— Je sais, mais je n'y arrive pas.

Il détourna le regard. Sur le terrain, les enfants étaient

tellement concentrés sur leur jeu qu'ils ne s'étaient même pas aperçus de leur présence.

— Je crois que Jaxon a besoin d'aide, dit-elle soudain. Allez le rejoindre !

— J'y vais, répondit-il, l'air presque soulagé.

Il s'assit dans le fauteuil roulant et rejoignit les joueurs sur le terrain. Quelques instants plus tard, il lançait le ballon à son coéquipier qui marqua.

Des cris s'élevèrent alors dans le gymnase. Ou plutôt *un cri*. Un cri de douleur, déchirant, qui résonna sur les murs.

8.

— Dani, par ici ! Vite !

Elle détourna le regard des joueurs, attirée par la voix alarmée de Zac qui était agenouillé près d'un fauteuil roulant renversé dont les roues tournaient encore dans un silence surnaturel.

Elle se précipita près du jeune garçon couché par terre, apparemment souffrant.

— Que s'est-il passé ? demanda-t-elle, soulagée de constater que Zac était indemne.

Mais agacée que cela la préoccupe à ce point.

— Une collision spectaculaire, qui a jeté Karl à terre.

Le garçon, âgé d'une quinzaine d'années, se tenait le poignet en grimaçant.

Elle tenta d'installer le blessé aussi confortablement que possible, tout en l'examinant. Un hématome était apparu sur le dos de sa main et son genou était écorché.

— Est-ce que tu peux serrer le poing ?

Malgré des efforts manifestes, Karl ne parvint pas à fermer sa main, et il secoua la tête.

Elle lui tâta le bras afin de déceler l'origine de la souffrance.

— Peux-tu réessayer ?

— Non, je ne peux pas. Mon bras ne répond plus, dit-il.

Quand elle leva les yeux vers Zac en quête de soutien, il lui adressa un signe de tête et un regard réconfortant, mais cela ne suffit pas à éliminer son malaise.

Soudain, Karl leva le bras. Ses doigts eurent une contraction puis, lentement, il ferma le poing.

— Regardez ! Un miracle !

Il leva vers elle ses grands yeux bruns, emplis d'étonnement, et sourit. Comment un membre paralysé pouvait-il se remettre à fonctionner aussi soudainement ? Peut-être sa chute avait-elle provoqué un choc dans son système nerveux ? Evitant de regarder le garçon afin de ne pas lui transmettre ses doutes, elle chercha à croiser le regard de Zac.

Mais celui-ci affichait le même sourire béat que Karl avant qu'ils n'éclatent tous deux de rire.

— Arrête de plaisanter, Karl ! dit-il en le décoiffant. Dani essaie de t'aider.

— Désolé, je ne peux pas m'empêcher. Je suis paraplégique, pas tétraplégique !

— Vous n'y êtes pas allés avec le dos de la cuillère ! dit-elle, soulagée.

Jaxon se pencha par-dessus son épaule, le teint blême.

— Je suis désolé. Je ne voulais pas… Tout ce que je fais en ce moment va de travers…, ajouta-t-il en faisant rouler la roue du fauteuil dans un geste de colère à peine contenue.

— Jaxon, ne prenez pas tout aussi à cœur. Il arrive à tout le monde de faire des erreurs.

— Mais la vie est injuste, répondit-il en continuant à faire tourner la roue.

Parlait-il de sa blessure à la cheville ou du handicap de tous les enfants présents dans ce centre ?

— C'est vrai, elle peut l'être, parfois, répliqua Dani. Mais, dans votre cas, vous serez bientôt sur pied. Regardez ces enfants : ils ont tant de défis à affronter chaque jour et, pourtant, ils sont pleins de vie et ne manquent pas une occasion de s'amuser. Même Karl se souviendra de cette journée pendant des années : le jour où Jaxon Munro lui est rentré dedans en fauteuil roulant !

Elle le poussa vers les autres enfants qui s'étaient arrêtés de jouer.

— Maintenant, cessez de vous lamenter sur votre sort et retournez montrer l'exemple. Ces gosses s'appuient sur des gens comme vous, qui leur servent de modèle, pour grandir et affronter leurs difficultés.

Ne mettait-elle pas trop de pression sur ses jeunes épaules ? Peut-être cela lui donnerait-il l'occasion de penser à autre chose qu'à sa propre situation. Celle des enfants présents ici n'était guère enviable, pourtant, ils arrivaient à surmonter des épreuves autrement plus graves que la sienne. Et souvent irréversibles.

Zac avait fini d'examiner le jeune patient.

— Ici et là, la chair est sensible et gonflée. Il va falloir examiner ça plus en détail, trouver un pansement pour cette éraflure et lui faire passer une radio. On n'est jamais trop prudent.

— Il ne me manquait plus que ça… Finir les vacances avec le poignet cassé ! s'exclama Karl en s'affalant contre son fauteuil roulant, submergé par le désarroi.

Il n'avait plus envie de plaisanter.

— Peut-être qu'on pourrait t'offrir des places pour le prochain match ? suggéra Zac en jetant un coup d'œil complice à Dani. Cela ne ressoudera pas l'os s'il est cassé, mais…

— Dans la tribune du Premier ministre ?

— N'en demande pas trop, répondit Zac en riant. Mais tu pourras certainement obtenir quelques autographes. En attendant, il faut te réinstaller. Je compte jusqu'à trois. Un… Deux…

En quelques gestes prompts, Zac souleva Karl et le déposa dans le fauteuil.

— Et voilà ! En route, Daniella !

La façon dont il prononça son prénom la fit vaciller sur ses jambes. Et une vague de chaleur parcourut de nouveau son corps.

Se réveiller auprès de lui avait été une expérience divine. Se retrouver avec lui dans cet endroit si particulier la rapprochait encore de lui, même si elle sentait qu'il n'était pas encore prêt à se livrer totalement à elle. Il avait beau plaisanter, jouer au macho ou au play-boy, il manquait toujours une pièce du puzzle. Une expérience douloureuse qu'il n'avait pas envie de raconter, qu'il préférait garder pour lui, tapie au fond de sa mémoire et de son cœur.

— Dani ! Venez, elle est vraiment chaude ! Elle est à quarante degrés !

— Non, merci ! C'est trop chaud pour moi. Je préfère l'autre bassin, répondit-elle aux joueurs de l'équipe qui se détendaient dans la piscine chauffée.

Elle étala sa serviette près du bassin et s'assit les pieds dans l'eau, embrassant du regard la vue panoramique qui s'étendait face à elle. Le ciel avait revêtu des teintes orangées et roses. Des haies de buissons délimitaient les champs de lin et les prairies, donnant au paysage un caractère ordonné et paisible, à peine troublé par le bruit d'un ruisseau coulant sur des galets. C'était la première fois, depuis le début du tournoi, qu'elle se sentait en paix.

Zac avait emmené Karl passer une radio — ce qui contribuait aussi sans aucun doute à la sérénité de l'instant.

Elle prit une longue inspiration et ferma les yeux.

Puis les rouvrit, consciente d'une présence non loin d'elle.

— Déjà ? s'écria-t-elle en apercevant Zac.

— C'est allé vite. Je vous ai manqué ?

— Pas vraiment. Je méditais…

— Oh ? Sur quoi ?

Sur le moyen le plus sûr de vous faire dégager de ma vie.

— Cette eau fortement minéralisée est excellente pour détendre les muscles des joueurs, dit-elle, espérant ramener la conversation sur un terrain plus professionnel.

Car plus elle le découvrait, comme elle avait eu l'occasion de le faire ces derniers jours, plus elle le trouvait intéressant et attirant. Or, il fallait qu'elle se protège de ses propres émotions, du bonheur stupide qu'elle ressentait lorsqu'elle riait avec lui, parlait avec lui, se réveillait avec lui. Si elle parvenait à se détacher de tout cela, elle sortirait indemne de cette histoire.

Mais y parviendrait-elle ?

— Il paraît qu'elle est bonne pour les articulations, aussi, reprit-elle d'un ton dégagé.

— Peut-être qu'elle débarrassera Jaxon des restes d'alcool qu'il a dans le sang. Qui sait… Mais pourquoi parlons-nous des joueurs ?

— Parce que nous sommes là pour ça.

— Dani, dit-il en se rapprochant d'elle, j'ai passé une rude journée, en compagnie d'enfants pleins de vie et de sportifs ivres, à faire des radios et des scanners. J'ai envie de passer un peu de temps avec vous. Est-ce un crime ?

— Probablement.

Il lui posa une main sur l'épaule et elle sentit sa volonté faiblir.

— Imaginez ce que je pourrais faire avec mes *deux* mains…, lui murmura-t-il dans le creux de l'oreille comme s'il avait lu dans ses pensées.

Elle se dégagea de son étreinte et alla s'asseoir sur une chaise longue.

— Venez, on va dans le petit bassin ! cria soudain l'un des joueurs en s'approchant.

Puis il s'arrêta net en apercevant Dani et Zac.

— Oh ! Désolé. Hé, les gars, attention. Il y a une réunion de médecins. Enfin, pas officielle mais…

— Tu ne crois pas si bien dire, Joseph, rétorqua Zac avec un clin d'œil. On parlait justement de tes performances.

— Ma femme ne s'est jamais plainte ! plaisanta le joueur en tournant les talons.

Soulagée qu'ils rebroussent chemin, Dani regarda néanmoins Zac d'un air embarrassé.

— Ne vous inquiétez pas, Dani. Ils ne se doutent de rien.

— Je l'espère. Je suis la fille du patron et j'essaie de me montrer toujours professionnelle. Je n'ai pas envie qu'ils s'imaginent que je passe mon temps à papillonner au bord de la piscine.

— Détendez-vous. Cela n'a aucune importance.

— Pour moi, ça l'est, justement.

Il parut surpris. Puis il lui adressa un regard plein de tendresse et sourit.

— Pour moi aussi, Dani. C'est important.

— Alors, docteur, avez-vous réexaminé la cheville de Jaxon ? s'enquit Davide Danatello, en se penchant sur Zac, l'enveloppant des effluves de son after-shave âcre.

Son haleine semblait encore plus lourde ce soir que d'habitude et des gouttes de sueur perlaient sur son large front. La pression du tournoi était manifestement aussi grande pour lui que pour ceux qui se battaient en première ligne.

— Oui, et je lui ai fait passer un scanner cet après-midi.

Après m'être occupé de la gueule de bois de votre joueur vedette et avoir passé la nuit sur une méridienne avec votre fille.

— Il ne jouera pas en quart de finale, mais peut-être en demi-finale, si nous arrivons jusque-là.

— *Si ?* répéta Davide en lui plaquant sa grosse main moite sur l'épaule. *Quand* nous arriverons en demi-finale. On ne peut pas lui injecter un médicament ? Le pays tout entier attend que sa cheville soit réparée.

En première page de tous les journaux, ce matin, figurait la question la plus importante de la journée : non pas « Comment mettre fin à la guerre ou à la famine dans le monde ? », mais « Jaxon va-t-il jouer en demi-finale ? » Plus le temps passait, plus il comprenait la frustration de Dani vis-à-vis de l'engouement des médias pour la célébrité. Et vis-à-vis de son père. Il n'en revenait pas de se découvrir autant d'affinités avec elle. Il avait l'impression qu'il était en train de couler et qu'il n'avait rien à quoi se raccrocher, à part elle.

— Seul le temps peut réparer sa cheville, Davide, répondit-il.

Davide prononça des mots qui firent éclater de rire la tablée, mais qu'il n'entendit pas car Dani venait de se lever et traversait la salle de réception. Pourquoi avait-il une conscience si aiguë de l'endroit où elle se trouvait, de ce qu'elle faisait, des personnes à qui elle s'adressait ? En l'occurrence, l'entraîneur samoan qui la guidait sur la piste de danse.

Zac sentit son estomac se nouer, submergé par l'envie de bondir et de faire disparaître cet homme bien que sa femme soit assise à la table d'à côté, souriante et détendue. Dani évoluait sur la piste de danse au bras de *cet* homme, resplendissante dans sa robe longue d'un rouge éclatant qui épousait chaque courbe de son corps. Et quel corps !

Serait-il jaloux ?

Il s'efforça de chasser cette pensée ridicule de son esprit et de revenir à la conversation de ses voisins de table. En vain : en cet instant précis, le rugby n'était pas son centre d'intérêt majeur.

La musique cessa. Dani avança alors en direction de sa table et lui décocha un regard faussement timide. Il sourit, heureux qu'elle se dirige vers lui. Décidément, cette femme suscitait de curieuses réactions en lui.

Mais Dani n'eut pas l'air de vouloir s'arrêter.

— Vous dansez ? lui dit-il pour la retenir.

Elle s'immobilisa et se pencha.

— Je vous accorde une danse. Une seule…

Puis, lisant sans doute l'interrogation et la déception sur son visage, elle ajouta :

— Vous les avez entendus, à la piscine, tout à l'heure ? Je ne veux pas alimenter les rumeurs.

— Dans ce cas, je vais peut-être inviter la femme de l'entraîneur samoan.

Mais que racontait-il ? En quoi espérait-il la convaincre avec des arguments aussi stupides ?

— Elle en sera ravie, j'en suis sûre. Maintenant, si vous voulez danser avec moi, c'est maintenant ou jamais. J'ai promis une danse à d'autres cavaliers.

— Sommes-nous en 1815 ? Faut-il s'inscrire pour danser avec vous ?

— Dépêchez-vous, Zac, dit-elle en levant les yeux pour apercevoir son père qui, du fond de la salle, lui adressait un signe de la main. Trop tard…, ajouta-t-elle avant d'articuler une réponse à ce dernier.

Puis elle rejoignit Davide et ils se mirent à danser.

Une fois de plus, la regarder fut une torture. Non pas parce qu'elle dansait avec un autre homme, mais parce que celui-ci était en l'occurrence son père et qu'elle le regardait avec un mélange d'amour et d'incertitude. Elle semblait toujours guetter sa réaction, attendre qu'il ait souri pour sourire à son tour. Davide passa une main dans son dos et elle se blottit dans ses bras, comme si elle s'accrochait à un radeau au beau milieu d'une tempête.

Le cœur de Zac se serra. Il eut envie de se lever et de l'emmener loin de là, de cette salle de réception, de cet hôtel, de cet univers empli d'hypocrisie et de règles stupides. Il voulait vivre avec elle une vie dans laquelle il ne serait pas dépendant d'un travail et où il n'aurait pas à payer une erreur commise des années plus tôt. Mais était-ce réaliste ?

Se levant, il se dirigea vers une porte latérale qui donnait sur une ruelle. A cet instant, la musique cessa et Davide Danatello retourna s'asseoir à sa table. Quand Dani traversa de nouveau la salle dans sa robe envoûtante, il lui fit signe de le rejoindre.

— Qu'est-ce que vous faites, Zac ?

Instinctivement, il leva la tête pour vérifier que la ruelle n'était pas truffée de caméras de surveillance ou de paparazzi en attente d'un scoop. Dieu, que cette vie était oppressante ! Comment Dani avait-elle pu y survivre ?

— Vous ne pouvez pas m'arracher à un dîner comme bon vous semble sous prétexte que je danse avec d'autres hommes que vous !

Comme elle était belle quand elle se mettait en colère ! Et comme elle avait raison ! Il s'était comporté comme un homme des cavernes. Mais ce qu'il ne supportait pas, par-dessus tout, c'était de la voir dépendante à ce point du regard de son père.

— Mais vous avez vu comme il vous traite ? N'avez-vous pas payé suffisamment cher pour vos erreurs de jeunesse ?

— C'est mon père ! Et je veux simplement qu'il me voie telle que je suis, pas telle que j'ai été, répondit-elle en faisant les cent pas.

Elle se pencha pour ôter ses escarpins. Puis elle reprit ses allées et venues sur le ciment de la ruelle.

— Vous êtes une femme magnifique, intelligente, travailleuse, adorable. Cela me ronge de vous voir vous avilir pour obtenir sa reconnaissance.

— Je ne m'avilis pas. J'essaie juste de lui montrer que je suis désolée pour ce que j'ai fait. Avant qu'il ne soit trop tard.

Ses yeux se remplirent de larmes.

— Trop tard pour quoi ?

— Regardez-le : il est vieux, gros, hypertendu, essoufflé. Un candidat parfait pour un arrêt cardiaque, alors je veux qu'il me respecte enfin. Je n'oublierai jamais le regard qu'il m'a jeté quand il est venu me chercher au poste. Un regard froid, implacable, sans émotion.

Il posa une main sur son avant-bras.

— Dani, votre père vaut-il tous les efforts que vous faites pour lui plaire ?

Lui-même s'était posé la question à propos de son propre père. Mais il n'avait toujours pas trouvé la réponse.

— Quelle question ! Bien sûr que oui.

Une larme glissa le long de sa joue. Sans avoir réellement conscience de ce qu'il était en train de faire, il prit son visage entre ses mains en coupe pour l'essuyer du pouce. Il était furieux de la voir pleurer à cause d'un homme qui pensait résoudre les problèmes à coups de dollars avant de passer son chemin.

— Et vous, Dani, quelle valeur avez-vous, dans cette histoire ?

Elle leva vers lui ses yeux clairs emplis de tristesse, de

confusion et de désir. Il eut envie de la plaquer contre le mur et de l'embrasser jusqu'à ce qu'elle retrouve sa joie de vivre.

— Pendant longtemps, j'ai eu l'impression de ne pas valoir grand-chose…, soupira-t-elle. Mais maintenant, si, je sais que j'ai de la valeur.

— Alors faites en sorte d'être traitée comme vous le méritez, pas moins.

Il l'attira à lui.

— Vous méritez le meilleur, Dani.

Sans réfléchir, il posa ses lèvres sur les siennes. Après un instant d'hésitation, elle s'abandonna à ce baiser dans un gémissement. Lui entourant le cou de ses bras, elle se pressa contre lui, les lèvres entrouvertes.

Le contact de sa langue avec la sienne l'embrasa littéralement. Ensemble, ils reculèrent contre le mur, les joues en feu, le souffle court. Embrasser Dani dans cette ruelle où pouvait surgir n'importe qui à n'importe quel moment était pure folie. Pourtant, c'était la chose la plus sensée qu'il ait faite en bien des années.

Cela dit, ce baiser ne pouvait les mener nulle part. Il marquait à la fois le début et la fin de leur histoire. Plus il semblait se fondre en elle, plus il prenait conscience qu'il ne pourrait jamais lui donner ce qu'elle méritait de recevoir.

Il se détacha d'elle, haletant, prit ses mains dans les siennes et y déposa des petits baisers. Dani le regarda, les lèvres tremblantes, les yeux emplis d'un désir qui semblait inextinguible. La fente de sa robe moulante découvrait une longue jambe pâle et fuselée. Tout son être était un appel au sexe, et il avait envie d'elle comme jamais il n'avait eu envie d'une femme.

— Je crois qu'il faut nous calmer avant qu'il ne soit trop tard, dit-il. Sans quoi nous risquons d'avoir des problèmes.

Il ramassa les escarpins et se dirigea vers la porte, mais elle le retint par le bras.

— Au point où j'en suis, je m'en fiche, répondit-elle. Je

commence à en avoir assez d'être une petite fille sage. J'ai envie que vous m'embrassiez encore.

— Non, je pense qu'il vaut mieux arrêter et ne pas détruire tout ce que nous avons construit l'un et l'autre.

— Détruire ? Pour moi, nous ne sommes pas en train de détruire quoi que ce soit. Sauf si nous arrêtons ce que nous avons à peine commencé.

— Rentrons, insista-t-il, à son propre étonnement.

De fait, il cherchait à se convaincre autant qu'à convaincre Dani, et il lui fallut faire preuve d'une grande force de caractère pour ne pas la reprendre dans ses bras et l'embrasser de nouveau. Mais qui sait où cela les conduirait ? Il ne pouvait pas prendre un tel risque, pas tant que le tournoi n'était pas terminé.

— Soyons adultes et sérieux. Retournons nous entretenir avec ces charmants convives triés sur le volet, ajouta-t-il avec ironie.

— Qu'ils aillent au diable ! Je ne veux m'entretenir avec personne. Je veux rester avec vous. Ici…

Zac la regardait, en proie à une hésitation qui, de toute évidence, le déchirait. Il semblait aussi tenté qu'elle, mais se retenait, manifestement.

— Vous croyez que votre conduite est chevaleresque, mais, en réalité, vous êtes agaçant parce que je suis toute à vous.

Mais que lui prenait-il ? Elle venait de s'offrir à cet homme sur un plateau d'argent. Zac n'eut pas l'air choqué. Au contraire, il afficha un sourire calme. Elle, en revanche, était sidérée par sa propre hardiesse. Zac avait beau être différent de tous les hommes qu'elle avait rencontrés, que se passerait-il, si jamais ils continuaient à s'embrasser ? Si elle se perdait en lui ? S'il la faisait souffrir ?

Mais, pour l'heure, rien de tout cela n'avait d'importance. Son être tout entier réclamait ses mains, sa bouche, son corps d'homme.

— C'est beaucoup, dit-il en s'écartant un peu.

Elle se demanda, l'espace d'un instant, si elle ne l'avait pas effrayé, refroidi. Mais ses yeux continuaient à briller de désir.

— Que voulez-vous de moi en échange ?

— Votre amitié, votre joie. Je suis fatiguée de m'interdire tout ou presque. Donnez-moi une chose, Zac. Une seule.

— Tout ce que vous voudrez, princesse, à l'exception de mon corps. J'enrage d'avoir à vous dire ça, car j'ai envie de vous depuis l'instant où je vous ai vue.

— Il y a des aspects de votre vie que j'aimerais connaître, Zac. Mais j'ai compris que vous n'aviez pas envie de les dévoiler.

Une ombre passa dans son regard.

— Je suis désolé, je ne peux pas. Je ne peux rien promettre.

— C'est à cause de Tom ?

Ses yeux s'assombrirent encore.

— Dani, je ne pourrais pas vous donner autre chose qu'un peu de bon temps.

Elle sentit sa gorge se serrer. Même si elle en était consciente, ce n'était pas agréable de se l'entendre dire.

— Très bien, n'en parlons plus. Dans ce cas, j'aimerais vous demander une faveur. Prenons notre journée demain, et autorisons-nous à faire ce que feraient des gens normaux.

Elle eut l'impression fugace qu'il reprenait ses distances. Il fallait qu'elle le rattrape. Au diable la timidité et les tergiversations ! Pour une fois, elle devait oser demander.

— Pas de mondanités, pas de rugby, juste vous et moi, et le plaisir d'être ensemble.

— Imaginons que j'accepte. Que comptez-vous faire de votre père et de son règlement intenable ?

— Qu'il aille au diable, lui aussi. Aujourd'hui, il a joué au golf, puis il s'est offert un massage thaï, pendant que nous « baby-sittions » une horde de rugbymen déchaînés après avoir passé une nuit blanche.

Son cœur s'emballa au souvenir de Zac, torse nu sur la méridienne.

— Nous avons bien le droit de nous détendre aussi, après

tout. Je vous demande une journée, et l'aveu de votre *secret*. C'est tout.

— Je ne peux pas. Demain, j'ai des coups de téléphone à passer. Je dois parler au médecin fidjien. Il a eu du mal à trouver un orthopédiste à Hamilton. Et je…

— Zac, vous ne pouvez pas passer votre temps à porter tout le monde à bout de bras, à vous ensevelir sous le travail et la collecte de fonds. Ce n'est pas une vie.

Etait-il en train de trouver des prétextes ? Peut-être avait-elle mal interprété son attitude. Il fallait qu'elle se méfie de ses propres réactions. Mais une journée avec lui suffirait sans doute pour la débarrasser de son envie et pour qu'elle l'oublie définitivement.

A moins que ce ne soit le contraire, que son désir pour lui redouble, et qu'elle passe le reste de son existence à regretter une chose à laquelle elle n'aurait eu droit qu'un jour dans sa vie ?

Tant pis. C'était un risque qu'elle était prête à courir.

— Allez, Zac, insista-t-elle. Depuis que nous nous connaissons, notre attirance l'un pour l'autre est manifeste. Il faut que nous allions au bout de notre désir pour pouvoir aller de l'avant. Aucun de nous ne veut d'une relation stable. C'est clair pour l'un comme pour l'autre.

Sa franchise la surprit elle-même.

Zac ferma les yeux un instant pendant lequel la lutte qui se livrait en lui parut encore plus douloureuse.

— Et après ? Que me demanderez-vous ?

— Il n'y aura pas d'après, vous le savez aussi bien que moi. Nous serons les collègues que nous avons toujours été, une équipe de travail visant à faire gagner le match aux Jets.

Elle tendit la main.

— Pas d'engagement, pas d'attaches. Juste du plaisir, le temps d'une journée. Qu'en dites-vous ?

— J'imagine que c'est envisageable pendant une journée à condition que cela ne se sache pas. Et que cela ne complique pas la situation entre nous.

Il prit sa main tendue pour la tirer doucement vers lui jusqu'à ce que sa bouche lui effleure l'oreille.

— D'accord, princesse, murmura-t-il. Vos désirs sont des ordres.

9.

« Opération Mon secret
Heure de rendez-vous : 10 h 15
Lieu de rendez-vous : parking en sous-sol, numéro 245
Code vestimentaire : décontracté. Chapeau exigé. »

Dani prit la feuille de papier glissée sous la porte de sa chambre d'hôtel. Après l'avoir lue et relue, elle se sentit aussi légère que des bulles de champagne.

Zac ne l'avait pas éconduite. Il l'avait même prise au sérieux. Allaient-ils pouvoir satisfaire leur désir impétueux en quelques heures et reprendre ensuite le cours de leur vie là où il s'était interrompu, au moment de leur rencontre ? Elle l'ignorait, mais elle avait très envie de relever le défi.

Son cœur se mit à battre de façon anarchique lorsqu'elle arriva dans le sous-sol de l'hôtel et croisa trois hommes en costume-cravate dans l'obscurité du parking. Aucun d'entre eux ne se retourna, signe que son allure n'attirait pas l'attention. Rassemblant son courage, elle marcha jusqu'à la place 245.

— Un camping-car ?

Zac la poussa à l'intérieur. Toujours dans le doute quant à l'évolution de leur relation, elle scruta son visage dans l'espoir d'y trouver quelque indice. Mais il ne laissa rien transparaître.

— J'adore les camping-cars, reprit-elle. Une petite maison avec laquelle on peut aller où bon nous semble.

— Voici le coin-cuisine et là, le lit…

Son sourire s'élargit. Si elle hésitait, lui semblait avoir les idées claires sur ce que leur relation allait devenir.

— C'est adorable. Mais pour quelqu'un qui voulait être discret, c'est raté ! Pourquoi avez-vous choisi un camping-car jaune citron ?

Il prit place au volant puis passa affectueusement la main sur le vieux tableau de bord. Coiffé d'un feutre mou, il avait une allure hippy-chic, avec son T-shirt et son jean noirs, ajustés sur son corps harmonieusement musclé. Décidément, cette escapade s'annonçait excitante.

— C'est un combi VW restauré avec amour par un passionné. *Il mettra du soleil dans votre vie*, a dit le vendeur qui me l'a loué. Et, regardez : les vitres sont teintées. Personne ne peut nous voir. Mais allons-y, il ne faut pas être en retard.

— Pourquoi ?

— Vous verrez. Mais, pour le moment, baissez-vous, le temps que nous sortions de là.

La foule de photographes massée à l'entrée de l'hôtel se retourna comme un seul homme au bruit du combi sortant du sous-sol. Mais aucun d'entre eux ne manifesta le moindre intérêt pour le véhicule jaune citron. Au contraire, ils se détournèrent avec une déception mal dissimulée.

— Parfait ! dit Zac, le sourire aux lèvres. Votre déguisement est parfait ! Avec une telle horreur, personne ne se doute que vous êtes une célébrité.

— N'insultez pas mon sweat-shirt préféré ! dit-elle en tirant sur le vêtement qu'elle venait d'acheter à la boutique de l'hôtel.

I love Rotorua y était brodé en rose bonbon, au-dessus d'un mouton arc-en-ciel curieusement dessiné. Une casquette de base-ball et des lunettes de soleil complétaient sa tenue, aux antipodes de ce qu'une fille Danatello était habituellement censée porter.

— Vous pouvez toujours l'enlever, suggéra-t-il d'un air entendu. Je peux même vous aider !

— La journée commence fort ! commenta-t-elle, sentant l'excitation monter en elle. Mais regardez plutôt la route !

— Ce qui signifie non ? Ou pas maintenant ?

— Ce qui signifie que sous mon sweat-shirt, j'ai un T-shirt encore pire, sur lequel est écrit : *Ne vous faites pas d'idées.*

— Pourtant, ce ne sont pas elles qui manquent, si vous saviez !

Ils n'avaient établi aucune règle pour organiser cette journée. Simplement, elle voulait en savoir davantage sur son passé, mais réservait cette épreuve pour plus tard. Il faudrait trouver le bon moment afin que Zac ne se braque pas.

A la sortie de la ville, les collines et les champs s'étendaient à perte de vue sous un immense ciel bleu, tandis qu'une brise fraîche, débarrassée des effluves soufrés de Rotorua, venait caresser leur visage par les vitres baissées.

Pour la première fois depuis longtemps, Dani éprouva une sensation de légèreté. Elle se sentait libérée de ses contraintes, de sa vie sous cloche.

— Alors, où allons-nous ?

— Je vous emmène faire un voyage plein de magie et de mystère. Soyez patiente, nous y sommes presque.

Il tourna le grand volant et s'engagea sur une petite route menant à un parc d'attractions.

— Premier arrêt : *La vie à la ferme.*

Pour une surprise, c'était une surprise, en effet. Elle avait tout imaginé, à l'exception d'un spectacle de vaches et de moutons dans un enclos.

— Attendez de voir…, dit-il avec un air mutin qui ne fit qu'attiser son impatience et son excitation. Avez-vous déjà trait une vache ou nourri un agneau ?

— Je ne vois pas quand j'en aurais eu l'occasion !

— Peut-être quand votre sœur est apparue dans cette émission de téléréalité tournée à la campagne.

— Cela ne risquait pas de se produire : à ce moment-là, j'étais en cure de désintoxication. Elle a dû me proposer d'y participer, mais j'étais dans un autre monde. Elle, en revanche, n'a jamais pris la peine de venir me voir à la clinique. Ni elle ni personne, d'ailleurs.

Zac lui prit la main et la caressa doucement du pouce, ce

qui avait toujours le pouvoir de la calmer. Mais quand ses doigts remontèrent le long de son avant-bras, son cœur se mit à faire des bonds dans sa poitrine. Elle plongea son regard dans le sien. Serait-il venu la voir à la clinique ? Elle en était persuadée. Il se serait montré gentil et fiable, attentionné. Il ne l'aurait pas laissée seule, comme les autres l'avaient fait. Elle devinait qu'il ne voulait pas d'une simple partie de jambes en l'air avec la première venue, pas plus qu'il ne sortait avec elle parce qu'elle était la fille de Davide Danatello. Non, c'était vraiment *elle* qu'il désirait.

Mais quel intérêt de ressasser le passé ? Zac n'était pas là, à l'époque. Et, bientôt, il disparaîtrait, après un passage fugitif dans sa vie. Il lui avait promis une journée, une seule et pas davantage, alors autant en profiter.

Zac sentit son cœur se serrer en voyant le visage de Dani changer brutalement d'expression. Maudite famille qui se préoccupait davantage de sa popularité télévisuelle que des souffrances de Dani. Lui se sentait concerné par elle, par sa vie, par ce qu'elle avait enduré. Peut-être même plus qu'il ne l'aurait voulu. Plus il passait de temps avec elle, plus elle s'approchait de territoires dont il aurait préféré qu'elle se tienne éloignée, mais il lui était de plus en plus difficile de maintenir les solides barrières derrière lesquelles il gardait secrète sa vie passée.

Il consulta sa montre.

— Nous sommes pile à l'heure, dit-il d'un air satisfait.

Elle leva vers lui des yeux interrogateurs.

— Un car de touristes vient d'arriver. Ce sont des étudiants. J'ai pensé que nous pourrions nous mêler à eux.

Pensive, Dani observa les garçons et les filles qui descendaient du car, parlant dans une langue étrangère. L'espace d'un instant, il eut envie d'abandonner le programme qu'il avait mis sur pied pour la journée et de lui faire l'amour sur-le-champ. Mais il refréna ses pulsions. Ce jour-là était particulier, il avait envie de lui faire plaisir, et il voulait par-dessus tout qu'elle s'amuse. Le sexe pouvait bien attendre.

Décidément, cette femme le poussait à s'aventurer sur des chemins qu'il n'avait vraiment pas l'habitude de fréquenter.

Quelques heures plus tard, après une visite de la ferme, une démonstration de chiens de berger et de tonte des moutons, il accompagna Dani qui voulait nourrir des agneaux. Affamées, les bêtes se bousculaient pour atteindre les biberons, tels des paparazzi à l'affût d'un scoop.

— Je n'arrive même pas à tenir le biberon, tellement ils poussent ! dit-elle en riant. Regardez la force qu'ils ont !

— Je peux vous aider, si vous voulez.

Il s'accroupit derrière elle et passa les mains par-dessus ses épaules. Le prétexte pour se rapprocher d'elle était un peu grossier, mais comment résister à l'émerveillement qu'il avait lu dans ses yeux ?

Les agneaux émettaient de petits bruits de succion qui la faisaient glousser. Il posa sa tête contre la sienne, heureux de la voir s'amuser autant.

Son cœur se serra encore lorsqu'elle se redressa et caressa l'agneau qu'elle avait nourri avec autant de tendresse que s'il s'agissait de son enfant. Il lui tendit la main et l'aida à sauter de l'estrade sur laquelle elle était montée. Et ne la lâcha pas jusqu'au parking.

— C'était super ! dit-elle en arrivant devant le camping-car. Merci !

— Je vous en prie. Mais ce n'est pas terminé. Allons déjeuner !

Après avoir refermé la portière de Dani, il reprit le volant et roula dix minutes avant de s'arrêter de nouveau au bord de la route, près d'une baraque à frites.

— Tenez, dit-il en lui tendant deux cônes de papier contenant des *fish and chips*. Voici un authentique déjeuner néo-zélandais ! Mais attendez un peu avant de manger.

Il se dirigea vers le lac et gara le camping-car puis sortit une couverture qu'il étendit sur l'herbe, dans la lumière du doux soleil d'automne. Le lac d'un bleu intense qui bordait la ville s'étirait ensuite au milieu des collines volcaniques couvertes de prairies vertes, de champs de lin ou de forêts de sapins. Une famille de canards passa devant eux en se dandinant, apparemment pressée de regagner le rivage.

Zac sortit deux coupes et une bouteille.

— Ne vous inquiétez pas, c'est du cidre sans alcool car je ne me permettrais pas de contrevenir à cette règle-là. A cette belle journée !

Après une brève hésitation, Dani leva son verre et but une gorgée. Puis elle plongea la main dans son cône de papier pour prendre une frite.

Zac était en proie à un sentiment confus. Elle avait beau s'être confiée à lui la veille, elle n'avait pas pour autant l'air de lui faire pleinement confiance. Elle avait sans doute appris à rester sur ses gardes pour se protéger. Comme il devait être épuisant de ne pas pouvoir se détendre avec les gens, de ne jamais savoir s'ils étaient là par amour ou par intérêt !

Elle leva les yeux et son sourire parut sincère.

— C'est délicieux ! dit-elle en se léchant les doigts. Vous savez vous y prendre avec les femmes !

— Manger des *fish and chips* dehors, au soleil, vaut à mes yeux tous les déjeuners au restaurant. Dites-moi, Daniella, que faites-vous quand vous ne sillonnez pas le pays avec une équipe de rugby ? En fait, je ne sais pas grand-chose de vous.

— Pourtant, je vous en ai dit plus qu'à n'importe qui d'autre. Moi non plus je ne sais pas grand-chose de vous.

Elle prit sa main et la serra.

— Je vous propose un marché : une question chacun.

Il n'avait pas particulièrement envie de parler de lui, mais le marché était équitable.

— D'accord. Une question chacun. Nous verrons bien où cela nous mènera.

Elle opina avant de prendre une grande inspiration.

— J'adore mon métier à Wellington. Je travaille dans un établissement situé dans un quartier défavorisé, où les filles sont souvent coincées à la maison et ne savent pas comment en sortir. Le sport est un bon moyen. Alors je les aide du mieux que je peux. J'ai dû affronter des résistances, des parents, notamment, mais maintenant que les résultats sont là, on me fait confiance. De plus, là-bas, on ne m'a jamais parlé de ma famille ni de mes photos dans les tabloïds.

— Je suis admiratif. Il faut du courage pour quitter son univers et se lancer dans l'inconnu. Vous vivez sur place ? En appartement ?

— Cela fait deux questions supplémentaires, Zachary, dit-elle en le regardant du coin de l'œil.

L'inquiétude qui avait terni son regard avait complètement disparu. Maintenant qu'elle évoquait la vie qu'elle s'était construite, ses yeux brillaient.

— Je possède une petite maison, que j'adore, avec un jardin. Je suis libre d'y faire ce que je veux. Je n'ai pas d'animaux, cependant. Encore que j'envisage sérieusement d'adopter un agneau, maintenant !

— Un agneau est un animal parfait quand on a un jardin : plus de pelouse à tondre. Plus de plantes ni de fleurs non plus, d'ailleurs.

Elle pouffa de rire.

— Je plaisante, mais cela a dû être difficile de grandir sous les feux de la rampe, ajouta-t-il.

A l'évocation de sa vie passée, elle se raidit, mais, pour une fois, ne se mit pas à entortiller une mèche de cheveux autour de son doigt.

— J'ai l'impression que nos parents ont eu des enfants juste pour les exhiber devant les journalistes. Deanna et Desere étaient des petites filles magnifiques et dociles. Personnellement, je n'ai jamais supporté qu'on vienne fouiner dans ma vie privée. De toute façon, je ne faisais rien assez bien pour eux.

— Vous plaisantez ! Vous valez bien plus qu'eux tous réunis.

— J'ai pourtant toujours eu l'impression d'être le vilain

petit canard, qu'on a cherché à faire entrer de force dans le moule Danatello. Mais je n'ai jamais été une Danatello.

Zac sentit un poids sur sa poitrine, une sensation qu'il connaissait bien.

— Votre père se rend-il compte de ce qu'il vous a fait endurer ?

Dani resta silencieuse un instant, comme si elle cherchait ses mots.

— Mon père a grandi dans la pauvreté, aux côtés d'un père violent qui voulait faire de lui un homme endurci. C'est pourquoi il continue à vouloir prouver constamment sa valeur.

Zac inspira profondément. Son propre père l'avait maltraité, mais jamais au point de le frapper.

— Je comprends mieux pourquoi il se comporte ainsi, dit-il.

— Oui. Il y a toujours une raison à nos agissements. Mais assez parlé de moi. C'est mon tour de vous poser des questions.

Zac regarda nerveusement sa montre.

— Je suis désolé, mais nous devons repartir.

— Vous vous défilez ? C'est injuste ! s'écria-t-elle.

Un sentiment de culpabilité s'empara de lui.

Il fallait qu'il parle, qu'il s'ouvre à quelqu'un. Et qui mieux qu'elle pouvait le comprendre ? Mais était-il nécessaire de gâcher une si belle journée en évoquant des souvenirs douloureux ?

Il l'aida à se relever puis ils retournèrent vers le camping-car.

— On peut poursuivre notre conversation en roulant, suggéra-t-il.

Elle monta dans le camping-car pour y ranger la couverture. Son visage s'était rembruni.

— Vous allez vous débrouiller pour ne pas entrer dans les détails.

— Moi ? C'est mal me connaître, répondit-il en lui faisant des chatouilles pour la dérider.

— C'est injuste de vous en prendre à une pauvre demoiselle sans défense, dit-elle en le chatouillant à son tour.

Ils se taquinèrent quelques instants encore en se tortillant, puis Zac heurta le petit évier, perdit l'équilibre et tomba à la renverse, entraînant Dani avec lui. Sur le lit.

Dani chercha à se dégager, aux prises avec un sentiment croissant de colère. Une fois de plus, Zac s'était esquivé, créant entre eux une distance qu'elle ne savait comment franchir. Le temps aurait pu arranger les choses, mais du temps, elle n'en disposait plus. Manifestement, cet homme avait des problèmes qu'il ne tenait pas à partager avec elle. Mieux valait tourner les talons et rentrer chez elle. A condition, toutefois, de pouvoir se lever.

— Laissez-moi sortir de là ! ordonna-t-elle sèchement.

Il la regarda avec un sourire en coin et l'attira contre lui.

— Est-ce bien nécessaire ?

— Oui. Vous ne voulez pas parler, vous ne voulez rien me donner, et de toute évidence, nous…

Elle ne put continuer, empêchée par les lèvres brûlantes de Zac. Empêchée de parler, mais aussi de penser. La pression de sa main dans son dos, sa chaleur, son parfum abolirent en un éclair toutes ses résistances. Désireuse de se fondre en lui, elle replia les jambes autour des siennes, pressant à son tour son corps contre le sien.

Autant le baiser de la veille était fougueux, autant les lèvres de Zac étaient à présent douces et tendres. Il prenait son temps, goûtant du bout de la langue le contour de sa bouche, le bord de ses dents. Il lui prit le visage dans ses mains avec une douceur infinie et déposa des baisers légers sur ses paupières, ses joues, son nez.

Elle soupira de plaisir en s'accrochant plus fort à lui. Elle ne voulait plus le quitter et lui agrippait son T-shirt de peur que le charme ne se rompe. Elle brûlait de sentir ses mains la caresser partout. Elle voulait le sentir sur elle, en elle, mais cela suffirait-il à éteindre le feu qui la consumait ?

Zac lui caressait toujours les joues comme s'il avait toute la vie devant lui, comme si le temps ne comptait pas.

Ses lèvres remplacèrent ses doigts, descendirent le long de son cou, découvrant son épaule, la faisant se cambrer vers lui. Il passa une main sous son sweat-shirt, lui caressant doucement le dos, défit son soutien-gorge et frotta avec lenteur la paume de sa main sur le bout de son sein avant de le capturer entre ses doigts, lui arrachant un gémissement de plaisir. Puis sa bouche prit la relève et enfin sa langue.

— Enlève ça, dit-il en tirant sur le sweat-shirt. Cela fait des heures que j'ai envie de te l'arracher.

Son sourire s'élargit lorsqu'il aperçut le caraco de soie rose pâle qu'elle portait dessous.

— Tu m'avais parlé d'un T-shirt horrible ! Si j'avais su ce que tu cachais sous ton sweat-shirt, nous n'aurions même pas quitté le parking !

Il l'aida à se débarrasser du caraco et du soutien-gorge qu'il jeta sur le sol et se remit à lécher ses seins, tantôt les caressant du bout de sa langue, tantôt les prenant tout entiers dans sa bouche. Des vagues de chaleur la submergeaient les unes après les autres, au fur et à mesure que le plaisir augmentait. Puis sa bouche revint se poser sur la sienne, avec un désir évident.

Jamais elle ne s'était sentie aussi belle, aussi désirée. Cet instant était tout ce dont elle avait toujours rêvé et tout ce qu'elle n'avait jamais eu. A présent, le rêve se matérialisait et elle priait pour qu'il ne finisse jamais.

Tout ce que ses yeux lui disaient trouvait un écho dans son propre cœur. Elle voulait cet homme, pas seulement pour assouvir une pulsion physique, mais pour combler les moments de sa vie qu'elle remplissait d'expédients en attendant mieux. Elle avait envie de se réveiller près de lui le matin, de s'endormir avec lui le soir. De partager la joie, les larmes et tout ce que la vie offrait entre les deux.

Elle l'attira contre elle, prête à tout lui donner. Lorsqu'elle glissa les doigts sous la ceinture de son jean, ce fut comme si un déclic se produisait, et il l'embrassa avec plus de fougue encore.

Jamais il n'avait été fou de désir à ce point. Cette femme magnifique et sensuelle, qui le faisait rêver depuis des jours, était dans ses bras ! Et peu importait si c'était pour une journée ou pour la vie, si c'était bien ou mal. Tout ce qui comptait à présent était l'odeur de sa peau nue contre la sienne, son corps, ses mains, sa bouche. Il avait envie de faire et de refaire l'amour avec elle, sans plus jamais s'arrêter.

— Tu es la femme la plus belle que je connaisse. La plus incroyable…

Il lui enleva son jean, toujours conscient du contact des mains de la jeune femme sous sa ceinture. Il s'obligea à se concentrer, afin de ne pas perdre le contrôle. Il voulait prendre son temps.

Elle gémit quand il se mit à caresser son ventre et le haut de ses cuisses. Puis elle s'agrippa à son T-shirt lorsqu'il lui ôta le petit triangle de dentelle et poussa un cri qui faillit lui faire perdre la raison lorsqu'il glissa ses doigts entre ses cuisses.

— J'ai envie de toi, Zac, dit-elle d'une voix qui l'excita encore davantage.

Il continua à la caresser, encouragé par le mouvement en cadence de ses hanches.

— Viens, dit-elle en s'agrippant à ses épaules.

— Attends… Je m'occupe de toi, d'abord. Seulement de toi.

Elle ferma les yeux et se cambra.

— Ouvre les yeux, je veux te voir.

— Oh ! Zac…

Elle leva les jambes et l'enveloppa, plaquant son sexe contre sa main. Ses yeux bleus brillaient de plaisir et de désir. Jamais il ne s'était senti relié à quelqu'un comme à elle. Il avait l'impression qu'ils étaient deux moitiés qui formaient enfin un tout, harmonieux et entier.

Il se remit à embrasser sa bouche chaude et mouillée, puis la sentit se contracter sous ses mains avant que tous les muscles de son corps se relâchent.

La voir jouir lui procura un sentiment de plénitude. Il ne s'agissait pas seulement de plaisir sexuel, mais de bien davantage. Il avait passé des années à éviter ce genre d'intimité, mais, à présent, il ne pouvait plus nier le fait que Dani s'était immiscée dans sa vie bien plus loin qu'il ne l'avait imaginé au départ. Il se sentait désormais lié à elle, en dépit de toutes les règles qu'il s'était fixées. Il avait envie de la protéger, de la faire rire, de contempler la lueur au fond de ses yeux quand elle le regardait. Il voulait la rendre heureuse.

Son cœur tambourinait dans sa poitrine. Que faire ? Qu'avait-il à lui offrir de plus qu'une journée volée dans un camping-car ? Il devrait reprendre le cours de sa vie, ses engagements, son travail. Ce travail, qui était devenu son refuge et sa croix. Dani méritait un amour entier et inconditionnel, pas un amant absent qui faisait passer sa carrière avant tout le reste.

Il contempla la femme qui se tenait près de lui, avec ses boucles blondes étalées sur le lit, son sourire serein. Elle ignorait le torrent d'émotions qui venait de déferler en lui. De toute façon, il était passé maître dans l'art de dissimuler ses émotions.

Elle rouvrit les paupières.

— Tu as des doigts magiques, dit-elle. C'est ton tour, maintenant.

Son pantalon le serrait sous la pression de son désir pour elle. Mais il ne ferait pas l'amour avec elle dans ces conditions. Toutefois, il était si excité qu'il craignait de ne pas pouvoir résister au moindre contact de sa main.

Un sursaut de raison s'immisça dans son esprit. Il lui restait dix-sept heures à passer en sa compagnie dont il avait l'intention de profiter à chaque seconde. Il n'avait pas envie de commettre une erreur qu'il regretterait aussitôt. Il voulait que la journée soit parfaite pour en garder un souvenir parfait.

— Ce n'est pas que je m'ennuie, princesse, mais nous devons y aller. J'ai prévu d'autres festivités.

— Restons ici, dit Dani avec un gémissement, sans cesser de caresser le dos de Zac.

Les choses ne pouvaient pas s'arrêter là. Elle ne s'imaginait pas être ailleurs que dans ses bras.

— Je t'en prie, reste.

— Tu mérites mieux qu'une partie de jambes en l'air dans un camping-car, dit-il en désignant d'un signe de tête les vitres embuées.

— Je me fiche d'être là ou ailleurs. J'adore ce camping-car. J'ai l'impression d'être chez moi. Chez nous, même, là où personne ne peut venir nous déranger… Dehors, c'est la jungle, ici, je me sens en sécurité.

Mais elle prit conscience, en prononçant ces mots, qu'elle se trompait. Une journée avec Zac ne suffirait pas à lui donner un sentiment de sécurité. Elle savait qu'elle aurait besoin de lui le lendemain, et les jours qui suivraient.

— J'ai envie de faire l'amour avec toi. Maintenant…

— Moi aussi, j'en ai envie. Plus que tout ce dont j'ai eu envie jusque-là dans ma vie.

Il passa une main dans ses boucles blondes.

— Mais pas comme ça. Pas ici, pas en me cachant, en enfreignant des règles. Sans compter que nous n'avons pas de préservatif.

— Tu plaisantes ? Tu en as deux mille ! s'exclama-t-elle en tâtant la poche arrière du jean qu'il portait.

Il secoua la tête.

— Je les ai laissés à l'hôtel, pour ne pas être tenté.

— Pardon ?

Elle éclata d'un rire aigrelet.

— Je n'ai pas besoin que tu me protèges. Je sais quels risques je cours et je connais ce stupide règlement.

L'observant d'un air malicieux, elle fit glisser sa main sur la bosse du pantalon.

— Nous ne sommes pas obligés de prendre ce risque-là, d'ailleurs. On peut faire des tas d'autres choses.

Elle approcha le visage de son cou et donna un petit coup de langue sur le lobe de son oreille, sans cesser de le caresser.

— Non, princesse, ne fais pas ça, ordonna-t-il avec un sourire qui démentait ses paroles.

Il lui écarta la main et la posa contre son torse.

— Je t'en prie, j'ai un programme à respecter pour cette journée si particulière. Arrête !

— Le problème…

Elle laissa échapper un soupir. En dépit de tous les efforts déployés pour se protéger, elle était en train de tomber amoureuse de lui. Elle posa la tête sur son torse, sentant son cœur battre au même rythme que le sien.

— C'est que je ne peux pas…

10.

— A toi, Zac. Qu'est-ce que tu veux ajouter sur cette liste ?

— Daniella, il n'est pas prudent de penser à ces choses-là en conduisant, répondit Zac avec un sourire en coin, tandis que défilaient dans son esprit des images plus ou moins décentes.

— Tu n'as qu'à te garer ! Regarde, un motel !

— Je te réserve d'autres surprises. Nous avons jusqu'à demain matin.

— Cette nuit aussi ?

— Tu m'as dit *une journée*. Cela fait vingt-quatre heures, si je ne m'abuse.

S'il n'y prenait pas garde, une journée avec Dani pourrait se prolonger en une semaine, un mois, une vie, qui sait ?

Il s'égarait. Il devait se concentrer sur la victoire des Jets, rien de plus.

Pourtant, il ne cessait de penser à elle, dans sa robe longue gris perle, à leurs baisers torrides, à son regard attendri devant les agneaux, à son refus de punir Jaxon pour son erreur… Tout en elle le rendait fou, lui donnait envie de rester avec elle tout le temps. Dani était un soleil dans son existence terne. Elle le réchauffait et lui redonnait le plaisir de vivre. Mais cela ne risquait-il pas aussi de l'aveugler ?

Il enclencha le clignotant et tourna sur la route menant aux Sommets. Tout en approchant du centre, une étrange sensation chassa le désir dans son corps. Quelque chose clochait. Une voiture noire aux vitres teintées était garée devant la grande bâtisse. Menaçante, comme si le Parrain en personne était venu prendre le thé. Son estomac se noua.

— Pourquoi revenons-nous ici ? demanda Dani. Ça fait partie de la surprise ?

— Je voulais donner à Karl les billets que je lui ai promis pour le match de demain. Après quoi, je pensais que nous pourrions faire une balade à cheval.

— Tu espères en secret le retour de lady Godiva ?

— Je n'osais te le demander ! Non, je pensais plutôt à une balade tranquille dans les bois.

Mais à la vue de Davide Danatello, de Matt et de Jaxon sortant l'un après l'autre de la berline, il se demanda si son plan n'était pas en train de tomber à l'eau. D'autant que l'ambiance ne semblait pas être à la fête.

— Je crains que notre petite promenade ne soit compromise.

Il tira le frein à main puis se tourna vers elle. Son sourire et la lueur d'espièglerie avaient disparu de ses yeux.

— Il n'y a peut-être rien de grave, dit-elle.

— Vu la tête de ton père, je crains le pire.

Ils se dirigèrent vers les trois hommes et les saluèrent.

— Comment avez-vous su que nous serions là ? demanda Zac.

— Jaxon nous a dit qu'il y avait des chances de vous y trouver, répondit Davide. Nous devions vous parler de toute urgence et aucun de vos téléphones ne répondait.

— Pourquoi ? Y a-t-il un problème ? demanda Dani d'une voix mal assurée.

Pourquoi diable cette femme magnifique et forte se mettait-elle à trembler dès qu'elle s'adressait à son père ?

— Mon téléphone n'a pas sonné une seule fois. Et qu'est-ce qui est si pressé au point de venir nous chercher pendant un jour de congé ? Nous avons droit à du temps libre et un peu d'intimité.

— Si vous voulez un peu d'intimité, alors évitez d'apparaître en première page des journaux, dit Matt en lui jetant un journal entre les mains.

L'air qu'affichait l'entraîneur était éloquent : Zac sut qu'il pouvait oublier l'*après* tournoi, la gloire, la promotion, la prime. Sa gorge se serra. Tout partait soudain à vau-l'eau : cette magnifique journée, son poste, Daniella. Tout ce qui lui tenait à cœur, mais qu'il allait perdre à cause d'un mauvais choix. Une fois de plus.

Les photographies de la première page lui sautèrent au visage. On y voyait Jaxon, semant le trouble au bar, le bras tendu pour réclamer un verre, puis Dani et lui, le portant. Les images n'étaient pas de bonne qualité, mais on comprenait clairement que le plus grand espoir du rugby néo-zélandais était ivre et que ses deux complices tentaient d'effacer les traces de son méfait. Dans un coin, le barman regardait la scène du coin de l'œil sans cesser d'essuyer des verres.

— On ne peut donc plus faire confiance à personne, commenta Zac d'un air dégoûté.

— Le barman a fait fortune en racontant son histoire, mais il a aussi démoli notre réputation, répliqua Davide. Depuis, les médias sont déchaînés.

— Attendez que je mette la main sur lui, dit Zac en serrant les poings.

— Ne te donne pas cette peine, répondit Dani. Si tu veux mon avis, il a disparu de la circulation.

Elle haussa les épaules, les yeux brillants de larmes. On aurait dit qu'elle s'attendait à ce genre de trahison. Quoi qu'il en soit, il restait maintenant à convaincre Davide Danatello qu'elle n'y était pour rien. Il était hors de question qu'elle perde sa place ou la considération de son père après avoir travaillé si dur pour gagner l'une et l'autre.

Il fit une boule du journal, qu'il jeta sur la banquette arrière.

— Jaxon a commis une erreur de jugement, certes, et moi aussi, en ne vous prévenant pas. Mais Dani n'a absolument rien à voir avec tout ça. C'est moi qui ai pris cette décision, en tant que médecin, après l'avoir examiné. Je suis certain que ce genre d'épisode ne se reproduira plus et que Jaxon est désolé de ce qui s'est passé.

— Ça ne me suffit pas, marmonna Davide Danatello, tremblant de colère. Je ne tolérerai pas que l'on agisse dans mon dos. Jaxon fait partie de mon équipe, j'aurais dû être informé.

— Certainement pas, rétorqua Zac avec aplomb. Cela serait revenu à violer le secret professionnel.

Il avait vendu son âme au diable en signant un contrat dans ce club qui stipulait que l'encadrement devait être tenu au courant de toutes les actions médicales. Il chercha le regard de Dani, dont la chaleur lui donna du courage. Ils avaient fait leur devoir, ce dont il pouvait être fier. Professionnellement, il n'avait rien à se reprocher et pourrait chercher un autre poste, la tête haute. Si seulement il pouvait en trouver un aussi passionnant que celui-ci !

— Une fracture du tibia est une chose, le stress aigu en est une autre. Jaxon est mon patient et je lui dois la confidentialité de nos échanges.

— Pas si cela nuit au reste de l'équipe. Il y a des règles, que vous avez enfreintes, en entraînant ma fille derrière vous, dit Davide, pointant un index menaçant.

— Non ! s'écria Dani. Ce n'est…

— Laissez votre fille en dehors de tout ça, la coupa Zac. J'ai une déontologie à laquelle je me conforme, et j'essaie aussi de faire preuve de bon sens. Vos règles n'ont pas d'autre valeur que d'asseoir votre autorité sur les autres, mais elles n'ont aucun sens pour nous. Jaxon a commis une erreur ? Et alors ? Tout le monde commet des erreurs. Même vous, qui avez laissé votre fille à son triste sort quand elle avait besoin d'aide !

— Comment vous permettez-vous ? Qui êtes-vous pour me donner des leçons ?

Zac ouvrit la bouche pour répondre, mais Dani posa une main sur son bras.

A cet instant, Matt s'agrippa à la portière de la voiture en vacillant, la tête baissée.

— Matt, ça va ? s'écria Zac en le prenant par les épaules pour l'éloigner du petit groupe.

— Ça va, mais je me passerais bien de cette maudite indigestion qui n'en finit plus.

— Allons nous asseoir.

Mais l'entraîneur ne bougea pas, se cramponnant à la portière comme s'il s'agissait d'une bouée de sauvetage.

— Il faut rentrer, Matt, tu dois te reposer.

— L'hôtel grouille de paparazzi, dit-il, le souffle court. Les médias veulent la peau de Jaxon, la mienne, la vôtre…

Il posa une main tremblante sur son torse.

— Tu es sûr que tout va bien ? s'inquiéta Zac.

Il lui prit le poignet afin de tâter son pouls et le trouva trop rapide.

— Dani, vite ! Matt va…

Ce dernier s'effondra soudain dans ses bras. Dani l'aida à l'étendre par terre et lui desserra sa cravate, tandis qu'il l'examinait. Matt était conscient, mais il souffrait de tachycardie et de dyspnée. Son front était brûlant.

— Aïe… J'ai mal…, murmura Matt en se tordant de douleur.

— La douleur est-elle constante ? Lancinante ?

— J'ai mal tout le temps. Beaucoup.

Zac éprouva un certain soulagement en constatant que la douleur était d'origine abdominale et non cardiaque. Une crise cardiaque n'aurait pas été facile à prendre en charge en pleine campagne.

— Est-ce que la douleur irradie quelque part ?

— Dans le dos. Et dans l'épaule…

Matt tenta de s'asseoir, mais il se laissa retomber en grimaçant.

— Le match de demain…, murmura-t-il.

— Demain est un autre jour, dit Zac. As-tu la nausée ?

Il lui examina les yeux, dont la sclère était légèrement jaune.

— Depuis combien de temps as-tu mal ?

— Depuis quelques jours, ça va, ça vient. Mais je ne voulais rien dire.

— Bon. Il faut aller à l'hôpital. J'ai l'impression qu'il s'agit d'une inflammation de la vésicule biliaire. Il faut faire des examens pour vérifier la présence de calculs. Une échographie, une radio et une prise de sang…

Davide Danatello était blême. Zac aurait peut-être éprouvé de la peine pour lui si ce dernier n'avait pas tenu son avenir professionnel entre ses mains. Son équipe était en train d'éclater, au beau milieu d'un tournoi qui aurait pu lui apporter la consécration, et, une fois de plus, sa fille était au cœur d'une controverse. Tout cela n'était pas évident à supporter.

Il jeta un coup d'œil à Dani dont le sourire incertain le fit littéralement craquer. Il eut envie de la prendre dans ses bras et de l'emmener loin d'ici. Leur journée de rêve était gâchée et, selon ce qui traverserait l'esprit de Davide Danatello, son avenir proche le serait aussi.

Cette fois, il devait faire le bon choix. Ecouter son cœur, pas sa tête. Dani savait aussi bien que lui qu'il venait de perdre son poste. A lui de ne pas l'entraîner dans sa chute. S'il s'éloignait d'elle, elle pourrait peut-être mener à bien sa mission de réconciliation avec son père. Elle gagnerait le respect qu'elle attendait de lui depuis des années.

— Dani, ramène ton père et Jaxon à l'hôtel en camping-car. Repose-toi et prends des forces pour demain car la journée risque d'être longue. J'emmène Matt à l'hôpital en voiture.

— Ne ferait-on pas mieux d'appeler une ambulance ?

— Non, répondit-il plus sèchement qu'il ne l'aurait voulu.

Plus vite il s'en irait d'ici, mieux ce serait pour tout le monde. Une fois qu'il aurait déposé Matt à l'hôpital, il prendrait la direction d'Auckland. Il sentit son cœur se serrer à l'idée qu'il ne reverrait plus Dani. Mais c'était sans doute la meilleure décision à prendre.

Il s'efforça de se concentrer sur son patient.

— Je pense qu'il vaut mieux partir sans délai. Peux-tu appeler l'hôpital et leur dire que nous sommes en route ? Je vais voir si Tom a un analgésique dans sa trousse à pharmacie.

Dani opina et le prit par la manche. Le simple fait de la sentir près de lui lui brisa le cœur, mais il résista à la tentation de la toucher.

— Appelle-moi quand tu seras là-bas, dit-elle.

— D'accord.

— Et…

Il la regarda d'un air interrogateur.

— Rien, dit-elle.

Il haussa les épaules, tout en s'en voulant d'être aussi froid avec elle. Mais si tel était le prix à payer pour sauver leur peau, il était prêt. Il valait mieux rompre immédiatement et radicalement.

Dani se mordit la lèvre inférieure avant d'inspirer profondément.

— Bien. Donc, tu prends la voiture qui sera plus confortable pour Matt. Moi, je conduirai le camping-car, récapitula-t-elle d'une voix chevrotante.

— Je suis désolé, Dani, murmura-t-il en se rapprochant de son oreille.

Elle opina, essuyant une larme qui perlait au coin de ses yeux.

— Je ne peux pas monter là-dedans !

La voix autoritaire de Davide Danatello les fit sursauter.

— Nous n'avons pas le choix, rétorqua Zac, contenant à peine sa colère.

— Laisse, je m'en occupe, dit Dani en lui prenant les clés des mains.

Elle se tourna vers son père avec une détermination qu'il ne lui avait jamais vue. La même détermination qui, sans doute, lui avait permis d'affronter ses démons, et qui lui permettrait aussi de tourner la page, une fois que cette folle journée serait terminée.

— Papa, monte dans ce camping-car, reprit-elle d'une voix ferme malgré les larmes qui embuaient ses yeux.

Davide ouvrit la bouche, mais aucun son n'en sortit.

— On se fout de ton image ! ajouta-t-elle.

— Mais…, bredouilla-t-il, les joues en feu.

Zac crut saisir une furtive expression d'amusement sur le

visage de Dani. Si furtive qu'elle disparut dès qu'elle s'adressa de nouveau à son père.

— Il s'agit d'une urgence, alors prends sur toi et obéis aux ordres !

— Mais…

Dani fixa son père droit dans les yeux. La femme courageuse que Zac avait toujours connue était enfin en train de se dévoiler.

— Mais il n'y a pas que toi sur Terre ! s'exclama-t-elle. Cet homme est malade. Pour une fois dans ta vie, fais preuve de compassion. Aie un cœur.

11.

Zac, tu es là ? Réponds ! Que t'arrive-t-il ?

Que *nous* arrive-t-il ?

Dani jeta son téléphone portable sur le lit de sa chambre d'hôtel. Cela faisait des heures qu'elle envoyait à Zac des SMS qui restaient tous sans réponse. Déjà, aux Sommets, Zac lui avait semblé distant. La chaleur de leurs échanges frivoles et de leurs longs baisers s'était évanouie.

Une sensation désagréable l'envahit, causée par un vague sentiment de culpabilité pour n'avoir pas défendu Zac autant qu'elle aurait dû le faire. Elle l'avait laissé prendre la responsabilité d'actes qu'elle l'avait supplié de commettre. Personne ne l'avait protégée de cette façon. En général, c'était plutôt elle qu'on sacrifiait pour gagner les faveurs de son père. Zac, lui, s'était exposé en première ligne pour l'aider.

Il avait même remis son père à sa place, et lui avait donné le courage d'en faire autant. Mais pourquoi n'était-il pas allé jusqu'au bout pour sauver sa propre situation ? Il s'était battu pour elle, mais pas pour lui. Ni pour *eux*.

Elle se sentit emportée par un tourbillon d'émotions contradictoires. Ses baisers, le contact de ses mains sur elle, leurs regards entendus, la trahison du barman de l'hôtel, et maintenant la pensée que Zac était parti, la laissant seule et impuissante…

Elle prit une profonde inspiration dans l'espoir d'alléger le poids oppressant sa poitrine. Elle avait beau tourner et retourner le problème dans sa tête, il lui fallait se rendre à l'évidence : son histoire avec Zac était arrivée à sa fin.

Elle avait enduré beaucoup de choses dans sa vie, mais rien ne l'avait préparée au fait qu'elle tombe follement amoureuse de lui, et encore moins à la douleur de voir la situation se déliter aussi vite. Elle avait l'impression de regarder le monde s'écrouler autour d'elle tout en s'accrochant à un rocher sur le point de s'effriter.

Elle reprit son téléphone d'un geste brusque. Où diable était-il ?

Zac ? Il faut qu'on parle.

Mais Zac ne décrochait toujours pas. La télévision diffusait une comédie romantique dégoulinante d'amour et de complicité. Qui y croyait ? Dans la vraie vie, rien ne se passait comme dans les films.

Zac, réponds-moi.

Un coup à la porte la fit sursauter.

— Zac ?

Il se tenait effectivement sur le seuil, le regard sombre.

— Matt est sorti du bloc, dit-il. On l'a opéré de la vésicule biliaire.

Son cœur se mit à battre. Le ton de sa voix était froid et impersonnel. Elle regrettait à présent de s'être laissée aller à penser qu'ils pourraient avoir un autre genre de relation.

— Peux-tu arrêter d'envoyer des SMS ? J'essaie de dormir. La journée a été dure.

— Je commençais à m'inquiéter.

— Mais tu es pourtant une femme pleine de courage !

Elle sentit ses joues s'empourprer.

— Je suis donc passée du rang de princesse à celui de femme ?

— Oui, mais à mes yeux, c'est une promotion, pas une rétrogradation. Et j'estime que tu as largement mérité tes galons.

Il s'approcha d'elle et l'odeur de sa peau l'enveloppa tel un châle. Un effluve qu'elle eut envie d'attraper et de mettre en bouteille, afin de ne plus jamais en être privée.

Elle ouvrit la porte en grand, mais il ne fit pas mine d'entrer. Tout dans son attitude semblait confirmer qu'il n'était là que pour quelques instants.

— Tout s'est arrangé ? demanda-t-elle.

— Oui. Matt va s'en sortir. Et toi, tu as pu parler avec ton père ?

— Pas vraiment. Il m'a à peine adressé la parole durant tout le trajet. Un pas en avant, deux en arrière.

Elle haussa les épaules, consciente qu'ils parlaient de tout sauf de l'essentiel. Zac était très doué pour éviter les conversations gênantes. D'ailleurs, il était très doué en bien des domaines. Amusant, tendre, prévenant, généreux. Mais la seule chose qu'il n'était pas prêt à donner, c'était lui-même.

— Mon père n'a pas apprécié d'être tourné en dérision par les journalistes quand nous sommes arrivés à l'hôtel en camping-car. Mais il s'est défendu en disant qu'il venait de consacrer sa journée à sa fille.

— Il a l'art de tourner les choses à son avantage, commenta Zac avec un sourire. Mais je suis content que les choses soient rentrées dans l'ordre.

— Nous n'en sommes pas encore là. En tout cas, merci pour ce que tu as fait, Zac, mais tu n'avais pas besoin de me couvrir. C'est moi qui ai eu l'idée de cacher l'état de Jaxon, et je l'expliquerai à mon père.

— Ce n'est pas la peine que, tous les deux, nous voyions notre poste nous échapper. Tu as plus à perdre que moi.

Il lui adressa un sourire réconfortant.

— Bon, si tu n'y vois pas d'inconvénient, je vais retourner me reposer.

J'y vois, au contraire, des tas d'inconvénients.

Son cœur se mit à battre la chamade et elle eut envie de lui dévoiler ses sentiments. Serait-il ému par ses mots ou les rejetterait-il en bloc ? La considérerait-il comme une femme qui demande une journée, mais veut en secret que l'histoire dure toujours ? Mieux valait ne pas prendre ce risque.

— Je t'en prie, vas-y.

Mais Zac demeura immobile et continua à la fixer, tandis que le silence tombait entre eux. Elle eut l'impression qu'il scrutait non pas son visage, mais son âme et son cœur. Elle avait tellement à lui dire, sans savoir par où commencer.

Puis il sursauta, comme s'il sortait d'un rêve éveillé.

— Bien. Je vais y aller. La journée a été longue.

— Je ne vois pas ce que tu fais encore là, à ma porte, à cette heure-ci.

— Je savais que je ne trouverais pas la paix tant que… Et puis zut ! dit-il en entrant dans la chambre.

Il referma le battant et elle crut un instant qu'il allait la prendre dans ses bras puis l'embrasser. Mais il passa devant elle et, appuyé sur le dossier de la méridienne, il se mit à regarder, par la fenêtre, le paysage plongé dans l'obscurité.

— Tant que je ne t'aurais pas dit au revoir. Avant de partir.

Elle sentit son cœur voler en éclats.

Zac pivota et lui fit face, essayant de mobiliser toutes ses forces pour prononcer les mots qu'il avait tant besoin de lui dire. Mais la vulnérabilité qu'il lut au fond de ses yeux lui brisa le cœur. Il était prêt à se livrer à elle, mais était-il juste de lui faire porter le poids de son passé ? De l'accabler avec les sentiments qu'il éprouvait ? Avait-elle besoin d'entendre qu'il l'aimait alors qu'ils venaient juste de se rencontrer ? Et qu'il sentait que son amour pour elle était de plus en plus grand, de plus en plus fort ?

Oui. Car son besoin d'être avec elle, de lui parler, de la toucher, de la protéger, avait un sens, à présent. La réalité lui sautait au visage : il aimait Dani. Lui qui s'était protégé pendant des années de ses sentiments n'était pas préparé à ce qu'ils lui tombent dessus avec autant de force.

Il l'aimait, mais la seule réponse qu'il trouvait, c'était de partir. Il était trop lâche, trop meurtri par toutes les erreurs qu'il avait commises. De plus, l'amour était incompatible avec la carrière qu'il avait embrassée. Il ne voulait pas faire mener à Dani une existence minable.

Il était tombé amoureux de la personne la plus courageuse qu'il ait connue. Elle méritait mieux que tout cela. Mieux que lui, en tout cas.

Elle le regardait, les yeux emplis d'attente et de doute. La meilleure chose à faire était de partir, ne serait-ce que pour ne plus avoir à affronter ce regard.

Puis elle ouvrit le minibar.

— Assieds-toi, dit-elle en le poussant vers la méridienne.

Elle lui mit un verre de jus de pomme dans la main et s'assit face à lui, s'efforçant d'arborer un air détaché. En vain. De toute évidence, elle souffrait autant que lui. Le seul moyen pour qu'elle cesse de souffrir était de garder ses distances, de ne pas lui avouer son amour pour elle, et qu'ils se séparent au plus vite.

— Explique-moi, Zac. *Avant de partir* où ?

— Je retourne à Auckland demain matin. Mais j'ai passé quelques coups de téléphone et j'ai trouvé un poste à Melbourne.

— Melbourne ? Ce n'est pas la porte à côté… Tu n'as pas perdu de temps.

— Je ne peux pas me permettre de ne pas travailler. Par chance, l'Australie est un grand pays, et les opportunités sont nombreuses.

— Et ici ? Il y a aussi des opportunités. Je pourrais parler à mon père, lui dire, pour nous deux…

Il détourna le regard. Jusqu'où était-elle prête à aller pour lui ? Il ne fallait pas qu'elle se sacrifie. Il ne le méritait pas.

— Jamais je ne te laisserai faire une chose pareille. Mais, de toute façon, il est trop tard. J'ai donné ma démission avant que Davide ne me jette dehors. Ce sera d'un meilleur effet sur mon C.V.

— Bien sûr ! s'écria Dani en tapant du poing sur la table.

Elle se leva et fit quelques pas avant de revenir vers lui.

— Ton C.V. ! Il n'y a donc que ta carrière qui compte ?

— Dani, je suis médecin avant tout. Je ne t'ai jamais rien promis.

— Non, en effet. Mais crois-tu vraiment que l'on peut fonder son existence sur le travail uniquement ? A quoi ressemble ton avenir ? As-tu jamais pensé à fonder une famille ? A construire autre chose ?

Tendant la main, il l'invita à se rasseoir près de lui. Deux jours s'étaient écoulés depuis qu'ils avaient passé la nuit ensemble sur cette méridienne, où lui-même n'avait pas fermé l'œil, obsédé par l'idée de lui faire l'amour et de ne plus jamais se séparer d'elle.

Mais quel avenir pouvait-il lui offrir ? En tout cas certainement pas celui qu'elle envisageait, avec une maison, un mari, des enfants… Il fallait mettre un terme à ce genre d'idées avant qu'elles ne dégénèrent. Et qu'il se mette lui aussi à y croire.

— Je vis pour et par mon travail.

— Quel égoïsme ! Aucune place pour le compromis. A moins qu'il ne s'agisse d'une excuse pour ne pas t'engager avec qui que ce soit d'autre que toi ?

— Il faut que je gagne plus d'argent, je ne peux plus passer mes week-ends à faire des marathons pour l'association. Il faut que je ménage mes jambes.

— Pauvre de toi !

Elle le fixa droit dans les yeux, comme si elle attendait qu'il dise enfin la vérité, qu'il soit honnête envers elle. Et envers lui-même.

— Que s'est-il passé avec Tom, Zac ?

L'heure était venue d'ôter son masque et de lui dire les faits tels qu'ils s'étaient passés.

— Je l'ai laissé tomber quand il avait besoin de moi.

— J'ai du mal à le croire. Tu étais présent, le jour de son accident ?

— Non, justement. Mais j'aurais dû.

Il soupira, priant pour que la boule au fond de sa gorge disparaisse. Mais elle demeura là, altérant le son de sa voix.

— On s'est rencontrés le jour de la rentrée à l'école et on a tout de suite accroché, lui et moi. Il était comme le frère que je n'avais jamais eu. Nous nous disputions toujours la première place en tout. Lorsque nous étions à la fac de médecine, plus tard, je plaisantais sur le fait que c'était facile pour lui — ses parents payaient. En fait, j'étais déjà brouillé avec les miens, au sujet de mon avenir.

— Je vois ce que tu veux dire.

— Mais toi, tu as encore une chance d'arranger les choses avec ton père. Saisis-la ! dit-il en souriant.

Dani et lui semblaient être diplômés en dysfonctionnement familial, mais il était persuadé qu'elle parviendrait un jour à rétablir le dialogue avec Davide.

— Mes parents voulaient que je devienne géologue, comme eux. Que je reprenne ce qu'ils appelaient l'*affaire familiale*, à savoir la fondation qu'ils avaient créée. Mais où ont-ils vu que nous formions une famille ? Nous ne sommes qu'un groupe de personnes qui se trouvent faire partie de la même lignée.

Dani se frotta les mains en riant.

— Tu veux jouer à *Qui a la famille la plus tarée ?* Je ne suis pas sûre de perdre.

— Cela reste à voir… Bref. Je les ai envoyés paître et j'ai payé moi-même mes études. Je voulais leur montrer de quoi j'étais capable alors j'ai visé haut. Je suis le fils de mon père, après tout. Il fallait que je sois le meilleur.

— Il n'y a pas de mal à ça.

— Oui, c'est ce que nous pensions, Tom et moi. Nous avons eu de super résultats, jusqu'en dernière année. Là, Tom s'est mis à avoir quelques mauvaises notes. Il est devenu bizarre. Il s'enfermait dans sa chambre, ne sortait plus, il se laissait aller. Pendant ce temps, moi, je me concentrais sur mes examens, obsédé par l'idée de faire mes preuves.

Il eut l'impression de ne plus pouvoir respirer tant la pression dans sa poitrine était redevenue forte. Jamais il n'avait autant parlé de lui à quelqu'un.

Il se leva. Il avait besoin d'air, d'espace.

— Un jour, on nous a donné la possibilité d'aller participer à une opération au bloc. Tom a décliné, et je me suis réjoui intérieurement de passer quelques heures tout seul avec le chirurgien. Juste avant de partir, Tom m'a regardé dans les yeux et m'a dit : « Au revoir, Zac. » J'étais trop excité par l'idée d'aller au bloc pour prêter attention au reste. Quand j'ai compris quelle était son intention, il était trop tard.

Dani le regarda avec compassion. Comme il aurait été facile de la prendre dans ses bras et de tout oublier ! Mais était-ce possible, alors que l'accident de Tom ne cessait de lui rappeler ce qu'il était ? Un médecin et rien d'autre.

— Il a foncé dans un mur avec sa voiture.

Des années s'étaient écoulées depuis l'accident, mais son cœur souffrait comme alors. A moins qu'il ne s'agisse d'une autre douleur ? Le gouffre dans sa poitrine semblait se rouvrir. Il avait perdu le Tom qu'il connaissait et, à présent, il s'apprêtait à perdre Dani.

Elle se leva à son tour et s'approcha pour lui masser doucement le dos.

— Je suis désolée, Zac. Mais tu n'y es pour rien.

— Qu'en sais-tu ?

Dani secoua la tête.

— C'est lui qui a choisi cette solution.

— Mais j'aurais dû être plus présent pour lui alors qu'il avait besoin d'aide. A partir de ce moment-là, tout a changé. J'en voulais à la terre entière : à lui d'avoir accompli ce geste, à moi de ne pas avoir été là pour l'en empêcher. La police a déclaré qu'il s'agissait d'un accident, mais je sais que c'est faux.

Sa colère avait été telle qu'il avait attendu des années avant de pouvoir se rendre aux Sommets et de se confronter au quotidien de Tom dans son fauteuil roulant.

— Mais Tom a l'air d'aller bien maintenant, dit-elle comme si elle avait lu dans ses pensées.

— En fauteuil roulant ?

— Oui, en fauteuil roulant. Il y a toujours cette tension entre vous, mais tu as les moyens de la dissiper. Il suffit de parler à Tom, comme tu le fais aujourd'hui.

— Je ne peux pas. Cela fait des années que je l'évite. Lorsque j'ai entendu parler des Sommets, j'ai sauté sur l'occasion de me rendre utile, mais je n'ai eu aucun contact avec lui en dehors des quatre conseils d'administration annuels. Nous ne sommes plus amis.

— Vous pourriez le redevenir.

Elle le regarda dans les yeux.

— De toute façon, quel est le rapport entre cette histoire douloureuse et la nôtre ?

Il prit une grande inspiration.

— Si je suis capable de ne pas venir en aide à mon ami, aveuglé par le rêve de devenir médecin, de quoi serai-je capable encore ? J'ai du mal à faire des choix pertinents, manifestement. Ce jour-là, au bloc, nous avons sauvé la vie d'un enfant, mais j'ai perdu mon meilleur ami. La médecine n'est pas un métier qu'on exerce dans la journée et qu'on oublie quand on rentre chez soi le soir. La médecine nous confronte en permanence avec la vie et la mort. Je refuse de me retrouver dans une situation où je dois de nouveau choisir entre l'un et l'autre.

— Bon sang, Zac, tout n'est pas tout noir ou tout blanc. La plupart des médecins se marient et ont une vie de famille tout à fait épanouissante.

— Quand j'étais plus jeune, je me suis juré de donner à mes enfants une autre enfance que la mienne, d'être là pour eux, de m'occuper d'eux. Lorsque je suis venu prendre ce poste au club des Jets, j'ai quitté un cabinet que j'avais mis des années à installer, mais aussi mes amis et ma famille. Pourtant, j'étais heureux de le faire. J'ai peur de ce que je pourrais sacrifier pour mon travail si j'avais une femme et des enfants.

Avec les Jets, il avait retrouvé son chemin qui lui permettait d'être la personne qu'il voulait être.

Dani s'était trouvée sur ce chemin, mais mieux valait pour l'un comme pour l'autre mettre un terme à cette relation.

Elle ne saurait jamais à quel point il était tombé amoureux d'elle ni comme il était difficile pour lui de se séparer d'elle.

— Mon travail m'expose également aux médias. Je ne supporterais pas que ma femme ou mes enfants subissent toute cette pression.

— Mais…

— Non, Dani. Tu mérites d'être aimée et de vivre en paix. Chaque jour qui passe…

Elle lui adressa un sourire timide qui lui brisa le cœur. Il recula et s'étira, ayant besoin de remplir ses poumons d'air frais, de maîtriser son émotion. Il fallait qu'il trouve le moyen de survivre au cours des prochains jours, des prochaines semaines. Sans elle.

Dani regarda Zac s'éloigner, consciente qu'elle ne pourrait jamais l'empêcher de réaliser son rêve. Elle comprenait à présent ce qui avait fait de lui un homme déterminé et ambitieux, loyal et travailleur. Mais elle savait également à quel point il était capable d'aimer, de donner, d'apprécier la vie.

Le problème était qu'il ne se voyait pas comme tel.

Et rien ne pourrait évidemment le faire changer d'avis. Son départ était prévu pour le lendemain, mais c'était comme s'il était déjà parti.

— Si tu pars et que Matt est à l'hôpital, je vais me retrouver seule pour faire gagner les Jets. Tu imagines ? dit-elle en s'efforçant de sourire, de poser sa voix et de retenir ses larmes quelques minutes encore.

— Davide doit avoir un autre médecin sous le coude, répondit-il en tendant la main vers la poignée de la porte.

Mais il s'arrêta et se retourna.

— Promets-moi simplement une chose.

— Oui ? dit-elle en s'approchant de lui pour sentir son parfum une dernière fois.

— Ne fais pas de sexe sans sexe avec le nouveau médecin, s'il te plaît.

— Quelle idée ! Jamais de la vie, répondit-elle en lui caressant la joue. Je ne pratique le sexe sans sexe qu'avec des hommes vraiment exceptionnels.

— Parfait…

Il la prit dans ses bras et l'embrassa tendrement.

— Je suis sûr que tu feras un travail excellent, Dani. Ensuite, bonne continuation à Wellington, dans ton travail et ta petite maison, avec tes agneaux ou quiconque partagera ta vie. Et si tu as besoin de quoi que ce soit, appelle-moi. Je serai là.

J'ai besoin de toi, de tes baisers, de ta peau, autant que de l'oxygène que je respire.

— Tel un chevalier accourant pour sauver sa dame ? Je te l'ai déjà dit, ce ne sera pas nécessaire.

— Je ne plaisante pas. Je viendrai si tu me fais signe…

La porte se referma derrière lui, la laissant seule, une fois encore, dans sa chambre d'hôtel. Elle s'adossa contre le mur et laissa enfin ses larmes couler.

Cet homme avait dérobé son cœur dès qu'il s'était approché d'elle. Elle n'avait pas prévu de tomber amoureuse. Une rencontre, une aventure sans lendemain, voilà ce qu'elle aurait dû vivre avec lui. Maintenant, elle savait qu'elle l'aimait comme elle n'avait aimé personne avant lui. Comment allait-elle pouvoir passer sa vie sans lui ?

Elle l'aimait totalement, viscéralement.

Mais pouvait-elle faire autre chose que le laisser partir ?

12.

LES JETS EN PLEIN CHAOS DANS LA COURSE AU TITRE

Perdre un membre de l'encadrement est une malchance. En perdre deux relève plutôt de la négligence.

Point n'est besoin d'être un génie pour comprendre que changer l'encadrement d'une équipe au milieu du tournoi le plus important de l'année est une pure folie. Mais Davide Danatello a un manque évident d'estime pour le génie. Ce qui explique la démission de l'excellent médecin du sport Zachary Price et l'arrêt temporaire de l'un des meilleurs joueurs mondiaux, Jaxon Munro. Ce qui s'est passé dans les coulisses de Rotorua demeure un mystère, même si l'on peut aisément imaginer le rapport existant entre ces événements et la publication des clichés de Frank Weston, dans le journal News, *montrant le joueur en état d'ébriété avancé, couvert par l'équipe médicale.*

Par chance, l'excellente kinésithérapeute de l'équipe, Daniella Danatello, n'a pas déserté le club. Imperturbable après le départ du Dr Price, que l'on disait être son nouveau fiancé, elle a, à elle toute seule, permis aux Jets de se qualifier en quart et en demi-finale. Sans ses doigts de fée, il est certain que les espoirs d'un pays tout entier auraient été balayés. Espérons que ses mains magiques et le retour de Jaxon en finale conduiront l'équipe à la victoire que Danatello nous a promise. En attendant, la Nouvelle-Zélande retient son souffle.

Zac jeta le journal sur la table du pub et porta son verre à ses lèvres. Le goût amer de la bière demeura collé au fond de sa gorge sans le désaltérer. Voilà deux semaines qu'il vivait dans l'agitation des déplacements et des interviews, donnant des réponses toutes faites, prenant des décisions rationnelles.

De toute façon, il avait davantage confiance en sa raison qu'en son cœur, qui l'avait conduit sur de fausses pistes. Mais il avait l'impression de vivre avec un trou béant au milieu de la poitrine que rien ne pourrait plus jamais combler.

Dani était peut-être la seule personne qui pourrait l'aider. Mais il ne pouvait pas la déstabiliser alors que les images de la télévision montraient une jeune femme professionnelle et confiante qui avait su hisser son équipe jusqu'en finale.

Il tâta la poche de sa veste, dans laquelle se trouvait son billet pour le match. Les Jets, qu'il suivait depuis sa plus tendre enfance, auraient peut-être ce soir la chance de gagner une coupe. Autour de lui, des gens vêtus de rouge de la tête aux pieds buvaient et chantaient, les yeux rivés sur l'écran géant qui montrait les joueurs en préparation avant le match. Zac tendit le cou, dans l'espoir d'apercevoir Dani. Son cœur fit un bond dans sa poitrine. Elle paraissait menue par rapport aux joueurs qui l'entouraient, mais le charisme qui émanait d'elle était impressionnant.

Zac ferma les yeux. Il avait bien fait de partir.

— Merci pour le billet, Zac, dit Tom après avoir vidé son verre. Finis ta bière, j'ai envie d'aller respirer l'ambiance du stade.

— J'arrive, dit-il en se levant.

Mais il s'arrêta et se rassit.

— Tom, je voulais te dire… Je suis désolé pour ce qui s'est passé.

— Désolé ? Désolé de quoi ? De ne pas être venu aux Sommets pendant toutes ces années ? Ne t'inquiète pas, je comprends.

— Non. Désolé pour ce qui s'est passé avant. J'aurais dû être là. J'aurais dû t'aider.

— Tu sais, dix secondes avant, j'ignorais ce que j'allais faire. Je me sentais nul, mais je ne savais pas comment m'en sortir. Même parler était devenu difficile. Alors je me suis dit qu'en finir serait peut-être plus simple. Ne te flagelle pas pour une chose qui ne dépendait pas de toi. J'étais déprimé, et j'avais besoin de remettre de l'ordre dans ma tête.

Ils se turent un moment puis Zac regarda Tom dans les yeux pour la première fois depuis des années.

— J'étais ton ami. J'aurais dû…

— Tu l'es toujours, non ? le coupa Tom.

La gorge serrée, Zac se pencha pour le prendre dans ses bras. Après des années de souffrance, de colère et de culpabilité, il sentit son cœur s'alléger comme par enchantement. Pourquoi diable n'avait-il pas fait un pas vers Tom plus tôt ?

Il se leva et ne put s'empêcher de jeter un coup d'œil sur l'écran géant. Dani était en train de panser la cheville de Jaxon.

— Merci, lui murmura-t-il. Merci d'avoir le courage de faire tout cela toute seule.

Puis une évidence le frappa. Que faisait-il dans un pub alors que sa place était là-bas, auprès d'elle ?

Il croisa le regard à la fois amusé et inquiet de Tom. En un éclair, ce dernier avait manifestement compris ce qu'il cherchait désespérément à dissimuler.

— Toi, tu es amoureux, dit-il avec un sourire de connivence. Mais pourquoi elle, pourquoi maintenant, alors que tu pars pour Melbourne demain ? Mauvais timing !

— C'est ma spécialité ! De toute façon, je crois qu'il vaut mieux que je commence une nouvelle vie ailleurs, que je l'oublie.

— Que tu l'oublies ? Tu sais, Zac, je t'ai vu vivre, rongé par le chagrin et la culpabilité. Tu as essayé de compenser en te jetant à corps perdu dans le travail et la collecte de fonds pour l'association. J'avais envie de t'ouvrir les yeux, mais nous n'étions pas en très bons termes, à l'époque. Mais maintenant, je peux te le dire : je ne vais pas te laisser tout gâcher. Tu en as connu, des femmes, mais aucune ne t'a fait cet effet-là. Il serait temps que tu t'autorises à être heureux, Zac. Vas-tu continuer à passer à côté de ta vie encore longtemps ?

Que pouvait-il faire d'autre ? Il avait un avion à prendre, un poste à assumer. Il était toujours allé de l'avant, ce qui lui avait permis d'être le médecin du sport reconnu qu'il avait toujours rêvé d'être. Il ne pouvait pas tout plaquer pour elle. A moins que…

— Bon sang, je ne sais pas…

— Eh bien, il te reste quelques heures pour le savoir.

Dani posa la dernière bande de contention et regarda les joueurs.

— Allez, les gars, on y va, dit-elle après avoir récité une prière.

Le vacarme lui coupa le souffle. Dans le stade comme dehors, dans toute la ville, s'élevaient des cris d'encouragements, tandis que les joueurs pénétraient sur le terrain. La musique commença, suivie des hymnes nationaux puis des hakas. Son cœur battait à tout rompre. Mais, étonnamment, une vague sensation l'empêchait de se concentrer sur le jeu à venir. Elle balaya du regard la foule agitant des milliers de drapeaux rouges et bleus. Elle ne le voyait pas, mais il était là. Elle le savait, elle le sentait.

Depuis deux semaines, elle essayait de se focaliser sur son travail pour oublier le déchirement qu'avait été le départ de Zac. Mais le poids de son absence était si écrasant qu'elle avait eu l'impression de perdre la tête. Elle comprenait mieux, à présent, pourquoi lui-même s'était perdu dans le travail. Travailler aidait à ne plus penser, ne plus souffrir.

Elle jeta un coup d'œil à la pendule. Dans cinq minutes, ce serait la mi-temps.

Les Jets perdaient, l'équipe semblait se déliter, et elle était seule pour les remettre en selle avant l'assaut final. Il fallait qu'ils gagnent. Afin qu'elle remporte aussi cette victoire. Pour son père… Non, pas pour son père, après tout, c'était à cause de lui que Zac était parti. Elle devait remporter cette victoire pour *elle*.

Une rumeur s'éleva alors dans les gradins. Pour la quatrième fois, Jaxon était à terre. Elle sentit les regards se tourner vers elle, chargés d'attente, comme si elle était la seule à pouvoir agir.

Elle se précipita vers le joueur.

— Lève-toi, Jaxon !

— Je ne peux pas.

— Mais si, tu peux. Tu peux y arriver.

Elle leva les yeux vers l'écran géant, mais détourna instinctivement la tête. Le monde entier la regardait et elle ne voulait pas lui montrer qu'elle était en train d'échouer.

— Je t'en prie, Jaxon. Il faut que tu te lèves.

Il fallait surtout qu'un miracle se produise.

Zac scruta le visage de Dani, qui parlait à Jaxon sur le terrain, et sut aussitôt qu'elle avait besoin d'aide. Il dévala les marches et se dirigea vers les vestiaires, tandis que retentissait le coup de sifflet de la mi-temps.

Après une brève altercation avec l'agent de sécurité, il l'esquiva et se mit à courir à toutes jambes dans le tunnel. Lorsqu'il ouvrit la porte de la salle de soins, il guetta la réaction de Dani. Un bref clignement des paupières, un sourire, le relâchement imperceptible de ses épaules, tout en elle indiquait qu'il avait fait le bon choix.

— Taylor a besoin de points de suture, puis il faudra s'occuper de Jaxon. Ensuite, de Manu, dit-elle comme si sa présence allait de soi.

— Demande à la sécurité de rappeler les chiens. Je suis passé en force.

Il entreprit de recoudre la blessure à la tête de Taylor sans cesser de jeter des coups d'œil à Dani, le cœur battant de façon anarchique. Lui avait-il déjà dit qu'elle était magnifique ? Il le lui répéterait tous les jours, dorénavant. Dès la fin du match. Il allait l'aimer, la chérir, lui faire l'amour.

— Jolis points, docteur, lui dit-elle, tandis que des effluves de son parfum l'enveloppaient.

Ce parfum qu'il n'avait jamais oublié, qui avait imprégné ses vêtements, son cerveau, et qu'il pensait ne jamais plus avoir l'occasion de respirer.

— Merci. Maintenant, Jaxon.

— Il a besoin d'aide morale, plus que physique. Tu vois ce que je veux dire ?

Il tendit la main pour lui caresser la joue.

— Je vois. Quand est-ce que je pourrai t'embrasser ?

— Pardon ?

— Tu as très bien entendu.

— Zac, il reste deux minutes avant la reprise.

— Je sais. Je vais voir Jaxon.

Après avoir parlé à Jaxon, il escorta l'équipe au complet dans le tunnel.

— Viens, dit-il en prenant la main de Dani. Le match reprend.

Pourquoi était-il revenu ?

Pourquoi était-il parti ?

Dani lui lâcha la main et s'éloigna de lui sans pouvoir s'empêcher d'espérer.

— Je n'en reviens pas ! dit Zac en se penchant vers elle sur le banc, trente-neuf minutes de torture plus tard.

Un silence pesant était tombé sur le stade, tandis que Jaxon s'apprêtait à tirer. C'était leur dernière chance de s'assurer la victoire.

Dani s'agrippa à la veste de Zac et retint son souffle quand le ballon s'éleva vers les poteaux. Une seconde plus tard, un coup de sifflet retentissait.

Zac se leva d'un bond puis la prit dans ses bras, exultant.

— Il a marqué ! On a gagné, Dani, on a gagné !

Puis il la souleva de terre et la fit tournoyer, face à soixante mille personnes agitant les bras, hurlant leur joie avec les joueurs. Tout semblait se dérouler au ralenti, y compris les battements de son cœur qui menaçaient de faire exploser sa poitrine.

Zac la reposa sur le sol et la fixa, un sourire aux lèvres.

— Je t'aime, Daniella Danatello.

Que racontait-il soudain ? Ce n'était pas du tout ce à quoi elle s'attendait.

— Non, Zac. Tu aimes les Jets et tu es ravi qu'ils aient gagné.

— Certes, mais c'est toi que j'aime par-dessus tout.

Elle sentit sa gorge se serrer.

— Ne dis pas cela si tu ne le penses pas, Zac. Je ne supporterai pas que tu te réveilles demain matin en prenant conscience que tu t'es trompé.

— Je t'aime du plus profond de mon cœur, Dani. Je viens de passer deux semaines sans comprendre ce qui m'arrivait. Tu m'as tellement manqué. Je me suis rendu compte que j'avais été lâche et que je ne pourrai plus jamais vivre sans toi.

Elle se mit à rire tout en sentant les larmes perler à ses paupières.

— Oh ! Zac ! s'écria-t-elle. Je ne sais pas quoi dire…

— N'as-tu pas envie de me dire que tu m'aimes aussi ?

— Si, bien sûr que si ! Je t'aime, Zac.

— Je sais que ce n'est pas l'endroit le plus approprié pour ça, mais je ne peux plus attendre.

Il s'agenouilla devant elle et devant des milliers de personnes en liesse, devant les caméras, devant son père. Elle posa une main sur son épaule pour l'inciter à se relever. Etait-elle en train de rêver ? Dans ce cas, le réveil serait difficile.

— Mais, ton travail ? Ta vie ? Il faut que nous en parlions.

— Je sais que si tu m'aimes autant que je t'aime, nous trouverons des solutions à tout. Je pourrai venir à Wellington, ou toi à Melbourne. Ou nous pourrions nous retrouver à mi-chemin.

— En pleine mer ?

— J'essaie de trouver des compromis. C'est une notion toute nouvelle pour moi, sois indulgente.

Il se releva, les yeux plongés dans les siens.

— Dani, veux-tu m'épouser ?

Elle sentit ses jambes flageoler tandis que son cœur s'emballait.

— Oui, je le veux.

Il la serra dans ses bras puis se détacha d'elle en la regardant d'un drôle d'air.

— Je te rappelle que nous disposons de deux mille préservatifs, pour commencer.

— Tu as raison : le tournoi est fini ! s'écria-t-elle. Plus de sexe sans sexe !

Il l'attira de nouveau à lui et posa ses lèvres sur les siennes. Comme si ce baiser avait donné le signal, une pluie de serpentins s'abattit sur leurs têtes. Une clameur s'éleva du stade, et la foule se mit à taper des pieds et applaudir en criant de joie.

— Les joueurs ont reçu leur coupe ? s'enquit Zac.

— Non, c'est nous qu'ils applaudissent.

Ils se tournèrent et virent leurs visages en gros plan sur l'écran géant. Daniella sentit ses joues s'empourprer en imaginant que l'image de leur bonheur était en train de faire le tour du monde. Mais, pour une fois, peu lui importait de retrouver sa photo en première page le lendemain. Tout ce qui comptait, à présent, c'étaient la chaleur des bras de Zac et la douceur de ses lèvres.

DERNIÈRE NOUVELLE…

LADY GODIVA ÉPOUSE MESSIRE A-GAGNÉ-LE-GROS-LOT

Le Quotidien des Femmes *confirme la rumeur. Après leurs effusions passionnées lors de la victoire des Jets au Tournoi panasiatique et pacifique, il y a six mois, Dani Danatello et son fiancé, Zachary Price, se sont mariés ce matin, au cours d'une cérémonie privée.*

Des sources proches du couple ont expliqué que la réception se tiendrait à North Beach, au nord d'Auckland, dans la résidence secondaire de Zachary Price, qui prendra momentanément un congé de son très prenant travail au Wellington Blues.

Un chapiteau a été installé dans le jardin, où le fleuriste local a avoué avoir été particulièrement occupé ces derniers jours. Desere et Deana, les sœurs de Dani, et leur père, le célèbre entrepreneur, Davide Danatello, devraient séjourner au Château, un luxueux gîte près de North Beach. Les parents de Zachary, Marguerite et Rufus Price, ont été aperçus arpentant les montagnes environnantes.

Le secret au sujet de la lune de miel de Dani et Zachary est bien gardé. Mais selon nos sources, un camping-car jaune citron aurait quitté les lieux vers 15 heures et se dirigerait actuellement vers le sud du pays.

CHARLOTTE HAWKES

Une passion orageuse

Traduction française de
CÉCILE LOMBARD

BLANCHE

HARLEQUIN

Titre original :
TEMPTED BY DR. OFF-LIMITS

Ce roman a déjà été publié en 2018.

1.

— Hé, beauté, est-ce que ces jolies lèvres qui ont l'air si seules aimeraient rencontrer les miennes ?

Ella Caplin mit un certain temps à se rendre compte que cette accroche ringarde lui était destinée.

Quinze jours plus tôt, elle n'aurait pas hésité à remettre le coupable en place par une de ces répliques qui l'avaient rendue célèbre parmi ses collègues de l'armée, mais cette fois elle s'abstint. Au contraire, elle se fit toute petite, espérant que son absence de réaction découragerait le dragueur.

Quinze jours plus tôt, elle ne serait pas non plus restée plantée pendant deux heures sur ce tabouret de bar à réchauffer son verre. Mais, à ce moment-là, elle n'avait pas encore découvert son fiancé au lit avec non pas une mais deux bimbos. Deux ! Comme si la tromper avec une ne suffisait pas, si l'humiliation n'avait pas déjà été pleine et entière !

C'étaient des admiratrices du champion, des groupies du football qui avaient bien entendu vendu ensuite leurs photos sordides à la presse à scandale, comme elle l'avait expliqué dans un sursaut de dignité à son amie Felicity. Mais, en surprenant Stevie avec ces gamines, elle avait senti s'effondrer son assurance, la base même de la confiance en elle qu'elle avait reconstruite avec tant d'efforts.

D'un coup, elle avait le sentiment d'être redevenue aussi soumise et timorée qu'à l'adolescence, à l'époque où elle subissait les tracasseries de sa belle-mère quand son père avait le dos tourné et le harcèlement des élèves de sa classe quand ses professeurs adorés regardaient ailleurs…

Jusqu'à ce qu'elle commence à intéresser Stevie, une star montante du ballon rond à seize ans.

Là, tous ses tourmenteurs s'étaient mis en veilleuse ! Elle ne doutait pas qu'ils attendaient simplement que Stevie la laisse tomber pour recommencer, mais ils avaient fini par se lasser, car son histoire avec Stevie avait duré quinze ans. Ils étaient deux gamins d'un milieu défavorisé qui rêvaient ensemble de liberté. C'était le seul garçon qu'elle ait jamais embrassé, le seul homme avec qui elle ait couché. Sans son soutien à la fois moral et financier, son désir d'étudier la médecine serait demeuré à l'état de rêve.

En quinze ans, la presse n'avait jamais découvert qu'elle existait. Car s'ils étaient inséparables au lycée, pendant ses études à l'université et encore plus après l'obtention de ses diplômes, elle s'était efforcée de se tenir à l'écart de sa célébrité de footballeur professionnel. En fait, en tant que médecin urgentiste de l'armée, elle se félicitait qu'aucune photo d'elle à ses côtés n'ait jamais paru dans la double page que le journal sportif lui consacrait régulièrement…

— Bon sang, qu'est-ce qu'il faut faire pour mériter un peu d'égards, ici ?

Elle sursauta et tourna la tête : son dragueur de tout à l'heure, passablement éméché, frappait sur le comptoir pour attirer l'attention du barman.

À quoi bon lui rétorquer qu'elle avait vu des gens sobres patienter dix minutes avant d'être servis ? Dans l'état où il était, elle doutait qu'il obtienne encore à boire de quiconque. Et, puisqu'il semblait l'avoir oubliée, autant ne pas se rappeler à lui.

Elle jeta un regard autour d'elle, observant, incrédule, la boîte spécialisée dans les rythmes latinos et les serveuses en tenue sexy.

Elle n'était entrée ici ce soir que parce qu'elle serait bientôt à des milliers de kilomètres pour effectuer la seconde moitié de sa période d'affectation.

Après s'être terrée quinze jours dans sa chambre, à l'hôtel

situé au bas de la rue, elle avait eu une sorte de révélation : pourquoi permettre à Stevie de faire la pluie et le beau temps dans sa vie ?

Dans la solitude qu'elle s'était imposée, elle avait découvert que, si elle avait subi un choc et une grande humiliation, elle n'était pas aussi désespérée qu'elle aurait pu l'être. En fait, elle se sentait en partie soulagée… C'est pourquoi, se souvenant qu'elle était forte, sereine et indépendante, elle avait décidé de sortir et d'étrenner ce pantalon de cuir qu'elle venait d'acheter pour se remonter le moral.

Cependant, elle ne se sentait pas à l'aise dans ce bar. Elle regrettait le désert brûlant qui était devenu son milieu familier. Il était temps qu'elle regagne sa chambre. Il fallait qu'elle profite du spa et du grand lit moelleux de l'hôtel tant qu'elle le pouvait, car elle se retrouverait bientôt dans un environnement plus rude. En train d'exercer le métier qu'elle aimait tant…

Cette pensée lui inspira un léger sourire.

— Ah ! Vous avez mis le temps, mais je vois que, en fin de compte vos lèvres sont d'accord pour rencontrer les miennes ?

Reprenant pied dans la réalité, elle avisa l'ivrogne penché sur elle dans l'intention de l'embrasser, une lueur lubrique dans le regard. À l'arrière-plan, un type qui devait être son acolyte souriait largement de la bonne fortune de son copain de beuverie.

Elle se recula en hâte.

— Absolument pas !

— Bien sûr que si, ma beauté ! Vous ne le savez pas encore, voilà tout.

Il lui agrippa la main d'une poigne ferme, et elle dut forcer pour se dégager.

— N'insistez pas ! lança-t-elle d'une voix coupante. Je suis très bien toute seule.

— Laissez-vous faire, enfin… Et si je vous offrais quelque chose à boire pour vous décontracter ?

Elle eut un mouvement de recul qui faillit la faire tomber du tabouret, puis elle se redressa pour le toiser.

— Écoutez, vous n'êtes pas le premier à qui je refuse un verre, ce soir. Les autres ont été courtois, ils n'ont pas insisté. Je vous suggère de faire de même !

Bien qu'elle n'ait jamais eu l'occasion de mettre en pratique l'entraînement complet reçu à l'armée, elle se savait capable de se défendre d'une agression physique. Ce qui ne l'empêchait pas d'avoir l'estomac noué, car elle aurait préféré ne pas avoir à étrenner ce talent ce soir.

— Allez, soyez gentille…

Promptement, elle referma la main sur celle qui la tenait et exerça une pression mesurée sur la première jointure du pouce. En voyant le type inspirer à fond, les yeux exorbités, elle éprouva une certaine fierté… Avant de se rendre compte que le regard de l'ivrogne s'était focalisé derrière elle, comme si ce qu'il voyait ne lui plaisait pas.

Ainsi, une bonne âme venait à son secours !

Mais, si Stevie avait réussi à la faire douter de sa féminité, il n'avait pas entamé son esprit d'indépendance ni sa capacité à se défendre seule !

Sans relâcher sa prise, elle amorça un mouvement pour se retourner et avertir son sauveur potentiel qu'elle maîtrisait la situation, mais, au moment où elle ouvrait la bouche, elle sentit un frisson la parcourir sous l'effet d'une voix d'or liquide, douce et grave à la fois.

— Tout va bien, mademoiselle ?

— Très bien, merci ! répondit-elle d'un ton léger.

L'ivrogne reprit son souffle à grand-peine.

— Casse-toi, mec, je l'ai vue le premier, grinça-t-il.

Bizarrement, elle sentit son rythme cardiaque s'accélérer. L'adrénaline, ou la présence de son héros ? Mystère.

Sans hésiter, elle opéra une torsion sur le poignet, et l'ivrogne jusque-là rougeaud devint gris. Quant à son comparse, celui qui s'amusait tant tout à l'heure, il ouvrait et fermait la bouche sans manifester l'intention d'intervenir.

— Vous voyez, je m'en sors parfaitement toute seule. Ces messieurs allaient quitter l'établissement pour prendre un peu l'air. Ils en ont besoin. Pas vrai, les gars ?

— D'accord, on y va, balbutia le poivrot.

Son chevalier recula d'un pas, reconnaissant par là que son aide n'était pas nécessaire, mais il ne s'éloigna pas davantage. Ce qu'elle apprécia fort car, bien que l'ivrogne se soit écarté d'elle en se tenant la main, ses yeux luisaient, et il projetait en avant un menton pugnace. Ivre et humilié, il risquait de s'énerver.

— Vous avez un problème, messieurs ? lança l'inconnu.

Ce n'était pas une vraie question, mais pas non plus une menace. Le mépris qui irradiait de lui était presque tangible. De sa simple présence physique émanait une autorité incontestable. Il ne lâchait pas les deux importuns des yeux et, au profil bas de ceux-ci, elle devinait que croiser son regard devait être aussi dangereux que de regarder le soleil en face.

Il se tourna enfin vers elle.

— Vous m'avez impressionné, avec votre prise !

Sous ce compliment, elle sentit son corps brûler d'une chaleur torride, sans doute un peu excessive.

— Quand vous avez failli tomber du tabouret, je me suis figuré en super-héros. Laissez-moi au moins cet os à ronger, sinon j'aurai l'impression d'être totalement impuissant !

La nuance d'assurance qu'elle perçut dans la voix la fit sourire. Elle doutait qu'il se soit senti impuissant une seule fois dans sa vie. Dans tous les sens du terme…

Saisie d'un fou rire irrépressible, elle se couvrit la bouche pour le dissimuler. Puis, croisant ses jambes gainées de cuir, elle hocha la tête.

— Loin de moi cette idée ! Je vous en prie, allez-y.

Aussitôt, il se tourna vers les deux ivrognes.

La vue de son dos musclé et de ses cuisses moulées dans un jean noir lui donna la chair de poule : il était immense, solidement bâti, son T-shirt noir épousait les contours d'un torse sculpté…

Depuis quand lorgnait-elle les hommes ?

Elle s'obligea à focaliser son attention sur la scène qui se déroulait.

— Eh bien, messieurs ? Je pensais que vous sortiez ?

Ainsi, il leur offrait une dernière chance de battre en retraite sans perdre leur dignité…

Ce sens aigu de la diplomatie n'eut hélas aucun effet sur le duo. L'un des deux étira le cou, le regard mauvais, tout en tanguant dangereusement.

— Vous voulez vous battre, c'est ça ?

— Pas spécialement, non. En revanche, si c'est vraiment ainsi que vous tenez à terminer la soirée…

La réponse était neutre, mais prononcée cette fois sur un ton menaçant. Le temps sembla suspendu un instant, puis, à son grand soulagement, le crâneur se tourna vers son acolyte, marmonna quelques mots, et ils disparurent dans la foule.

Son héros resta immobile, les bras croisés, les biceps gonflés. Posé, maître de lui, mais prêt à l'action au cas où les deux pochards reviendraient à l'attaque.

Quand il fut évident que ceux-ci avaient renoncé, elle s'adressa à lui, affectant la nonchalance.

— Alors, vous vous sentez plus sûr de vous ?

— Beaucoup plus, merci.

Tout à fait détendu, il prit une pose comique et fit jouer ses muscles.

— Je me sens un homme, de nouveau.

Elle plongea les yeux dans les siens et resta prisonnière de son regard.

Et quel homme ! Robuste, en pleine possession de sa forme, comme Stevie à qui la pratique de son sport donnait un corps enviable. Pourtant, celui-ci avait quelque chose en plus. Un dangereux pouvoir qui semblait émaner de l'intérieur. Une autorité, une prestance… Il était fascinant. Durant sa carrière, elle avait connu des officiers au charisme impressionnant, mais cet homme les éclipsait tous.

Elle ne résista pas à l'envie de le détailler : traits virils, mâchoire carrée, nez aquilin, petites rides en étoile autour des yeux, qui lui ajoutaient du caractère… Pas une beauté classique, mais un visage remarquable, qui resterait à jamais gravé dans sa mémoire. Était-ce cette force intérieure qui faisait bouillonner son sang dans ses veines ?

D'ailleurs, il attirait l'attention de toutes les femmes, les regards qu'elle sentait braqués dans son dos le lui confirmaient.

Tandis qu'il la fixait de ses yeux d'un gris fumé, elle eut l'impression qu'un feu d'artifice s'allumait dans son ventre.

De l'excitation, ou de la nervosité ?

Elle passa la langue sur ses lèvres soudain sèches.

Une lueur brilla un instant dans le regard intense et impénétrable. Elle sentit son cœur s'emballer.

— Où avez-vous appris ce casse-doigts, au fait ? Vous ne seriez pas dans l'armée, par hasard ?

Une nuance dans son ton l'alerta.

Était-il de ceux qui détestent les militaires ou de ceux que les femmes en uniforme excitent ?

N'importe comment, ce soir, elle n'avait pas envie d'être le major Caplin, ni le Dr Caplin, pas même Gabriella Caplin. Juste Ella.

— J'ai suivi un cours d'autodéfense durant mes années d'université.

— Ah, d'accord.

Elle aurait juré qu'il était soulagé. Il était donc allergique à l'armée…

— Et vous êtes toujours aussi efficace quand vous voulez vous débarrasser d'un gêneur ?

Elle haussa les épaules.

— Je ne sais pas pourquoi j'ai réagi ainsi. Je suppose que c'est quand il a posé la main sur moi. Au départ, j'ai tenté de l'ignorer, espérant le décourager…

L'inconnu hocha la tête.

— Voyez-vous, c'est là que vous avez eu tort. Votre logique est celle d'une femme policée, mais un ivrogne se figure toujours que, si vous ne l'avez pas envoyé promener, c'est que sa proposition vous intéresse.

Elle ne put s'empêcher de rire, ce qui atténua un peu son malaise.

— Je comprends. Je m'en souviendrai la prochaine fois.

Il eut un sourire en coin.

— Au risque de recevoir un coup de genou dans ce que j'ai de plus précieux, puis-je vous offrir quelque chose à boire ?

Cette fois, elle était tentée, et pas seulement à cause de ce sourire diabolique qui la chamboulait à l'intérieur. Cet inconnu l'attirait.

Pourtant, elle hésita. Non pas parce que, juste avant cet épisode déplaisant, elle avait décidé de rentrer à son hôtel, mais parce que cet homme la privait de sa faculté de penser clairement. Elle était sortie pour se retrouver elle-même, pas pour trouver un partenaire. Si elle acceptait son invitation, en déduirait-il qu'elle l'autoriserait à plus ? C'était hors de question.

D'un autre côté, qu'est-ce qui l'avait poussée à venir passer la soirée dans cette boîte ? Le fait qu'elle n'avait pas fait de nouvelle rencontre depuis quinze ans !

— Je n'ai pas fini mon cocktail, répondit-elle pour temporiser.

— Il ne doit plus être très frais, vu la façon dont vous le réchauffez depuis une heure.

Ainsi, il l'observait depuis tout ce temps ! Devait-elle en être plutôt flattée, ou fâchée ? Elle tendait vers la première solution…

— Vous m'avez épiée ?

Il émit un rire de gorge qui eut un effet bizarre sur son estomac. Qu'avait donc ce type ?

— « Épier » me semble un terme un peu exagéré. Il se trouve que je suis venu chercher nos verres pile au moment où vous commandiez le vôtre.

— Vous n'êtes pas seul ?

Pourquoi se sentait-elle déçue ?

— Regardez là-bas.

Elle suivit la direction indiquée par son doigt et rougit en découvrant une tablée exclusivement masculine.

— Un enterrement de vie de garçon ?

— Ravi de voir que ça vous enchante à ce point.

Il se tourna vers le comptoir pour faire signe au barman.

— Je pense que je vais vous offrir ce verre, finalement.

Elle se demandait encore quelle attitude adopter quand le barman lui ôta de la main son verre tiède pour le remplacer par un nouveau.

— Déjà ? Comment faites-vous ça ? C'est de la magie !

— Il n'y a pas de mystère : nous avons un compte ouvert pour la soirée, et nos pourboires sont généreux.

— Vous venez souvent ici ?

Décidément, elle était douée pour les questions originales ! En dépit des qualités qu'elle se connaissait, elle se sentait godiche. Ses collègues la tenaient pour une fille sérieuse qui savait aussi s'amuser. Pourtant, si elle pouvait s'enorgueillir de son don de la repartie à un dollar, elle n'avait jamais maîtrisé l'art du flirt. Quand en aurait-elle eu besoin ?

Malgré tout, le regard approbateur de l'inconnu lui permit de ne pas se sentir trop maladroite.

— Pas vraiment, mais nous nous déplaçons chaque fois en meute.

Son sourire la bouleversa. Elle déglutit, s'efforçant de dissimuler son trouble.

— Vous fêtez quelque chose ?

— Disons que oui… Notre départ.

Avisant le grand verre de liquide brun pétillant qu'on lui avait servi, elle s'étonna.

— Vous ne buvez pas d'alcool ?

Il haussa les épaules.

— Jamais.

— Ah.

Un ancien alcoolique ? Ce serait une explication au fait qu'un type aussi remarquable soit encore célibataire. Et à cette réflexion amère, tout à l'heure, sur l'imprévisibilité du comportement des ivrognes…

— Ou quelquefois un verre de vin au restaurant, mais en général je suis le chauffeur désigné lors de ce genre de virées. C'est plus simple de compter sur un des participants que de trouver un taxi.

Avait-il lu dans ses pensées ? La gêne qui passa dans son regard ne lui échappa pas : s'il n'était pas alcoolique, peut-être en avait-il un dans son entourage…

Et après ? Ça ne la regardait pas.

Naturellement, elle avait l'habitude de déceler les non-dits chez les soldats qui minimisaient la gravité de leurs blessures par souci de rejoindre plus vite leur unité. Mais elle n'était pas à l'armée en ce moment. Si cet homme tenait à garder certaines choses pour lui, c'était son droit.

Elle sourit.

— Vous ne regagnez pas votre table ? Vos amis doivent vous attendre.

— Vous préférez que je vous laisse ?

Elle aurait dû répondre que ça lui était égal. Juste avant cet incident désagréable, n'était-elle pas décidée à rentrer à son hôtel, n'avait-elle pas rêvé d'un spa et d'un lit luxueux ?

— Non, restez, je vous prie. Je m'appelle Ella.

— Juste « Ella » ?

Il tendit le bras en souriant, lui caressa la joue du bout des doigts, puis elle sentit une paume ferme lui envelopper la main. L'air parut crépiter autour d'eux, et elle dut se forcer à ne pas bouger, ni pour retirer sa main, ni pour se pencher et presser les lèvres sur les siennes.

— D'accord. Si c'est juste Ella, moi c'est Fitz.

Elle émit un petit rire, se sentant tout à coup plus assurée. Ce mâle splendide convoité par la plupart des femmes présentes s'intéressait donc à elle ?

— *Touchée !*

— Donc, Ella, que faites-vous ici ce soir toute seule ? Mis à part votre démonstration d'autodéfense contre vos admirateurs indésirables, vous m'avez paru un peu — pardonnez-moi si cela vous paraît insolent — mal à l'aise le reste de la soirée.

Elle eut un sourire piteux.

— C'était si évident ?

— Votre dos droit, votre verre intact, et les invitations que vous refusiez de la part d'hommes qui semblaient en pleine possession de leurs moyens…

Elle ne put s'empêcher de le taquiner.

— Que suggérez-vous ? Que je ne suis pas à ma place ?

— Plutôt que vous n'avez pas l'habitude de ce genre de boîtes.

Elle soupira.

À quoi bon feindre ? Si elle essayait plutôt d'être sincère ?

Elle ouvrait la bouche pour répondre quand un choc à l'autre bout de la salle attira son attention.

Il y eut une bousculade, et elle distingua un jeune homme allongé par terre, saisi de convulsions, tandis qu'une fille hurlante tentait de le maîtriser.

Sans hésiter, elle nota l'heure à sa montre et se précipita.

2.

Fitz n'en revenait pas : une seconde plus tôt, Ella était assise à côté de lui, et à présent elle traversait la salle à toute vitesse en se frayant un passage au milieu de la foule !

Sur une impulsion due sans doute à ses quinze ans d'armée, il la suivit.

Ce ne fut qu'en la voyant relever une fille qui sanglotait près d'un jeune homme gisant au sol qu'il comprit de quoi il s'agissait.

Un frisson glacé lui courut le long de l'échine, le paralysant. En dépit de ses efforts pour bloquer les souvenirs qui menaçaient de le submerger, les visions affluèrent.

Cela faisait longtemps qu'il n'avait pas vu un épileptique en crise : sa petite sœur en subissait depuis l'âge de un an. Pas très souvent, mais comment avait-il pu l'oublier ?

Des images surgirent, qu'il avait dû enterrer en même temps que la fillette de six ans dans ce petit cercueil posé près de celui de sa mère. Sa tête bourdonnait, il avait des sueurs froides.

Il tenta de se ressaisir pour se concentrer sur sa tâche : prêter main-forte à la jeune femme qu'il venait de rencontrer et qui maîtrisait la situation avec le calme et l'efficacité dont elle avait déjà fait preuve plus tôt.

— Lâchez-le ! ordonnait-elle d'une voix ferme.

La jeune fille secouait la tête avec frénésie et tentait de se dégager.

— Non ! Adam ! C'est mon frère, il va se blesser !

— Il y a longtemps qu'il est sujet à des crises d'épilepsie ?

— Pardon ? Il n'est pas épileptique ! Qu'est-ce qu'il lui arrive ?

— C'est sa première crise ?

Toujours incapable de bouger, Fitz revit sa mère en train de lui expliquer comment agir si sa sœur faisait une crise pendant qu'il était seul avec elle. Hélas, il n'avait jamais eu l'occasion de mettre ces instructions en pratique…

— Bien sûr que oui ! C'est mon frère, bon sang, je le sais ! Je vous l'ai déjà dit, il est en parfaite santé !

— Un autre membre de la famille, peut-être ?

La jeune fille semblait au bord de l'apoplexie.

— Non, personne ! Attention, il va se faire mal ! Mon Dieu, Adam, qu'est-ce que tu as ?

La musique s'était tue.

Mettant ce silence à profit, Ella prit la tête de la fille entre ses mains pour la forcer à la regarder.

— Comment vous appelez-vous ?

— Lisa.

— Eh bien, Lisa, tâchez de vous calmer. Je suis médecin, vous m'entendez ? Tout se passera bien si vous me faites confiance. Lâchez-le, il risque encore plus de se blesser si vous l'immobilisez.

Ce ton serein eut un effet apaisant sur Lisa, qui obéit enfin, et sur lui-même, qui parvint à évacuer ses souvenirs pour recouvrer son efficacité coutumière.

Ella jetait un regard circulaire à la foule.

— S'il vous plaît, pourriez-vous reculer pour lui laisser de l'air ?

Puis elle revint à Lisa.

— Voici ce que vous pouvez faire pour aider Adam : pousser cette table pour qu'il ne se cogne pas.

Fitz sentit ses jambes se remettre en mouvement et s'avança vers la jeune fille.

— Je vous donne un coup de main, Lisa. Déplaçons tout ce qu'il pourrait heurter. Ôtez les verres et les bouteilles, je me charge de la table. Parfait. Maintenant, les chaises.

Son corps et son esprit étaient de nouveau en harmonie. Il observait les gestes d'Ella pour anticiper ce qu'elle souhaitait, il lui passa un pull de laine qu'elle accepta d'un hochement de tête avant de le glisser sous la tête d'Adam en guise d'oreiller. Puis il se plaça entre le jeune homme et la foule.

— Il n'y a rien à voir, dit-il du ton de l'autorité. Je vous suggère de retourner tout de suite à vos occupations.

À son grand soulagement, les badauds se dispersèrent tous sans protester, sauf certains, dont un qui sortait son téléphone de sa poche.

Il s'avança vers lui sans toutefois le toucher.

— J'ai dit « tout de suite » !

Décidément, songea-t-il en regardant l'homme s'éloigner, depuis qu'il connaissait Ella, il enchaînait incident sur incident. En principe, depuis qu'il était colonel, leurs soirées entre officiers étaient plutôt calmes. Qu'avait cette rousse flamboyante aux yeux verts pour bouleverser ainsi son univers ? Certes, son physique époustouflant l'avait captivé au premier regard, mais ce n'était sans doute pas la seule chose remarquable chez elle.

Ainsi, elle était médecin ?

Inutile d'analyser pourquoi il s'en sentait soulagé. Le comportement et l'assurance d'Ella lui avaient fait soupçonner qu'elle pouvait être elle aussi dans l'armée. D'autant qu'ils étaient près d'une caserne, raison pour laquelle les officiers connaissaient l'existence de ce club où ils venaient traditionnellement fêter leur départ pour une période de service. Malgré sa piste de danse, c'était plutôt un bar qu'une boîte de nuit et, comme leurs soldats préféraient les pubs ou les night-clubs du centre-ville, cela leur permettait de se réunir pour s'amuser sans souci de les croiser.

Si Ella avait été un médecin militaire, c'est-à-dire un officier comme lui, il s'en serait certainement détourné pour des motifs d'éthique personnelle. Il s'y tenait depuis l'épisode de Janine — le major Janine Billings… Mais cette femme splendide n'aurait-elle pas été capable de lui faire reconsidérer ses règles de conduite strictes ?

Toutefois, c'était encore mieux qu'elle exerce dans le civil.

— Fitz ?

La voix d'Ella rompit le cours de ses pensées.

— Pouvez-vous appeler une ambulance, je vous prie ? Précisez qu'il s'agit d'un ado de dix-sept ans qui souffre apparemment de la première crise d'épilepsie de sa vie.

Sans attendre sa réponse, elle baissa les yeux vers le garçon puis se tourna vers Lisa en souriant.

— Pouvez-vous prévenir vos parents ?

— Oh ! mon Dieu, non, ils nous tueront ! Moi, en tout cas, parce que Adam est mineur…

Il sortit son portable de sa poche.

— A-t-il consommé de l'alcool ? s'enquit Ella. Je me moque de votre âge, je veux seulement la vérité pour pouvoir le soigner du mieux possible.

— Oui, sanglota Lisa.

— Bon. Savez-vous s'il a beaucoup bu ?

— Pas mal. Et moi aussi. Oh ! C'est ma faute, n'est-ce pas ?

Lorsque Fitz obtint le service d'urgence au bout du fil, il s'éloigna pour réclamer une ambulance, indiquer le lieu exact et les détails. Puis, après un coup d'œil à Adam, il alla au comptoir demander qu'on lui prête une couverture. Quand il rejoignit Ella, Lisa semblait un peu moins paniquée, et son frère revenait lentement à lui.

— Mes parents vont me tuer !

— Chut, Adam, ne vous en faites pas, tout va bien se passer.

Ella regarda de nouveau sa montre.

— Vous avez eu une légère crise, mais vous êtes tiré d'affaire. Lisa est là.

Fitz s'approcha.

— L'ambulance arrive, murmura-t-il.

Il lui tendit la couverture.

— Tenez, il s'est mouillé, mieux vaut qu'il évite de prendre froid. Je vais jusqu'à ma voiture, je dois avoir des vêtements de rechange dans mon sac de gym.

Après avoir couvert le garçon, Ella lui posa des questions pour juger de la clarté de ses réponses. Mais Fitz comprit vite que la nervosité de la sœur la dérangeait.

— Venez avec moi, Lisa, dit-il doucement. Nous trouverons un moyen, mais il faut avertir vos parents. Même s'ils ne sont pas contents, imaginez ce que ce serait s'ils étaient prévenus par l'hôpital !

Lisa s'écarta de son frère à contrecœur, les yeux toujours fixés sur lui.

— Ils seraient fous furieux, je suppose ?

— À mon avis, oui. Venez, nous allons les appeler ensemble pendant que mon amie reste auprès de votre frère en attendant l'ambulance.

Ella tourna la tête vers eux.

— Pour l'instant, dites-leur qu'Adam doit aller à l'hôpital pour passer un électroencéphalogramme et demandez-leur de rejoindre leurs enfants ici.

— D'accord. Lisa, vous ne croyez pas que nous devrions sortir pour être plus au calme ?

— Non ! Je ne pourrai jamais !

— Voyons, ils le sauront tôt ou tard ! Mieux vaut que ce soit tôt, n'est-ce pas ? Si vous préférez, je les appelle à votre place, mais il faut que quelqu'un le fasse, et tout de suite.

Après une hésitation, la jeune fille lui tendit son téléphone et le suivit à l'extérieur.

Une demi-heure plus tard, Ella et lui regardaient démarrer l'ambulance.

— Merci de votre coup de main, Fitz. Si vous n'aviez pas été là pour faire évacuer la foule autour de lui…

— Pas de problème. Je dois avouer que vous m'avez impressionné, une fois de plus.

Il sourit.

— On rentre finir ce verre ?

Son regard circonspect le surprit. Elle secoua la tête.

— Non, je dois vraiment m'en aller, à présent. Merci encore pour tout.

Mais ni l'un ni l'autre ne bougèrent. Les basses de la musique, qui avait repris, résonnaient dans la rue, emplissant l'atmosphère de sensualité,

— Bien. Expliquez-moi d'abord, parce que ça m'intrigue : comment Lisa pouvait-elle ignorer que son frère était épileptique ?

— Il ne l'est peut-être pas. Ce n'est pas rare d'avoir la seule crise au cours de l'existence à cet âge-là après avoir bu plus que de raison. L'EEG devrait aider à déterminer s'il existe ou non une activité électrique anormale dans le cerveau.

Il ne put s'empêcher d'admirer ses yeux splendides qui s'illuminaient quand elle parlait médecine. Elle avait l'air passionnée par son métier.

— Et vous, qu'en pensez-vous ?

— C'est difficile de poser un diagnostic avant de connaître les résultats mais, si j'en juge par ce qu'il a dit ensuite, il est probable qu'il ait déjà fait quelques crises légères qui sont passées inaperçues. Il travaille beaucoup en ce moment pour ses examens à l'école. Ce soir, l'association surmenage, manque de sommeil et alcool a pu déclencher une véritable crise. Mais ce n'est qu'une supposition… Vu vos réactions, je devine que ce n'était pas la première crise d'épilepsie à laquelle vous assistiez ?

Il haussa les épaules.

— Ma petite sœur était épileptique depuis l'âge de un an…

Les mots étaient sortis tout seuls. Il ne parlait jamais de sa sœur, sauf pour déclarer en une phrase convenue qu'il avait perdu sa mère et sa sœur quand il était jeune. La dernière fois qu'il avait évoqué sa famille, c'était dix ans plus tôt, avec Janine. Et encore, il n'était pas entré dans les détails : il s'était borné à répondre à ses questions lorsqu'elle avait été mise au courant du drame par le colonel Billings, son père, qui avait eu accès à son dossier militaire. Il n'avait pas précisé que son ivrogne de père battait sa mère et qu'il était soûl le soir de l'accident. Ni que les trois ans passés sans lui dans un appartement minuscule avaient été les plus heureux de sa vie, avant que ce salaud ne resurgisse de nulle part pour tout gâcher.

— « Était » ? souligna Ella. Elle ne l'est donc plus ? Je crois me souvenir que, chez quatre-vingt-dix pour cent des enfants épileptiques, la maladie disparaît vers l'âge de douze ans, même s'ils souffrent ensuite d'autres types de crises.

— Elle est morte.

Elle se rembrunit aussitôt.

— Oh ! Navrée. Que lui est-il arrivé ?

De nouveau, il sentit son vieux sentiment de culpabilité lui peser sur la poitrine à l'étouffer. Il se revit rentrant chez lui, l'auto disparue, le téléphone écrasé par terre, les meubles en pièces, la maison sens dessus dessous. Et, partout, l'odeur de l'alcool. Celle de l'homme qui n'était son père que de nom.

— Un accident de voiture. Elle avait six ans, presque sept. Ma mère a subi le même sort.

Il s'en voulait d'avoir répondu. Cette histoire lui était personnelle, et il ne connaissait pas Ella. Il croisa son regard, prêt à affronter la gêne et la pitié, mais il n'y lut qu'une calme empathie et… et de l'intérêt.

— Ça a dû être atroce pour vous. Vous êtes resté seul avec votre père ?

Il tentait désespérément de se taire. Mais les mots sortaient de sa bouche malgré lui, comme s'il n'attendait que ce moment — et cette femme — depuis la nuit de l'accident.

— C'était lui qui conduisait, il était en état d'ivresse. Je suis l'unique rescapé de la famille.

Et il refusait d'y repenser, ni maintenant ni jamais.

— C'est donc pour ça que vous vouliez me protéger de ces deux poivrots, murmura-t-elle. Quel âge aviez-vous ?

— Pardon ?

— Vous étiez très jeune, quand ce drame s'est produit ?

Il lui jeta un regard peu amène.

— Je trouve que vous posez beaucoup de questions pour une demoiselle en détresse.

— Oh ! je n'ai rien d'une demoiselle en détresse ! Dois-je vous rappeler que je sais me défendre ? En tout cas, sachez que j'ai quand même apprécié votre soutien.

Elle afficha un sourire qui lui tordit les entrailles, et auquel il réussit à répondre par une grimace.

— Je suis heureux d'avoir pu faire mes preuves.

— Donc, quel âge aviez-vous ?

Son regard ne cillait pas.

Impossible de détourner la conversation. Il aurait dû savoir qu'elle ne se laisserait pas distraire…

— Pour être précis, ça s'est passé la veille de mes dix-huit ans.

En principe, un âge dont on garde de bons souvenirs. Lui, il ne revoyait que sa mère et sa sœur gisant à la morgue de l'hôpital. Il s'était demandé, à propos des hématomes qui défiguraient sa mère, lesquels étaient dus au choc et lesquels avaient été causés par les poings de son père. Il ne le saurait jamais…

Il chercha sa respiration, et sa propre voix lui parut très lointaine.

— Écoutez, Ella, j'ai beaucoup de mal à reparler de tout ça.

Elle lui caressa la joue comme si elle était touchée, et il eut l'impression qu'elle l'était sincèrement.

— Ça vous ferait peut-être du bien de vous forcer.

— À quoi bon ?

Elle haussa les épaules comme pour s'excuser, mais cela ne l'empêcha pas de poursuivre.

— Bien entendu, ça ne me regarde pas, mais en tant que médecin je sais repérer les signes que laisse un traumatisme longtemps refoulé. Surtout chez les soldats qui se prennent pour des durs et qui préfèrent garder pour eux les incidents désagréables.

— Qu'est-ce qui vous fait penser que je suis militaire ?

— Ce pantalon de survêtement que vous avez passé à

Adam pour qu'il se change. J'ai vu qu'il venait de l'armée. Et votre comportement en général. L'infanterie ?

À son attitude polie, dénuée de l'intérêt qu'elle avait manifesté plus tôt, il devina que cette découverte l'avait déçue. Quelle ironie ! D'habitude, les femmes étaient plutôt excitées de rencontrer un officier…

— Non, pas l'infanterie. Sinon, vous avez raison, je suis colonel.

Du génie, et seulement lieutenant-colonel, en réalité, mais pour elle cela ne ferait pas de différence. Pas plus que de savoir qu'il n'avait pris du galon que depuis peu et qu'il débutait en tant qu'officier de commandement de son régiment.

N'importe comment, une seule pensée l'obsédait en ce moment : alors qu'il souhaitait ardemment qu'elle reste, elle allait partir. Avait-elle eu un proche dans l'armée, qui avait été blessé, traumatisé, ou pire ?

— J'ai l'impression que ça vous déplaît que je sois militaire.

— Je ne dirais pas ça, non, mais… C'est compliqué.

— Trop compliqué pour que vous finissiez ce verre avec moi ? Après cette heure mouvementée, nous avons bien mérité de nous détendre un peu, non ? De nous divertir, de rire, de danser, peut-être ?

Elle inspira à fond, comme si elle tentait de se décider.

Il avait envie de profiter encore de sa compagnie. Un verre, une heure, peut-être le reste de la soirée, ce qu'elle avait à lui offrir. Il ne se rappelait pas avoir désiré la présence d'une femme avec autant d'intensité. Il se sentait un peu ridicule d'insister ainsi mais, peu importe, puisqu'elle paraissait sur le point de revenir sur sa décision !

— Je ne danse pas.

Donc, elle ne partait plus ! Au profond sillon creusé entre ses sourcils, il comprit que l'attirance qu'il éprouvait pour elle était réciproque, et il en fut transporté.

Il ne savait pas trop pourquoi : il avait vécu pas mal d'aventures d'un soir avec des femmes belles et intelligentes. Mais celle-ci était différente. Il lui semblait que, dans des zones oubliées de son corps et de son âme, un feu qu'il avait cru à jamais éteint se rallumait.

Imbécile ! Il avait envie d'elle, voilà tout. Ce fantasme devait avoir été provoqué par les circonstances inhabituelles de leur rencontre : ces souvenirs qui avaient resurgi sans crier gare…

Pas tout à fait sans crier gare, en fait, car c'était le jour anniversaire de la tragédie qui l'avait privé de famille : il y avait exactement dix-huit ans que sa mère et sa sœur l'avaient quitté.

Faire la fête ce soir ne lui disait rien, mais c'était la tradition de s'offrir une virée la veille de partir en service. S'il s'était défilé, ses collègues de l'Académie militaire lui auraient posé des questions auxquelles il préférait ne pas avoir à répondre. Alors, il avait fait un effort. Et, à la minute où il s'était approché du comptoir pour commander la première tournée, ses yeux s'étaient arrêtés sur cette magnifique rousse. L'or et le vermeil de sa chevelure tombant jusqu'à la taille évoquaient la splendeur de l'automne. Cette vision avait déclenché en lui quelque chose de primitif, qui l'avait en même temps retenu de l'aborder. Pour être sincère, ces deux ivrognes lui avaient fourni un prétexte idéal pour jouer les héros.

Ce soir, c'était sa dernière chance de relâcher la pression. Bientôt, il serait à des milliers de kilomètres dans un environnement hostile, même s'il partait cette fois dans une zone de paix, pour encadrer le travail d'ingénieurs lors d'une mission multidisciplinaire cruciale.

Il sourit.

— Vraiment, vous ne savez pas danser ? J'ai peine à le croire. Si vous voulez, je peux vous apprendre.

Elle fronça les sourcils, l'air perplexe.

— Vous en seriez capable ?

Il éprouva un violent pincement au plexus.

Nom d'une pipe, qu'elle était jolie ! Il avait tellement envie de la prendre dans ses bras et de l'embrasser !

Il prit une profonde inspiration et enfonça les mains dans les poches de son jean.

— Je ne suis pas un champion, mais j'arrive à bouger les pieds en rythme. Alors ?

3.

Ella se laissa tomber sur un siège.

— Ouf ! Cette pause est bienvenue, après… Combien ? Plus d'une heure sur la piste ! s'écria-t-elle en consultant sa montre.

— C'est aussi mon avis.

— Vous êtes trop modeste, Fitz. Vous êtes un excellent danseur !

Il était souple et adroit, et elle s'amusait beaucoup plus qu'elle n'aurait pu le supposer. Elle ne regrettait pas d'avoir accepté son invitation.

Elle était décidée à regagner son hôtel quand elle avait compris qu'il était dans l'armée. Non qu'il lui soit interdit de fréquenter des militaires, mais elle n'avait pas besoin de complications en ce moment. Pourtant, le récit succinct du drame qui avait frappé sa famille l'avait émue. Elle s'était sentie liée à lui de façon inexplicable. Vraiment attirée, et pas seulement d'un point de vue physique. Fitz s'était ouvert à elle, et cette sincérité l'incitait à considérer que tous les hommes n'étaient peut-être pas aussi traîtres que Stevie. Elle se sentait prête à lui accorder sa confiance en retour.

Il la gratifia d'un sourire.

— Que voulez-vous boire ? demanda sa voix grave, la tirant de ses pensées.

— De l'eau, s'il vous plaît. Ou alors, un jus d'orange bien glacé. Attendez, je vous accompagne.

— D'accord.

Tandis qu'il l'entraînait à sa suite vers le comptoir, elle sentit son cœur battre la chamade, s'efforçant de ne pas épiloguer sur le fait qu'il n'avait pas lâché sa main.

— Vous êtes sûre de vouloir un jus d'orange ? Vous pourriez goûter ce « Poison du Diable » dont ils font la pub.

Il flaira d'un air méfiant un échantillon du breuvage, toussa et feignit de s'étouffer.

— Ça sent le kérosène en pire, en fait ! Vous risquez fort de vous abîmer l'estomac. Mais, si vous réussissez à en avaler un, vous avez droit à votre photo sur leur site Internet. Génial, non ?

Elle s'esclaffa, soudain aussi légère que si ces dernières semaines sordides n'avaient pas existé.

Elle commençait à se sentir de nouveau elle-même. Elle ne se rendait pas aussi ridicule qu'elle l'avait craint en flirtant, ce qui prouvait que, conformément à ses déductions, les tromperies de Stevie ne l'avaient pas anéantie. De plus, les imprévus de cette soirée lui avaient rappelé que les qualités dont elle était le plus fière — sa compétence en tant que médecin, son autonomie — n'étaient pas dues à son fiancé. Et, sans trop savoir ce qui provoquait son attirance pour Fitz, plus elle passait de temps avec lui, plus elle avait envie de continuer.

Depuis ses confidences, elle avait l'impression de le connaître depuis longtemps, et elle n'avait pas de mal à voir en lui le colonel solide, le leader dynamique qui soulève l'enthousiasme de ses subordonnés.

Il se tourna vers elle.

— Vous avez l'air plus détendue que tout à l'heure, Ella !

Son regard se fit plus pénétrant, et elle frissonna. Soudain, elle le désira si fort qu'elle en eut la respiration coupée.

Ils étaient si proches…

— Je le suis, répondit-elle avec peine, en s'efforçant d'ignorer la chair de poule qui lui couvrait la peau.

— Donc, qu'est-ce qui vous a amenée ici ce soir ?

— Pourquoi cette question, juste maintenant ?

Fitz eut ce sourire séducteur qui la bouleversait. Il soutint un instant son regard.

— Parce que j'ai une folle envie de vous embrasser… Mais je ne crois pas que ce soit ce que vous cherchiez en venant passer la soirée ici.

Direct et précis, ce qui n'avait rien de surprenant.

Elle avait l'impression que, depuis le moment où il s'était proposé pour la débarrasser des deux gêneurs, tous les événements de la soirée devaient aboutir à cette conclusion. À présent, c'était à elle de décider si elle se contenterait de ce bon moment passé avec lui ou si elle allait plus loin.

— Vous êtes perspicace, murmura-t-elle pour gagner du temps.

Il ne répliqua pas, ne la pressa pas non plus. Il attendait. Et elle était paralysée par le pouce qui traçait de petits cercles sur le dos de sa main, comme s'ils avaient tout leur temps.

De l'autre main, il saisit son verre sur le comptoir et le lui tendit. Puis il s'empara du sien.

— Venez, murmura-t-il en l'entraînant vers un coin calme.

Puis il se tourna vers elle et replongea les yeux dans les siens.

Elle se détourna et but une gorgée de jus d'orange, une seconde… Enfin, elle leva de nouveau le regard vers lui.

— J'avais un fiancé. Il y a quinze jours, j'ai découvert qu'il me trompait. Je me suis réfugiée à l'hôtel situé au bas de cette rue. Depuis… Je suppose que vous diriez que je lèche mes blessures, conclut-elle avec un sourire piteux.

Fitz se borna à froncer les sourcils.

— Vous le connaissiez depuis longtemps ?

— Quinze ans.

Il émit un sifflement.

— C'était une relation sérieuse, alors ! Ce doit être très dur pour vous…

Quand il se tut, elle remarqua son expression pensive, comme si quelque chose l'intriguait.

— Vous pensez que je n'ai pas l'air vraiment désespérée ?

— Je ne peux pas en juger.

Elle haussa les épaules.

— J'ai été humiliée, je me suis sentie trahie. Je suis restée effondrée dans cette chambre d'hôtel comme une idiote, comme si je ne savais plus qui j'étais. Et, enfin, j'ai eu une sorte de révélation : j'ai compris que c'était mon orgueil qui avait été le plus blessé, et je me suis demandé pourquoi je permettais aux actes d'un autre d'ébranler ma confiance en moi.

— Tout à fait logique, dit Fitz.

Pourtant, il n'avait pas l'air convaincu.

Elle eut un sourire triste.

— J'ai mesuré que nous avions évolué dans des sens différents. C'est un sportif, il passe la plupart de son temps à s'entraîner, à voyager, et ma carrière exige beaucoup de moi. À mon avis, quelque part, j'étais toujours accrochée à notre amour d'adolescents. Et, parce que nous ne nous voyions pas aussi souvent que d'autres couples, nous n'avions pas le temps de nous ennuyer ensemble, ce qui fait que je n'y avais jamais réfléchi avant.

Elle avait calculé que, entre les déplacements de Stevie et les siens, ils avaient dû passer ensemble durant les dix dernières années une trentaine de week-ends et une quinzaine de jours de congé.

— Nous nous rendions visite. Nous avions chacun notre logement, soi-disant par commodité car nous voyagions tous les deux à des endroits et des moments différents, mais c'était une excuse. Plus il gagnait d'argent, plus son appartement devenait clinquant, et moins je me sentais à l'aise dans ce décor que je n'aurais pas choisi. D'ailleurs, j'aurais dû interpréter comme un signe le fait qu'il ne m'ait pas donné de clé. J'ai fini par comprendre tardivement qu'il ne tenait pas à ce que j'arrive à l'improviste.

— Alors, comment avez-vous découvert qu'il vous trompait ?

— Par hasard. J'ai eu envie de le voir, et le concierge, qui me connaissait, m'a laissée monter. Je me demande s'il savait que ces filles étaient là-haut ou s'il pensait que j'étais au courant… C'est totalement idiot, non ?

— Si vous parlez de votre ex, je suis d'accord !

L'expression orageuse de Fitz lui mit du baume au cœur. Ainsi, il était furieux qu'on lui ait fait du mal ?

— Remarquez, ce n'était pas entièrement sa faute. Moi aussi, j'aimais avoir mon espace à moi. Je crois que, durant ces dix dernières années, nous avons dû être ensemble à peu près six mois en tout.

En prononçant ces mots, elle sentit son estomac se nouer.

Cela ne l'avait pas vraiment dérangée. Pas plus que Stevie, en tout cas. Mais, au début, combien de fois lui avait-il proposé une clé ? Et combien de fois l'avait-il suppliée de venir plus souvent, d'assister à ses matchs de championnat ? Elle avait toujours argué de ses occupations professionnelles pour y échapper. Et puis, d'un autre côté, où était-il, lui, quand elle avait obtenu son diplôme de médecine, et quand elle avait brillamment terminé sa formation à l'Académie militaire de Sandhurst ?

Avec ses coéquipiers, en train de fêter une victoire. Trop occupé pour assister aux deux jours les plus importants de sa vie.

En fait, ils avaient été des ados inséparables pendant trois ans avant de devenir des adultes qui ne souffraient pas plus que ça d'une séparation de trois mois. Du moins en ce qui la concernait. Pourtant, elle n'avait jamais songé à le tromper, même si les occasions ne lui avaient pas manqué.

Une vague de tristesse la submergea.

Stevie, lui, n'avait pas hésité. Il lui était fidèle au début, mais la gloire l'avait changé : selon lui, ces deux bimbos ne comptaient pas pour lui, ce n'étaient que des groupies avides de s'envoyer en l'air avec une vedette du football, et dont il avait repoussé les assauts aussi longtemps que possible.

Elle avait trouvé cette tentative d'explication minable, puis elle avait pris le temps d'y réfléchir dans sa chambre, et elle avait compris ce qu'il voulait dire : elle ne pouvait pas lui en vouloir de se sentir seul et d'avoir besoin de réconfort physique quand sa carrière l'éloignait de lui. Et cette culpabilité s'était plantée dans son dos telle une lame affilée.

Elle secoua la tête et avala une autre gorgée.

— Mais pourquoi un hôtel ? Pourquoi n'êtes-vous pas rentrée simplement chez vous ?

— Je ne voulais pas qu'il me retrouve…

En clair, elle craignait qu'il ne vienne pleurer et la supplier de lui revenir.

— Écoutez, je ne tiens pas à m'appesantir sur le sujet. Revenons-en à votre question : je suis sortie ce soir pour me prouver que j'étais capable de m'amuser toute seule. Oh ! j'étais loin d'envisager toutes ces péripéties, mais au bout du compte je me suis sentie de nouveau moi-même. Et, à mon avis, notre rencontre y est pour quelque chose.

Elle lui adressa un sourire volontairement insolent.

Il se mit à rire, ce dont elle fut heureuse.

— Parfait. Que voulez-vous faire, maintenant ? Boire un autre verre, danser encore un peu ? Je peux aussi vous raccompagner jusqu'à votre hôtel si vous estimez que vous en avez assez.

Pas une once de sous-entendu dans sa voix.

Ça ne l'étonna pas, car Fitz n'était pas du genre à se montrer collant. De toute la soirée, elle ne s'était sentie obligée de rien. Il était visiblement bien dans sa peau, ce qui le rendait attirant. Le plus curieux, c'est que plus il lui lâchait la bride, plus elle avait envie de sa compagnie.

— Je pense que je vais faire ce dont j'ai envie.

Avant d'y réfléchir à deux fois, elle se haussa sur la pointe des pieds et l'embrassa.

Elle se reprocha vaguement de ne pas avoir posé son verre d'abord, mais l'énergie qui circula entre eux lui fit oublier tout le reste.

Fitz ne se limita pas à lui rendre son baiser, il se fit si exigeant qu'elle sentit son corps s'enflammer. Il lui prit la tête entre les mains et enfouit les doigts dans ses cheveux, comme s'il en mourait d'envie depuis le début de la soirée. Sa langue fouillait sa bouche, l'explorait avec ardeur, et les derniers doutes qu'elle pouvait avoir sur sa féminité s'envolèrent.

Elle se sentait belle et désirable comme jamais auparavant. Comme s'il la révélait à elle-même.

Elle se colla à lui, enfonça les doigts dans son épaule et fit tanguer son corps contre le sien à un rythme qui n'avait que très vaguement à voir avec celui de la musique. Un rythme aussi ancien que la vie, et qu'elle n'avait jamais expérimenté de sa vie. Elle venait de comprendre le sens de l'expression « avoir quelqu'un dans la peau ».

Son corps entier pulsait, la tête lui tournait, sa cage thoracique lui semblait serrée dans un étau, et malgré tout elle tentait de se rapprocher encore de Fitz, de se fondre en lui. Les bras qui l'enlaçaient étaient la plus somptueuse des prisons. Elle sentait chaque pouce de son corps contre le sien. Mais ce n'était pas encore assez. Le désir la brûlait.

Elle n'avait jamais connu d'aventure d'une nuit…

Un frisson d'appréhension lui parcourut l'échine, vite remplacé par l'excitation : ce serait sa première, et elle savait quelque part qu'elle n'en voudrait jamais d'autre. Aucun des officiers avec qui elle avait travaillé n'était aussi beau, n'avait autant de charisme. Aucun n'aurait mérité qu'elle le prie de la raccompagner jusqu'à son hôtel.

— Pouvons-nous sortir d'ici, Fitz ? Aller dans un endroit plus tranquille ?

Lorsqu'il s'écarta, elle éprouva aussitôt un sentiment de manque.

Une main sur son épaule et l'autre sur sa hanche, il scruta son visage.

— Tu es certaine que c'est ce que tu veux ?

Elle ouvrit la bouche pour le lui assurer, mais une pensée soudaine la fit hésiter : elle lui avait caché qu'elle était médecin militaire. Ne devait-elle pas être totalement franche avec lui ?

Si elle le lui avouait, la conversation prendrait un tour professionnel, et le moment serait gâché… En outre, aucune règle ne l'y obligeait : ils étaient tous deux célibataires et officiers dans deux corps d'armée différents. Bien entendu, Fitz avait parlé de son départ imminent, mais elle-même était affectée en zone de paix, dans un endroit éloigné de tout. Sans doute partait-il ailleurs. Et si par hasard il se rendait dans le même pays qu'elle, il serait probablement basé au camp Razorwire, plus important, où elle avait passé les trois premiers mois de sa période de service, mais où elle ne mettrait pas les pieds cette fois. Elle serait en poste à près de trois cents kilomètres de là, dans un hôpital civil en partie détruit par les combats, à environ une heure d'hélicoptère. Son travail consisterait à superviser la reconstruction du bâtiment avec l'équipe d'un hôpital de campagne et à enseigner les dernières techniques chirurgicales aux soignants locaux. Donc, elle ne risquait pas de rencontrer Fitz dans le cadre de son travail, et rien ne la forçait à tout lui dire. Ce soir, elle pouvait être juste Ella avec la conscience tranquille.

— Oui, absolument certaine. Et toi, le veux-tu ?

— Oui, je te veux, bon sang ! Mais tu ne me semblais pas très décidée. Il fallait que je sois certain.

Ces mots attisèrent la flamme qui brûlait en elle, elle se sentit fiévreuse, le ventre en feu. Après avoir fait l'amour avec lui, il n'y aurait plus de retour en arrière, elle le savait. Elle serait à jamais différente, et la notion même de sexe aurait changé pour elle.

Elle passa le doigt sur l'arête de sa mâchoire virile.

— Mon hésitation concernait autre chose, je t'assure.

— C'est bon, je te crois.

Cette fois, son baiser fut encore plus passionné, avide. Lorsqu'il la caressait, ses mains laissaient des étincelles sur leur passage. Elle frissonnait si violemment que cela sembla le décider.

— Viens, sortons d'ici.

4.

Enlacé à Ella dont les talons résonnaient près de lui, Fitz s'efforçait de régler son pas sur le sien pour chasser le doute qui le taraudait.

Non qu'il n'ait pas envie d'elle, bon sang, il en avait mal partout ! Mais elle ne ressemblait pas à ses conquêtes habituelles. Au début, il n'y avait pas fait attention, il s'était simplement senti attiré par son physique éblouissant. Mais plus tard, il ne saurait pas préciser à quel moment, elle avait touché en lui une fibre plus profonde, comme si elle avait ému son âme. C'était ce lien invisible, cette complicité, qui l'avait en quelque sorte forcé à lui dévoiler une vérité enfouie depuis longtemps.

Or, il ne pouvait pas la laisser continuer à pénétrer ainsi dans son intimité. Il était partant pour une relation physique, mais il n'avait que faire des émotions. S'il allait plus loin, il la détruirait. Comme sa mère, sa sœur, et plus tard Janine. Toutes trois anéanties, en morceaux…

Il s'était juré qu'il ne s'approcherait plus d'une femme, et il y était parvenu pendant dix ans avec succès. Sa carrière occupait la plupart de son temps, et quelques aventures sans lendemain lui avaient permis de ne pas se sentir trop solitaire.

En outre, à l'armée, mieux vaut sacrifier toute relation personnelle. Il n'est pas aisé de passer au grade supérieur. Il avait l'intention de devenir colonel, puis général de brigade, et enfin général. Là, les places sont rares. Il lui faudrait allier concentration, rapidité et compétence. Il lui était par conséquent quasi impossible d'avoir une vie privée qui le distrairait de sa tâche.

Et voilà que, tout à coup, il se surprenait à se demander ce qu'aurait été sa vie s'il avait fait d'autres choix !

Il ne pouvait pas se le permettre, parce qu'il n'en existait pas. Selon Janine, il était détraqué. Et, selon le colonel Billings, il détruisait les autres.

— Fitz ? Que se passe-t-il ?

Ella se trouvait face à lui. Il avait dû ralentir le pas.

Il se força à croiser son regard.

Ce fut une erreur de plonger les yeux dans ces profondeurs d'émeraude qui le fixaient avec intelligence.

— Ella, tu sais que je ne peux t'accorder que cette nuit ?

— Oui, bien entendu.

Il perçut le léger tremblement de sa voix et dut s'obliger à poursuivre, bien qu'il soit conscient de chercher des prétextes.

— Tu comprends vraiment ce que ça signifie ?

Elle détourna le regard.

— Tu me prends pour une idiote ?

— Tu es restée quinze ans avec le même homme. Cette fois, il ne s'agit pas d'une relation durable.

— Tu me crois trop gentille ? On m'a déjà fait ce reproche, vois-tu.

Il ne put s'empêcher de caresser le velours soyeux de sa joue.

— Il y a deux sortes de gentillesse, Ella. Une négative et une positive. J'ignore encore de laquelle tu fais preuve.

Il ne reconnaissait pas sa propre voix, rauque et charnelle.

Elle déglutit.

— Embrasse-moi, Fitz. Peut-être que ça t'aidera à le découvrir ?

Il lui prit le menton et posa les lèvres sur les siennes.

Seconde erreur.

Ses yeux luisants de désir attisèrent le brasier qui flambait en lui. Il n'avait jamais désiré une femme avec autant de férocité. Pas même Janine.

Ella avait le goût du péché. Sans le vouloir, il avait déjà

mémorisé tous les détails de son corps, de sa chevelure flamboyante retombant sur ses reins à ses courbes si féminines gainées de cuir.

— Alors, suis-je trop gentille, ou gentille tout court ? demanda-t-elle, haletante. Qu'as-tu découvert ?

Ce qu'il avait découvert, c'est qu'elle avait ouvert une brèche dans sa part d'ombre. Et qu'il devrait partir en courant parce que son envie d'elle était incontrôlable.

— Rien, grogna-t-il.

— Laisse-moi t'aider. Ce soir, je suis une méchante fille, et je te veux. Et tu as dit que, toi aussi, tu me voulais.

Voilà l'effet qu'il lui faisait : destructeur. Il ferait mieux de s'en souvenir, sous peine de s'engager en terrain miné. S'il entrait dans sa chambre ce soir, il devrait se limiter au sexe pour le sexe, comme avec ses autres conquêtes. Sans écouter son âme une seule seconde.

Il lui prit la tête entre les mains et l'embrassa encore avec avidité, pour se prouver qu'il pouvait séparer le désir physique des sentiments. Jusqu'à ce qu'il voie des étincelles et que son corps lui fasse mal, jusqu'à ce qu'il sente le sol raffermi sous ses pieds.

Alors, il lui saisit la main et l'entraîna. Dans l'ascenseur, il l'attira à lui pour sentir son dos contre son ventre et lui embrasser la nuque après avoir écarté ses cheveux de flamme.

La porte de la chambre, munie d'un groom, sembla mettre une éternité à se refermer.

Quand Ella entendit le déclic final, elle s'immobilisa, le cœur battant la chamade.

Elle se trouvait avec un inconnu, certes attentionné et responsable, mais qu'elle n'avait rencontré que ce soir. Pouvait-elle vraiment se laisser aller ?

Fitz s'écarta d'elle.

— Tu peux encore changer d'avis, grogna-t-il.

Elle éprouva de nouveau cette sensation de manque. Sous

l'effet de cette voix rauque et profonde, son pouls s'accéléra, elle fondit. Elle ne s'était jamais sentie autant désirée. Le savoir prêt à la laisser tranquille lui rendit son assurance.

— Je n'en ai pas l'intention, murmura-t-elle.

Elle passa les mains sur ses épaules et frémit en sentant ses muscles jouer sous le coton fin du T-shirt.

— Il faut que tu sois certaine, Ella. À partir de maintenant, je ne réponds plus de rien.

Elle eut un petit rire à la pensée de provoquer chez cet homme un tel désir. Cependant, elle ne doutait pas que, au contraire de ce qu'il affirmait, il pourrait se maîtriser à n'importe quel moment.

S'efforçant de dissimuler un tremblement d'anticipation, elle glissa la main sur son torse, son ventre, et enfin son érection. Fitz broncha sous le contact, un son sourd s'échappa de sa gorge, et elle sentit à nouveau son ventre s'embraser.

C'en était presque effrayant…

Comme s'il lisait dans son esprit, il posa la bouche sur la sienne pour un nouveau baiser exigeant et dominateur.

Debout dans l'entrée, dos au mur, elle s'agrippa à ses épaules telle une noyée et s'abandonna.

La langue de Fitz rencontrait la sienne en une danse lente et sensuelle, explorant, goûtant, faisant des détours à un rythme délicieusement paresseux, passant du coin de sa bouche à sa mâchoire avant de plonger vers son cou. Elle trembla pendant qu'il descendait vers sa clavicule et le creux sensible au centre.

Il prenait son temps, ce qui la rassurait et à la fois la rendait folle. Elle avait l'impression qu'ils s'étaient engagés dans ces préliminaires dès le premier instant de leur rencontre.

Elle n'avait jamais connu cela avec Stevie. Ni au début, sans doute parce qu'ils étaient aussi novices l'un que l'autre, ni à la fin, quand il s'était habitué à ce que les gens se pâment devant lui et fassent ses quatre volontés.

Jamais elle n'aurait imaginé que ce puisse être si bon. Et ce n'était que le commencement.

À présent, Fitz l'embrassait plus bas… Elle ne savait pas

comment c'était arrivé, mais ils étaient nus jusqu'à la taille, et elle sentait sa bouche experte descendre lentement entre ses seins. Il les prit en conque, un dans chaque main, comme pour les soupeser, puis il caressa un mamelon du pouce tout en titillant l'autre de sa langue.

Elle cria de plaisir, de désir, d'excitation. Un point pulsa entre ses cuisses, et elle eut envie qu'il la pénètre, qu'il emplisse le vide de son corps et en même temps celui qui s'était creusé dans son âme.

À travers la brume qui lui brouillait le cerveau, elle perçut vaguement la voix de sa raison : il ne s'agissait que de sexe. Après l'humiliation infligée par Stevie, elle voulait juste se prouver qu'elle était toujours désirable…

Mais elle n'était plus en état de réfléchir, elle obéissait à son corps, aux caresses de Fitz et aux sensations inouïes que celles-ci lui procuraient. Elle n'avait même pas l'idée de l'entraîner vers le lit. Si elle bougeait, elle romprait le contact, ce qui serait insupportable.

Du bout des doigts, elle caressait cet homme magnifique, s'émerveillant de ses réactions, il en faisait autant avec elle. Peau contre peau, il rendait hommage à son corps de ses mains de magicien, attisait la flamme en elle jusqu'à ce qu'elle n'en puisse plus d'attendre. Alors, comme s'il l'avait senti, Fitz déboucla la ceinture de son pantalon taille basse, défit la fermeture Éclair et descendit le cuir sur ses hanches.

Elle s'en débarrassa ainsi que de ses talons aiguilles, impatiente de reprendre les choses où ils les avaient laissées.

Mais, sans se presser, toujours maître de lui, il se limita à frôler l'arrière de son mollet jusqu'au creux sensible du genou, puis l'intérieur de sa cuisse.

— Tu prends plaisir à me torturer ?

Il eut un sourire malicieux.

— Avoue que c'est réciproque.

Sa voix enrouée de désir l'affola.

— Fitz…

— Hum ? Tu voulais dire quelque chose ?

Il le faisait exprès pour l'exciter davantage. À présent, ses doigts étaient tout près de l'endroit où elle voulait qu'il la caresse. Elle anticipa leur contact… et s'aperçut qu'il s'était immobilisé.

Il attendait qu'elle le supplie, elle en était sûre.

— Fitz, s'il te plaît ! J'ai envie de toi.

Elle se déplaça un peu pour lui faciliter la tâche, sans trop savoir comment. Elle n'était pas habituée à tous ces préliminaires et, bien qu'elle les préfère à la routine mécanique de ses ébats avec Stevie, elle ne les maîtrisait pas vraiment.

— Tu veux que je te touche ? demanda-t-il d'un ton caressant. Comme ça ?

Sans crier gare, il glissa un doigt sur le point sensible, juste un bref frottement sur la dentelle de son string, mais qui éveilla dans son ventre les sirènes du plaisir. Elle se tortilla, cherchant le contact de nouveau, mais il avait plaqué la main sur ses fesses pour l'approcher de lui.

— Ou comme ça ? murmura-t-il.

Avant qu'elle ait compris ce qu'il faisait, elle sentit son souffle sur sa chair, puis sa bouche…

Elle le repoussa de toutes ses forces.

— Non ! Pas ça.

— Pardon ?

Elle osait à peine le regarder. Et, quand elle le fit enfin, elle vit ses sourcils froncés, son air incrédule, voire inquiet. Comme si elle était une sorte de… monstre.

Elle releva le menton, ignorant la brûlure de ses joues.

— Pas ça, répéta-t-elle. Pouvons-nous, euh… passer à autre chose ?

— Mais pourquoi ?

Son ton ferme indiquait qu'il n'admettrait pas de faux-fuyants.

Des visions de Stevie lui revinrent. Elle pouvait compter sur les doigts d'une seule main les fois où il l'avait sucée, toujours en hâte, comme pour se débarrasser d'une corvée, et dans l'espoir qu'elle lui rendrait la pareille. Cela avait fini par lui faire détester cet acte. La sensation de sa main qui lui appuyait sur la tête pour la maintenir même quand elle aurait voulu la relever, sa façon de se pâmer avec excès pour justifier de n'avoir pas eu le temps de se retirer avant la fin. Et, quand elle avait tenté de lui faire comprendre que ça ne lui plaisait pas, il avait joué la carte de la culpabilité, se plaignant qu'elle privilégie sa carrière et lui rappelant qu'elle n'aurait jamais été médecin sans lui. Elle avait donc obtempéré, tout en décidant que c'était trop pénible de subir le stade précédent.

Comment expliquer tout cela à Fitz ? Elle n'avait pas envie de gâcher leur nuit.

Elle se lécha les lèvres, mal à l'aise.

— Je n'aime pas ça, c'est tout. Si nous en revenions à ce que nous faisions avant ?

— Tu *n'aimes pas* ça ? demanda-t-il d'un ton sceptique.

Elle soupira. Impossible de lui mentir, il était trop perspicace. Elle devait lui en dire un peu plus, assez de vérité pour qu'il la croie et pas assez pour s'humilier.

Elle inspira à fond.

— Avant, je n'aimais pas ça. Ce n'était pas très agréable.

Constatant que le regard de Fitz s'était adouci, elle se détendit un peu.

— Je vois, murmura-t-il. Mais avec moi ce ne sera pas pareil. Je te le promets.

Il passa la jambe d'Ella par-dessus son épaule et repoussa la dentelle d'un côté, puis il se mit à la lécher jusqu'à ce que des sensations incroyables l'envahissent tout entière. Il maintint le rythme comme s'il la connaissait bien, comme s'il avait envie de la faire jouir, comme s'il… Comme s'il se souciait d'elle.

Bien qu'une petite voix lui soufflât qu'elle le payerait tôt ou tard, elle fut incapable de le repousser. Elle oublia ses peurs et s'abandonna à sa caresse experte. Enfin, elle cria son plaisir, qui se répandit en vagues de feu dans tout son être, et elle enfonça les doigts dans les cheveux de Fitz en hurlant son nom.

Il se redressa en continuant de la caresser doucement, comme pour lui signifier que ce n'était pas terminé.

Lorsqu'elle reprit ses esprits, la réalité la frappa de plein fouet : il allait exiger qu'elle lui rende la faveur. Non qu'une part d'elle n'en ait pas envie, mais elle voulait profiter encore un peu de ce moment parfait, de cet homme parfait, généreux, sans défauts. Elle ne supportait pas de le voir se changer en Stevie sous ses yeux.

Pourtant, elle lui devait quelque chose.

Il lui jeta un regard espiègle.

— Alors, tu n'as pas aimé ?

Sa voix était tendre, il ne donnait pas l'impression d'attendre son dû.

Elle se sentit rougir jusqu'aux cheveux.

— Ça n'avait rien à voir avec ce que j'ai connu.

Raison de plus pour lui donner sa récompense. Aucun homme ne ferait ce qu'il lui avait fait sans rien attendre en retour…

Avec un sourire forcé, elle baissa la tête. Quand il l'embrassa sur la nuque, elle ignora les ondes de plaisir qui l'envahissaient de nouveau. Les mains plaquées contre son torse, elle le repoussa et tomba à genoux, cherchant des doigts la boucle de sa ceinture.

— Que fais-tu ?

Curieusement, sa voix était dure.

Elle s'efforça de parler d'un ton léger.

— Je te rends la pareille.

— Non.

À sa grande surprise, il lui enserra les poignets pour la relever et la forcer à croiser son regard, qu'elle trouva sombre, intimidant.

— Mais… c'est normal, c'est ton tour, maintenant !

— Ce n'est pas ainsi que ça fonctionne, Ella. J'ignore comment ton fiancé se comportait, mais ce n'est pas ainsi que ça doit se passer.

Elle lui jeta un regard incrédule. Après qui était-il en colère, au juste ? Il lui jeta un regard furieux qui semblait pénétrer jusqu'à son âme, et elle fut incapable de détourner les yeux. L'instant sembla durer une éternité.

— Le sexe ne doit jamais être une corvée, Ella. On fait les choses parce qu'on a envie de les faire, pas parce qu'on estime qu'on les *doit* à l'autre.

Elle déglutit.

— Tu… Tu ne veux pas, donc ?

— Pas si tu n'en as pas envie.

— Une partie de moi voudrait bien…, murmura-t-elle, presque sur un ton d'excuse.

Elle baissa les yeux, trop timide pour poursuivre en le regardant.

— Parce que c'est toi.

Bizarrement, elle était sincère.

Fitz lui passa un doigt sous le menton pour l'obliger à le regarder en face. Maintenant, il souriait.

— Dans ce cas, j'espère que tu trouveras un jour l'homme qui te fera te sentir *totalement* à l'aise.

Ces mots l'affligèrent plus qu'elle ne l'aurait cru : il lui répétait qu'il n'était pas cet homme, qu'ils n'avaient qu'une nuit à passer ensemble. Comment avait-elle pu oublier qu'elle ne le reverrait plus ?

Elle se promit de garder cela à l'esprit, de ne plus se figurer qu'il aurait pu être l'homme de sa vie s'ils avaient disposé d'un peu plus de temps — quelques mois, un an…

Non, c'était impossible.

— Ella ? Pour l'instant, je propose que nous passions au lit. Viens, continuons à nous donner du plaisir.

— D'accord.

Il la prit par la main et l'entraîna vers le lit avec un sourire malicieux, l'aida à s'étendre, puis se pencha pour l'embrasser.

Elle lui rendit son baiser, et son désir se ralluma aussitôt. Il lui ôta son string et se débarrassa de ses vêtements à lui.

Elle en profita pour admirer sa beauté virile, qui l'émouvait tout entière. Elle lisait dans son regard la même faim que la sienne : il la détaillait comme s'il voulait mémoriser chaque ligne de son corps.

— Tu es splendide.

Sa voix rauque résonna au centre d'elle-même, à l'endroit si sensible après ses caresses. Comme si elle avait retrouvé d'un coup toute sa féminité et sa confiance en elle.

S'ils n'avaient que cette nuit, elle s'arrangerait pour ne pas en perdre une miette. Elle profiterait au maximum de la moindre seconde passée avec lui, et elle en chérirait le souvenir toute sa vie. Elle n'avait plus un instant à perdre.

Elle se souleva sur un coude et tendit le bras pour qu'il la rejoigne.

5.

Fitz absorba cette vision d'Ella nue, allongée sur le lit, tentante et délectable.

— Tu es splendide, murmura-t-il malgré lui.

Elle était étonnante, si chatte, si sexy, si vivante… Et elle tendait le bras vers lui comme si elle ne pouvait plus attendre. Dommage qu'une fille pareille ait si peu d'expérience dans le domaine de l'amour physique. Son ex-fiancé devait être un fieffé imbécile.

Il sentit monter la rage en lui, en même temps qu'un ridicule sentiment de triomphe : il était fier d'être celui qui l'avait révélée à elle-même et lui avait fait oublier son humiliation.

— Ella, nous avons toute la nuit…

Il voulait prendre son temps, lui montrer ce que signifiait « faire l'amour », même s'ils n'avaient que quelques heures à passer ensemble. Pourtant, lui non plus ne pouvait guère attendre davantage. Son érection était presque douloureuse. D'aussi loin qu'il se souvienne, il n'avait jamais désiré une femme avec tant d'intensité.

Ella lui caressa le torse, les flancs, le dos, puis, les yeux dans les siens, fit courir le bout de ses ongles sur sa peau.

— Puisque nous avons toute la nuit, nous irons moins vite la prochaine fois, murmura-t-elle contre ses lèvres, une lueur de malice dans le regard.

Elle n'eut pas besoin d'insister. Il se munit du préservatif qu'il avait failli oublier dans la poche de son jean. Pour la première fois depuis…

Depuis Janine, qui s'était trouvée enceinte de lui et qui

avait perdu son bébé à trois mois de grossesse à cause de sa négligence : il ne s'était pas occupé d'elle comme il l'aurait dû. Comme avec sa mère et sa petite sœur, il n'avait pas été à la hauteur…

Pourquoi ces souvenirs indésirables revenaient-ils au mauvais moment, alors que, pour l'instant, aucune de ses précédentes conquêtes ne les avait ravivés ?

Rageur, il secoua la tête. Cette nuit, il faisait l'amour à une femme belle et intelligente, qu'il désirait comme un fou et qui semblait lui rendre la pareille.

Il recouvrit le corps d'Ella du sien, se nicha dans sa chaleur humide puis, cédant à son ardent désir, se glissa en elle.

Aussitôt, son corps fut parcouru de sensations incroyables, et il eut de la peine à maintenir un va-et-vient assez lent pour lui laisser le temps, s'assurer qu'elle était prête. Les yeux fixés sur elle, il attendit qu'elle épouse son rythme, qu'elle vienne à sa rencontre.

Elle rejeta la tête en arrière et commença à onduler des hanches pour mieux le sentir, gémissant doucement. Puis elle accéléra elle-même le mouvement.

Couvrant de baisers son cou exposé, il buvait le nectar qu'il s'était refusé si longtemps. Quand il l'entendit crier son nom, une étrange sensation d'euphorie le submergea. Une sensation de possession, comme s'il l'avait faite *sienne*.

C'était de la folie pure ! Il aurait dû entendre les alarmes qui sonnaient dans son cerveau. Tout à l'heure dans la rue, il s'était juré qu'il contrôlerait la situation… Et voilà qu'il était en train de se figurer qu'elle lui appartenait et qu'il se prenait à avoir envie de la revoir et de recommencer jour après jour !

Or, c'était impossible ! Il n'avait rien à lui offrir à part de la souffrance et de la trahison.

Il n'aurait pas dû lui proposer de la raccompagner à son hôtel. Mais il avait été attiré par elle d'une manière inexorable, tel un papillon de nuit par la lumière, comme si son aura, son énergie, pouvait éclairer l'obscurité qu'il portait en lui.

Elle cria son nom une seconde fois, et il se perdit de

nouveau dans ses sensations. Lorsque son corps se raidit et qu'elle explosa en frissonnant, il s'abandonna tout entier au plaisir qu'elle lui procurait et la rejoignit dans la vague qui l'emportait.

Si ce n'était que le début, il ne pouvait que souhaiter que cette nuit n'ait pas de fin. Car, pour ce temps bref, il pouvait feindre d'être un autre, un être capable de rendre heureuse une femme comme Ella, au lit mais aussi dans la vie. Avec elle, il se sentait davantage qu'un bon soldat, un bon colonel, un bon ingénieur. Il était un homme à part entière. Et, pour une fois, il avait envie d'y croire.

Il s'arrangerait avec sa culpabilité plus tard.

Fitz consulta l'écran de son téléphone.

5 heures.

Il devrait vraiment rentrer à la caserne. Il n'était pas de service, mais il débutait dans son rôle de commandement, et sa présence remonterait le moral de ses hommes, surtout de ceux qui partaient pour la première fois.

Il tenta de sortir du lit discrètement mais, quand il se tourna, Ella accompagna son mouvement comme si elle cherchait sa chaleur, et il se trouva incapable de s'écarter d'elle. Il l'embrassa, et le contact de sa peau soyeuse réveilla aussitôt son désir.

— Il faut que je m'en aille, chuchota-t-il.

Elle s'étira avec langueur puis ouvrit les paupières.

— Déjà ?

— Oui, c'est déjà le matin.

Il la vit consulter l'heure à la pendule et sourire.

— Ce n'est que l'aube ! Tu dois vraiment partir tout de suite ?

— J'ai le temps de prendre le petit déjeuner avec toi, s'entendit-il dire malgré lui.

— C'est vrai ?

Non, ce n'était pas vrai.

— Oui. Je t'emmène dans un salon de thé sympathique près d'ici, où on sert un excellent café. Ça ne sera sans doute pas ouvert, mais je connais bien le patron.

Elle se glissa hors du lit et chercha ses vêtements sans aucune gêne, comme si c'était normal de se retrouver dans une chambre avec lui.

Cette assurance et cette certitude lui plurent.

Tandis qu'ils marchaient main dans la main dans les rues encore désertes à cette heure matinale, il tenta de faire taire la petite voix qui lui conseillait de partir sans attendre. Mais il l'entendait toujours quand le vieil homme leur ouvrit la porte de l'établissement. Et pendant qu'il écoutait Ella bavarder de sa voix douce, tandis que la lumière du soleil levant dansait sur ses traits animés et jetait des reflets d'or sur sa chevelure luxuriante dans laquelle il mourait d'envie de plonger les mains.

Soudain, elle se tut et l'observa d'un air intrigué. Il la vit sourire.

Quelle idée subite lui avait traversé l'esprit ?

— Je n'aurais pas imaginé que le matin d'après serait ainsi.

Elle baissa la tête et regarda fixement les miettes de son croissant.

— Et que croyais-tu ?

— Je me figurais que tu filerais dans la nuit comme un voleur, puisque tu m'avais répété que tu ne voulais pas de relation durable.

— C'est vrai, dit-il en buvant une gorgée de café.

— Et pourtant tu es là, avec moi.

Elle leva enfin les yeux vers lui.

— Fitz… Il me semble que tu n'es pas aussi détaché que tu ne voudrais le paraître.

Au lieu de s'inquiéter de cette remarque, comme il l'aurait dû, il se sentit envahi d'une immense tristesse.

— Tu ne me connais pas.

— Alors, raconte-moi.

Au lieu de la faire taire d'une phrase lapidaire, il repensa à la confiance et à la générosité qu'elle lui avait témoignées cette nuit, et les mots affluèrent des coins sombres de sa mémoire.

— Mon père était militaire, comme moi. Il était caporal à dix-neuf ans et voulait devenir sergent. C'est à ce moment-là qu'il a connu ma mère. Elle est tombée enceinte quelques mois plus tard, et il l'a épousée tout en lui en voulant de l'avoir piégé. Il buvait beaucoup, et il a commencé à la battre quand il rentrait ivre. Naturellement, je ne l'ai su que bien plus tard… Ma mère était si terrifiée à l'idée qu'il puisse me faire du mal, à moi ou, plus tard, à ma sœur, qu'elle se laissait frapper en silence.

— Fitz ! Quelle horreur !

Devinant qu'elle était plus choquée qu'elle ne le laissait voir, il tenta de fermer la vanne de ses souvenirs, mais son cœur cognait contre ses côtes comme s'il voulait s'échapper de sa poitrine, et les mots continuaient à se bousculer. Impossible de s'arrêter.

— Maman et moi, nous étions soulagés chaque fois qu'il passait la porte avec son sac sur le dos et quittait la maison pour six mois. Quand il était loin, nous avions la paix.

— Tu étais très proche de ta mère, donc ?

— Si on veut… En fait, elle était aussi malheureuse que lui. Je crois qu'elle ne tenait pas à l'épouser, elle non plus. Je n'ai jamais manqué de rien, je suis certain qu'elle m'aimait à sa façon, mais elle n'était pas vraiment la maman gâteau des séries américaines.

— Tout est relatif, murmura Ella. Moi qui ai été réellement aimée par ma mère jusqu'à ce que je la perde, je savais par comparaison que ma belle-mère me menait la vie dure.

Il haussa les épaules.

— C'est peut-être pire. Les mots peuvent faire plus mal que les poings.

Elle eut un sourire sans joie.

— C'était une hypocrite. Elle feignait la bonne humeur en présence de mon père mais, dès qu'il tournait le dos, elle commençait à me harceler. Si j'avais été un peu plus jeune et si je n'avais pas eu Stevie, je l'aurais peut-être laissée gagner la partie. Je me rends compte que j'ai eu de la chance, et je me sens d'autant plus coupable de ne pas avoir vraiment aimé Stevie.

— Il ne méritait pas ton amour.

— Peut-être, mais au moins ma franchise.

— Les mots peuvent être des outils utiles, mais aussi des armes puissantes, selon qui les utilise.

Elle lui jeta un regard songeur.

— Ou alors ils ne signifient rien. Stevie répétait à tout le monde qu'il m'aimait alors qu'il me trompait sans arrêt. Je préfère les actes.

Il hocha la tête sans répondre.

Il était d'accord, et pourtant il avait échoué dans toutes les actions qu'il avait entreprises. Il avait aspiré à se démarquer de son père, et il s'était retrouvé à se comporter de la même manière, comme s'il ne pouvait échapper à sa nature…

— Que s'est-il passé ensuite, Fitz ?

Il sentit sa main sur son bras et s'efforça de desserrer sa mâchoire crispée.

— Quand j'avais quinze ans et ma sœur deux, il a été blessé et a dû rester longtemps à la maison. C'est là que les choses ont achevé de se détériorer. Une nuit, ou plutôt à l'aube, il est rentré totalement ivre. J'ignore ce qu'il a trouvé à reprocher à ma mère, mais il est devenu enragé. Je me rappelle qu'elle tentait d'étouffer ses cris pour ne pas nous réveiller, ma sœur et moi, mais j'entendais tout depuis le début… J'ai craqué. Je me suis précipité dans leur chambre et j'ai flanqué un coup de poing à mon père en menaçant de le tuer s'il touchait encore à ma mère. Je revois encore son nez qui saignait et son air stupéfait.

— Il t'a frappé ?

— Il n'a pas osé, il a dû sentir que je ne me laisserais pas intimider. Mais il est parti pour de bon. Il n'est jamais revenu vivre avec nous. Il n'y a pas eu de divorce officiel parce qu'il était la plupart du temps en mission à l'étranger… Il rentrait quelquefois en ville, mais nous avions déménagé pour plus de sûreté, et il ne connaissait pas notre adresse.

— Donc tu ne l'as plus vraiment revu ?

— Sa famille ne l'avait jamais intéressé, de toute façon. Il ne tenait pas à s'encombrer d'enfants. Il n'a réapparu qu'une fois, après nous avoir retrouvés…

— Et qu'est-il arrivé, cette fois-là ?

Une main glacée lui enserra le cœur. La suite était moins facile à raconter.

— Eh bien, ma mère et ma sœur ont été tuées.

— Dans un accident, la veille de tes dix-huit ans, murmura-t-elle.

Tout à coup, la culpabilité, la colère et le chagrin jusque-là sous-jacents l'assaillirent. Son cœur se trouva comme pris dans un étau, et il lui fallut du temps pour récupérer son souffle.

— C'est ça. Ella… C'est très dur pour moi, je n'en ai jamais parlé à personne. Hier soir, c'était le dix-huitième anniversaire de leur mort. En mesurant que j'avais vécu autant de temps sans elles qu'avec, j'ai été effondré.

— C'est bien normal !

— Aussi, le mieux serait de clore le chapitre et de profiter de notre dernière heure ensemble.

— Tu as raison.

Ils retournèrent à l'hôtel et, laissant de côté les sombres souvenirs, il lui fit l'amour encore une fois. À son réveil, il contempla un moment la chevelure de feu étalée sur l'oreiller, regrettant de devoir partir, se glissa hors du lit et s'habilla sans bruit. Il ouvrit la porte doucement et passa le seuil, puis, saisi d'un regret, rentra noter son numéro de téléphone sur le bloc posé sur le bureau.

La nuit qui venait de s'écouler avait été un rêve, il ne s'était jamais senti aussi bien, aussi à l'aise. Mais ce n'était qu'une illusion. Il avait rencontré Ella dans un bar, il avait été pour elle une occasion d'atténuer l'humiliation infligée par son fiancé, et elle avait été pour lui un ultime plaisir qu'il s'accordait avant son départ. Ce qui importait, ce qui le caractérisait, c'était sa carrière.

Du moins, en majeure partie.

Il fixa le numéro qu'il venait d'inscrire et haussa les épaules.

Quelle idée ! Il ne reverrait jamais Ella, pas plus que toutes les autres depuis Janine, qu'il n'avait pas réussi à aimer. Inutile de la faire souffrir, elle était trop adorable pour ça. C'était égoïste de sa part et dangereux pour elle de provoquer d'autres rencontres. D'ailleurs, il n'aurait jamais dû accepter de prendre ce petit déjeuner avec elle…

Avec précaution pour ne pas l'éveiller, il détacha la feuille du bloc, la froissa en une petite boule qu'il jeta dans la corbeille à papier. Puis, à contrecœur, il quitta la chambre sans se retourner.

Le bruit de la porte qui se refermait réveilla Ella. Elle se redressa, le drap sur la poitrine, et observa la chambre vide, qui lui parut froide et solitaire. Comme elle.

Elle sortit du lit en réfléchissant à cette situation toute nouvelle pour elle : cette nuit merveilleuse, inoubliable, avait été unique et devait le rester. Pas d'attaches, pas de regrets.

Pour éviter d'y penser, il lui fallait se concentrer sur les côtés pratiques : se brosser les dents, prendre une douche, se sécher les cheveux. Mais rien n'était plus pareil. Y compris elle-même. Elle s'assit devant la coiffeuse et scruta son reflet dans le miroir, presque déçue de ne pas remarquer de changements sur son visage.

Elle s'attendait à tout moment à ce que Fitz entre dans la pièce. Comment avait-il pu partir ainsi ?

Elle se passa la brosse dans les cheveux et les sécha, s'efforçant de ne pas évoquer avec trop de précision les doigts de Fitz dans sa chevelure tandis qu'il lui disait son admiration.

Soudain, un détail attira son attention : le bloc et le stylo du bureau avaient été déplacés ! Son cœur battit plus vite, et elle se leva pour regarder au fond de la corbeille, qui ne contenait qu'une petite boule de papier froissé.

Sur une impulsion, elle se baissa pour la ramasser puis se rassit, le dos très droit, les doigts tremblants, incapable de faire un geste.

Ce papier n'avait peut-être aucune importance, ou alors elle risquait de découvrir quelque chose qui gâcherait cette nuit incroyable. Elle ferait sans doute aussi bien de le remettre où elle l'avait trouvé sans l'avoir lu ?

Mais elle en fut incapable. Elle défroissa la feuille avec méthode et déchiffra le numéro de téléphone.

Puis, comme si son esprit se remettait à fonctionner, elle en refit une boule, qu'elle renvoya dans la corbeille où Fitz l'avait jetée.

C'était la preuve que son attirance pour elle allait au-delà d'une simple envie physique. Il avait été tenté de lui laisser ses coordonnées, mais, après réflexion, il avait préféré reconnaître cette nuit pour ce qu'elle était : un moment parfait qui n'aurait pas de suite.

Autant l'admettre, elle-même n'était pas dans la vraie vie la femme insouciante et effrontée qu'elle avait incarnée. Telle une actrice dans un film, elle avait joué un rôle. Elle était un médecin de l'armée britannique, sérieux et concentré. La nuit dernière avait été bâtie sur des leurres, et elle savait pertinemment qu'elle avait une part de responsabilité dans l'affaire.

D'autre part, pourquoi se morfondre ? Ce qui était fait était fait. Fitz l'avait aidée à tourner la page, à se libérer d'une relation morte en réalité depuis des années, mais elle n'était pas prête à commencer une nouvelle histoire.

Il avait eu raison de jeter son numéro de téléphone. À quoi bon poursuivre une chimère ? Inutile de chercher à étirer dans le temps ce moment parfait en soi, il se trouvait à présent derrière elle. Cela gâcherait son souvenir.

En fait, « Ella » n'existait plus. Elle était sur le point de redevenir le major Gabriella Caplin, médecin urgentiste de l'armée.

6.

— Voici Ari, huit ans, fracture ouverte du tibia et du péroné.

L'enfant serrait la main de sa mère. Ella lui sourit tout en écoutant avec attention les explications de l'infirmière.

— C'est la première fois qu'il vient ici. Il est soigné depuis un mois à l'hôpital principal, de l'autre côté de la frontière.

Un établissement situé à plusieurs heures d'un trajet périlleux ! Pas étonnant que les gens de la région amènent tout de même leurs malades et leurs blessés ici malgré l'état déplorable des bâtiments. L'une de ses missions, outre former les médecins locaux à qui elle pourrait ensuite confier les patients, consistait à superviser la reconstruction sous le contrôle de l'officier de commandement, le colonel Duggan.

— Ils ont tenté de stopper l'infection avant tout, mais…

Ella opina.

— En effet, tant que la plaie sera infectée, les os ne se ressouderont pas. Il nous faut un kit de broches et de plaques pour enfants. Je ne pense pas que Razorwire en ait en stock, je vais demander à notre équipe logistique d'en apporter quelques-uns. Entre-temps, nous devons maîtriser cette infection.

— Impossible de nettoyer la plaie sans anesthésie, docteur. Et nous sommes dépourvus de tout…

— Normal, les os bougent tant qu'ils ne sont pas maintenus, et la douleur doit être intolérable. Laissons la jambe dans le plâtre pour l'instant. Nettoyons autant qu'Ari peut le supporter, et toujours sous calmants.

— Ce sera fait selon vos instructions.

— Une fois la plaie guérie, et dès que le matériel sera arrivé, nous opérerons. Bien, qui est le suivant ?

— Un garçonnet de cinq ans, Zav, atteint d'une forme grave de thalassémie, qui doit être transfusé toutes les cinq semaines. Sa famille, qui vient d'un village situé à l'est, demande qu'il soit transfusé chez nous pour éviter le voyage jusqu'à l'hôpital principal.

— D'accord.

La thalassémie, un défaut sanguin héréditaire causé par des mutations de l'ADN des cellules, était hélas fréquente sous ces latitudes, et trop peu souvent soignée. Aucune information n'était donnée au plan national, et les parents, voyant leur enfant fatigué et anémié, étaient incapables d'identifier la maladie. Seuls les cas les plus sérieux recevaient des soins. Pauvre petit Zav ! Son espérance de vie était de vingt ans au mieux.

— Je suppose que les déformations des os et les retards de croissance sont communs dans la région ?

— En effet, docteur. Nous rencontrons beaucoup de structures osseuses anormales du visage et du crâne, de fractures, sans compter les surcharges de fer et les problèmes cardiaques, arythmie ou insuffisance. Mais cette thalassémie si répandue est préoccupante.

Ella se rembrunit.

Elle n'avait pas grand-chose à proposer. Les traitements les plus courants étaient les transfusions de sang et des greffes de moelle épinière, en général prélevée sur un frère ou une sœur. Ailleurs, les parents porteurs de cette maladie génétique auraient eu recours à la procréation assistée à l'aide d'embryons pré-testés, mais dans ce pays-ci c'était impensable.

— Hum. Qui avons-nous dans le lit du fond ?

— Un bébé de deux mois. Une bronchiolite.

Encore une affection répandue ici, qui touchait des centaines de nourrissons à chaque saison.

Elle se laissa aller à rêver un instant de matériel d'accouchement, d'une salle de soins néonatals pourvue de couveuses et de kits pédiatriques. Mais l'hôpital, où l'eau était comptée et l'électricité intermittente, ne disposait pour l'instant d'aucun équipement. Dans ces conditions, enseigner aux professionnels locaux à être à la fois médecins, infirmiers et chirurgiens promettait d'être difficile…

En traversant les salles ou ce qui en tenait lieu, elle réfléchit aux endroits à restaurer en priorité.

Le major Carl Howes, qui dirigeait l'escadron du génie chargé des travaux, avait l'intention de commencer par l'infrastructure principale. Le programme établi pour les agrandissements avait été bouleversé par la découverte tardive d'une nappe phréatique sous la zone prévue. Carl avait prié son colonel, dont c'était la spécialité, de venir sur le terrain étudier avec lui les solutions possibles. Elle espérait que ce colonel était aussi expert qu'on l'affirmait. Elle le saurait bientôt, car il devait participer à la réunion interarmes organisée à sa demande, et qui avait lieu dans deux heures.

Elle consulta sa montre.

Le colonel Duggan devait être arrivé de Razorwire. Pas question de le faire attendre, elle terminerait sa visite plus tard. Après s'être protégé la tête du soleil, elle sortit pour aller à sa rencontre.

Depuis l'hélicoptère qui l'amenait du camp Razorwire, Fitz scrutait attentivement le vaste désert qui s'étendait au-dessous de lui. Il ne s'agissait pas d'une zone de guerre, mais il avait besoin de se concentrer sur son travail.

En fait, il n'était pas mécontent d'avoir un défi à relever : cette nappe phréatique imprévue posait un problème important, et c'était tant mieux, cela lui permettrait de s'occuper l'esprit et le distrairait de la beauté aux cheveux de flamme qui hantait ses rêves depuis huit jours, qu'il soit endormi ou éveillé. Impossible de se sortir Ella de la tête et, chaque fois qu'il tentait de comprendre ce qu'elle avait de si spécial, le mystère paraissait s'épaissir davantage.

La veille au soir, en regardant un groupe de bidasses jouer aux cartes, il s'était dit que sa vie et sa carrière étaient un jeu en ordre parfait avant qu'Ella ne le bouscule d'une pichenette. Il lui avait fallu une semaine pour le remettre en ordre et que le paquet rentre à nouveau dans son étui. Il ne laisserait personne le déranger une nouvelle fois.

Du moins, pas durant sa mission. Plus tard, peut-être, quand il rentrerait à Londres, s'il était toujours obsédé par une rousse aux yeux verts, il appellerait l'hôtel où ils avaient passé la nuit pour tenter d'obtenir son nom.

Lorsque l'appareil atterrit enfin, il en descendit et salua le major Howes qui l'attendait.

— Votre voyage s'est bien passé, colonel ?

— Très bien. Merci, major. Content de vous revoir. Nous nous sommes manqués, à Razorwire.

Le convoi commandé par le major Howes avait quitté le camp quelques jours avant son arrivée. Il aurait préféré voyager avec eux pour se faire une idée plus précise du terrain, mais il avait eu d'autres obligations.

— C'est vrai, colonel, mais je savais que vous me rejoindriez vite sur le site de l'hôpital. Je vous fais visiter dès que vous êtes prêt.

— Pourquoi pas tout de suite ?

Ils s'écartèrent du passage pour laisser les soldats décharger plusieurs tonnes de fournitures et de matériel. Deux officiers se joignirent à eux, et Carl demanda à un caporal de porter ses bagages personnels dans son bureau.

— Et vous, Carl, comment s'est passé votre voyage en jeep ?

— Pas trop mal. Six heures, c'est un peu long, mais on est toujours obligé de contourner la vallée, et vous connaissez l'état des routes dans ce secteur…

— On a de la chance quand elles sont pavées, oui. Parlez-moi de ce que vous vouliez me montrer. Vous avez mentionné une nappe aquifère ?

— Oui. Vous êtes spécialiste en la matière, n'est-ce pas ? Elle se situe exactement sous l'endroit où nous avons prévu d'installer le local des générateurs. J'ai une ou deux solutions à proposer. J'en ai discuté avec l'officier de liaison médicale, mais j'aimerais que vous donniez également votre avis.

— D'accord. À quelle heure avez-vous prévu la réunion ?

— Dans une heure et demie.

— Compris. Allons-y, ne nous mettons pas en retard.

Il suivit Carl pour la visite de l'hôpital, tentant de s'orienter parmi les salles à moitié détruites.

— Parlez-moi du colonel Duggan. Je crois qu'il a bonne réputation en tant que chirurgien, mais j'espère qu'il ne vous met pas de bâtons dans les roues en ce qui concerne la reconstruction ?

— Non, pas du tout. En effet, il est très compétent dans sa partie et s'occupe surtout d'enseigner son art aux médecins locaux à l'hôpital de campagne de Razorwire. Ici, il a délégué le travail administratif et opérationnel au major Caplin, une urgentiste qui, outre son expérience en zone de guerre, a déjà supervisé la construction d'hôpitaux communautaires au Royaume-Uni.

Fitz hocha la tête.

Rien d'étonnant dans l'armée britannique, où la hiérarchie est plutôt souple. Un général peut prendre l'avis d'un lieutenant, voire d'un sergent si celui-ci possède une expérience spécifique que lui-même n'a pas.

— Normal, si c'est un domaine qu'elle connaît mieux que lui. J'espère seulement qu'elle ne s'entêtera pas à installer le local des générateurs au-dessus de la nappe sans réfléchir à d'autres possibilités.

Il était prêt à écouter ce major Caplin mais, si elle avait des exigences irréalisables, il jouerait de son galon.

— Non, elle n'est pas du genre à s'obstiner. Elle est dure et volontaire, mais elle a bon caractère, et il est facile de travailler avec elle. Elle est également très compétente en tant qu'urgentiste, et ravissante, ce qui ne gâche rien.

Il scruta le visage de Carl Howes, amusé.

— J'avais oublié que vous étiez un don Juan.

Son ami lui rendit son sourire.

— Je ne m'intéresse qu'aux célibataires. Et encore, jamais en zone de guerre. Je m'efforce d'être discret, et je n'enfreins pas le règlement. Je tiens à ma carrière, merci bien ! Pour le reste, rien ne m'oblige à l'abstinence totale qui est la vôtre.

Soit Carl avait oublié son histoire avec Janine, soit il faisait semblant, songea Fitz. Le général Billings, qui était colonel à l'époque, était passé par là pour faire table rase.

Mieux valait ne pas répliquer.

— Et si vous me présentiez ce colonel et son major, à présent ?

— D'accord.

Absorbé dans ses pensées, il tourna le coin du bâtiment à la suite de Carl.

En apercevant les deux personnes qui les attendaient, il n'en crut pas ses yeux : ce major qui se tenait à côté du colonel, c'était Ella ! En dépit de l'uniforme, il la reconnaissait sans hésitation.

Que faisait-elle ici ?

Il en perdit la respiration et fut saisi de vertige. Même poser un pied devant l'autre paraissait au-dessus de ses forces.

C'était impossible ! Après tout le mal qu'il s'était donné pour oublier la nuit qu'ils avaient passée ensemble !

Il inspira à fond et tenta de se ressaisir.

Carl s'avança et fit les présentations.

— Colonel Fitzwilliam, voici le colonel Philip Duggan et le major Gabriella Caplin.

Il regarda fixement le colonel pour ne pas voir Ella.

— Appelez-moi Fitz, dit-il en lui tendant la main.

— Moi, c'est Phil.

La poignée de main ferme et l'accueil chaleureux du colonel lui confirmèrent que c'était un homme sympathique.

Du coin de l'œil, il ne pouvait que remarquer la pâleur effrayante d'Ella et sa posture raidie. À l'évidence, si elle avait pu s'enfuir, elle l'aurait fait.

Bien que la devinant aussi abasourdie qu'il l'était, il sentit monter en lui une colère irrépressible contre lui-même : la présence de cette femme était une menace pour sa concentration et son sérieux. Mais pouvait-il se plaindre ? Il s'était mis en danger tout seul, il l'y avait autorisée…

Enfin, il fut bien forcé de se tourner vers elle.

— Major.

Son propre cœur cognait si fort qu'il avait l'impression que tout le monde l'entendait. Par chance, le protocole leur permettait de conserver une certaine contenance.

Sans broncher, Ella saisit la main qu'il lui tendait.

— Colonel.

Il faillit sursauter sous l'effet du courant électrique qui le traversait, et il la vit prendre une profonde inspiration et haleter légèrement.

Ainsi, leur attirance mutuelle n'avait pas disparu. Peut-être était-elle même plus forte que la semaine précédente.

Dissimuler que ce n'était pas la première fois qu'ils se voyaient pouvait avoir des conséquences fâcheuses. Il devait intervenir avant qu'elle n'ait l'idée saugrenue de feindre de ne pas le connaître — sans entrer dans les détails, bien entendu.

— Nous nous sommes déjà rencontrés, je crois. N'est-ce pas, major ?

Elle acquiesça vaguement de la tête, mais il ne vit pas son expression car il s'était déjà tourné vers le colonel.

Si son attitude professionnelle pouvait lui faire oublier à quel point sa présence le troublait… Au moins jusqu'à ce que sa rage s'apaise.

— Le major Howes m'a informé que nous avions un imprévu. Une nappe aquifère jusque-là passée inaperçue ?

— Oui. Située exactement sous l'endroit prévu pour le local des générateurs.

Il fronça les sourcils.

— Ce ne devrait pas être un trop gros problème. Nous pouvons l'enjamber ou la rabattre…

Phil leva la main en souriant.

— Je vous arrête tout de suite, Fitz. Je ne suis expert qu'en chirurgie vasculaire, et j'exerce surtout à Razorwire. J'ai donc chargé le major Caplin du commandement administratif et opérationnel de ce site. C'est elle qui a l'expérience de la construction. Naturellement, vu qu'elle me tient informé quotidiennement, je ne refuse pas d'en discuter avec vous, mais ce serait plus simple de lui parler directement.

Juste ce qu'il lui fallait !

Il serra les dents.

— Bien, je comprends.

— Donc, si vous voulez bien m'excuser, j'ai un cours dans une demi-heure. Nous nous retrouverons à la réunion, où nous pourrons passer tout cela en revue.

— Merci, Phil.

Comment lui en vouloir ? À sa place, il aurait fait la même chose. À Razorwire, n'avait-il pas laissé la charge de la liaison avec la brigade à son second ? D'autre part, Carl avait raison, ce serait agréable de travailler avec le colonel Duggan, même par l'intermédiaire du major à qui il avait délégué ses pouvoirs.

Si seulement ce n'était pas le major Caplin… Si ce n'était pas Ella. Comment collaborer avec cette femme dont le rire résonnait encore dans sa tête et dont il se rappelait le goût juste en fermant les yeux ?

— À tout à l'heure, Fitz.

La voix de Phil le rappela à la réalité et il se força à sourire.

— D'accord.

Il resta seul avec Carl et Ella, que son vieil ami regardait avec un soupçon de concupiscence qu'il était le seul à pouvoir déceler.

Il éprouva un pincement douloureux au plexus.

De la jalousie ?

Non, impossible ! Après Janine, il s'était juré de ne plus jamais mélanger le travail et les sentiments. Il excluait toute aventure avec une collègue. Bien entendu, rien n'interdisait qu'il en ait eu une avec Ella, mais son règlement personnel excluait également toute relation à long terme.

Ce n'était pas pour lui, il était trop égoïste et insensible, détraqué. Détraqué au point d'avoir été trop occupé à fêter ses dix-huit ans avec ses copains pour prendre le temps d'écouter le message de sa mère sur son répondeur. S'il avait sacrifié trente secondes, il aurait entendu sa voix épouvantée, désespérée, alors qu'elle s'efforçait de protéger sa sœur…

Il avait leur mort sur la conscience. Et l'unique fois où il s'était cru capable d'être meilleur, de se racheter en étant là pour Janine, il avait encore échoué. Il avait aussi la mort de ce bébé sur la conscience. Impossible d'échapper à sa nature. Un bon soldat, un bon chef, oui. Pour tout le reste, il était déplorable, voire destructeur.

C'est pourquoi le seul moyen de ne pas créer de problèmes, c'était de séparer sa vie privée de sa carrière, de se limiter à des aventures sans lendemain ou à de brèves liaisons avec des partenaires dont il ignorait tout. Maintenant qu'il savait qui était Ella, il devait absolument oublier ce qui s'était passé entre eux.

Avec cette femme qui se tenait raide à côté de lui, il s'était senti plus à l'aise et plus décontracté qu'avec aucune autre, il avait vécu l'espace d'une nuit un bonheur insouciant. Mais c'était désormais hors de question, il devait couper les ponts. Sa résolution était prise.

Mais il savait Ella douée pour faire tomber les barrières. Elle s'était glissée sous sa peau à son insu. Il la sentait encore dans ses bras, goûtait ses lèvres et entendait ses cris de plaisir… Jamais il ne s'était senti aussi déboussolé.

Il ne fut pas surpris quand elle croisa son regard avec une détermination toute professionnelle.

— Selon le major Howes, il serait possible de ponter la nappe car le sol de chaque côté est ferme et résistant. Il a tout de même tenu à avoir l'avis d'un spécialiste. J'ignorais que c'était vous, colonel.

Carl n'entendait probablement dans le ton d'Ella que du respect. Mais, naturellement, il ne la connaissait pas aussi bien que lui…

— Carl a raison, on peut enjamber certaines nappes. Toutefois, je devrai étudier celle-ci en particulier. Vérifier la pression, par exemple. Même un terrain résistant, s'il est constitué de limon surconsolidé, peut être emporté lorsque nous y enfoncerons des pieux.

— Je vois. Il me semble que le major Howes a évoqué un risque de soulèvement hydraulique.

Ainsi, elle retenait chaque détail des explications qu'on lui fournissait ! Il n'en était pas surpris… Et, de même qu'il avait trouvé facile de la seconder au moment de cette crise d'épilepsie dans le bar, il trouvait facile de se mettre au travail avec elle.

— C'est exact. Si nous excavons dans le « couvercle », c'est-à-dire la couche d'argile surmontant la nappe aquifère, la pression peut augmenter à l'intérieur et causer une rupture à la base de l'excavation. Dans ce cas, tout le site serait inondé. Et, même s'il n'y a pas de forte explosion, la nappe risque de se percer, ce qui aboutirait au même résultat.

Elle fronça les sourcils.

— C'est un risque à ne pas courir.

— Nous pouvons y parer en creusant une série de puits filtrants au fond desquels nous installerons des pompes, pour rabattre la nappe et soulager la pression. Il y a aussi moyen d'élargir les semelles du bâtiment pour éviter d'employer des pieux.

— Et si nous déplacions carrément le local ?

— Cela dépend de l'extension de la nappe. Le major Howes et moi sommes d'accord pour envisager cette hypothèse en priorité.

— Dans ce cas, j'aimerais discuter de la possibilité de construire à l'autre bout du site, pour éviter tout risque de contamination de la réserve d'eau souterraine. Dans cette région où les pluies sont rares, on utilise en majorité l'eau d'infiltration à la base des collines ou d'exfiltration de lit de rivière. Et, comme la population augmente de façon exponentielle, les ressources hydrauliques diminuent de jour en jour.

Il voyait exactement où elle voulait en venir.

— Vous voudriez donc pouvoir utiliser l'eau de l'aquifère. Peut-être en creusant des puits ?

— Au contraire de vous, je ne suis pas spécialiste, mais j'ai tendance à penser qu'elle fournirait un supplément d'eau potable à cette population où les épidémies de choléra et autres maladies transmises par l'eau sont fréquentes. Qu'en pensez-vous, colonel ?

— Je suis tout à fait de votre avis.

Il observa par-dessus son épaule les cartes géologiques de base que Carl avait établies.

— Mais, si nous construisons à l'autre bout du site, c'est tout l'hôpital qui doit être redessiné. Or le bâtiment existant, même dégradé comme il l'est, est actuellement le seul recours pour les gens d'ici.

Il inspira malgré lui une bouffée d'un parfum citronné et en eut le souffle coupé.

— Je sais, colonel, répondit-elle d'un ton sec. Nous devons à tout prix le conserver et tenir compte de cet impératif pour toute modification que nous entreprendrons.

Visiblement, elle était aussi troublée que lui par leur proximité.

Il se tourna vers Carl.

— Qu'en pensez-vous, major ?

— J'y travaille, monsieur. Je pense en particulier au local technique qui abritera le chauffage, la ventilation et l'air conditionné. Puisque le refroidissement se fera à partir de là, nous devrons déplacer les générateurs vers l'unité la plus proche.

Ella désigna un autre point sur la carte.

— Et si nous placions la réserve de gaz médicaux ici ?

Il se rapprocha pour mieux voir, si près que ses doigts frôlèrent les siens.

— De cette façon, le local technique pourrait venir ici, et les générateurs là.

Il décela un léger tremblement dans sa voix, et ses entrailles se nouèrent aussitôt.

— Qu'est-ce qui est prévu à l'intérieur, derrière ce mur ?

— Les soins intensifs.

— Dans ce cas, c'est impossible. Du reste, si le local des générateurs doit être mitoyen d'un bâtiment, il faut l'équiper de murs de déflagration.

Il baissa la tête pour observer le terrain.

— Pouvons-nous marcher un peu ? J'ai étudié les plans au camp, et j'ai déjà eu un aperçu depuis l'hélicoptère, mais je voudrais me rendre compte de visu.

— Oui, colonel.

Carl et Ella avaient répondu à l'unisson…

Se souvenant à quel point il était aisé de collaborer avec Ella, il se rassurait davantage à chaque pas.

Le temps que sa mission l'obligerait à rester ici, ne pourrait-il pas la revoir, passer du temps avec elle ?

Agacé d'en revenir à son obsession, il se secoua.

Tout en marchant, il compara les plans et la géographie du site : un hôpital de soixante lits dans un endroit où l'électricité n'arrivait que par intermittence nécessitait des générateurs de secours ainsi qu'un bon accès au local qui les abritait, en vue de faciliter leur alimentation en carburant. Il fit le tour du terrain en réfléchissant.

— Si je comprends bien, derrière ce mur, il y aurait les futures salles d'opération ?

— C'est ça, une de chaque côté du couloir.

Totalement concentré à présent, il étudia de nouveau le dessin, puis regarda vers l'autre bout du site.

— Donc, si nous agrandissions cette partie de l'hôpital pour les loger là-bas, nous devons aussi prévoir les salles de réveil à proximité ?

— Exact. Et, comme vous l'avez suggéré, il faut soit éloigner le local des générateurs du bâtiment, soit l'équiper de murs de déflagration.

— Ça pourrait fonctionner. Je dois d'abord tout examiner

en détail, j'avoue que je ne visualise pas encore bien la disposition interne.

Au cours de sa carrière, il avait construit des ponts, des terminaux ferroviaires, des locaux d'énergie, et aussi démoli ou miné quelques constructions, mais c'était son premier hôpital.

— J'admire votre franchise, colonel, dit Ella en souriant.

Il éprouva un violent pincement au cœur et ne put détacher le regard de ces lèvres pulpeuses.

Ce sourire lui avait tant manqué ! C'était ridicule, rien ni personne ne lui manquait d'habitude. Encore moins des sourires.

La dernière fois qu'il avait cru pouvoir se comporter en homme normal, il avait provoqué une immense souffrance. Il revoyait encore l'expression égarée et douloureuse de Janine, le reproche dans son regard quand elle avait jeté qu'elle aurait mieux fait de ne jamais le rencontrer. Il était détraqué, ses tentatives pour se reconstruire n'avaient fait que causer du mal autour de lui.

Puisqu'il ne restait que quelques jours, ça ne devrait pas être si difficile de se tenir à l'écart d'Ella…

— Colonel ?

La voix de Carl l'interrompit dans ses pensées.

— Nous n'avons plus que quarante minutes avant la réunion.

Il ouvrit de grands yeux. Cela faisait donc si longtemps qu'ils marchaient ?

— D'accord. Merci, major.

— Si vous n'avez plus besoin de moi, je vais préparer la salle.

— Bonne idée.

Resté seul avec Ella, il remarqua qu'elle avait l'air mal à l'aise.

Le moment était venu d'appliquer la résolution qu'il avait prise : garder ses distances, s'éloigner de son côté pendant qu'elle s'éloignait du sien.

Mais il ne bougea pas. Et elle non plus.

Tous deux savaient ce qui allait se produire. C'était inévitable.

Cette nuit avait bien eu lieu, il se refusait à le nier. Pire, il avait envie qu'elle lui en parle, qu'elle lui confirme qu'elle aussi l'avait trouvée inoubliable.

Du coup, sa rage augmenta, et dès que Carl eut disparu de leur vue il attaqua.

— Tu ne m'avais pas dit que tu étais dans l'armée ! aboya-t-il.

— Non, c'est vrai. Simplement que j'étais médecin, sans préciser où.

— Je ne t'ai pourtant pas caché que j'étais colonel ! Et toi, tu…

Il s'arrêta net.

Pourquoi la blâmer ? Elle n'était coupable de rien. C'était à lui-même qu'il en voulait. Il avait tant de mal à se retenir de la prendre dans ses bras pour l'embrasser… Jamais il n'avait désiré une femme à ce point. C'était absurde.

— Bien sûr, je comprends que la situation soit gênante. Mais je ne pensais pas que c'était important, puisque nous ne devions plus nous revoir après la nuit que nous avons passée ensemble.

À l'évocation de ce moment, il sentit son ventre s'enflammer.

— « Gênante » ? Le mot est faible !

Sa propre voix lui parut dure, et il vit Ella broncher comme s'il l'avait giflée. Mais il était forcé d'employer ce ton sous peine de céder à l'envie de l'embrasser.

— Peut-être, mais tu te comportes comme si c'était une véritable catastrophe, alors que nous n'avons enfreint aucune règle ! Je te rappelle que tu n'es pas mon supérieur hiérarchique. Rien ne nous interdisait de coucher ensemble.

— Chut ! Pas ici ! siffla-t-il en regardant autour de lui comme si on les épiait.

Il n'y avait personne, mais mieux valait être prudent.

Il retourna vers le bâtiment à grandes enjambées. Il ne s'arrêta que pour jeter un ordre par-dessus son épaule.

— Mon bureau !

7.

Ella suivit Fitz de loin, le cœur battant la chamade.

Pas de doute, il était furieux. Au point qu'elle se sentait coupable.

Mais de quoi ? Était-ce sa faute si les événements avaient pris cette tournure imprévisible ? Il était tellement injuste…

La déception causée par cette découverte lui brûla la poitrine. Ses merveilleux souvenirs de leur nuit parfaite étaient gâchés à jamais.

Mais aussi, quelle idiote de l'avoir mis sur un piédestal et d'adorer l'image illusoire d'un homme généreux, qui anticipait ses désirs pour lui donner chaque fois davantage !

En un temps aussi bref, il avait restauré sa confiance en elle, et elle avait cru qu'elle lui serait à jamais reconnaissante. Mais, maintenant qu'elle l'avait vu sous son vrai jour, elle avait perdu ses illusions et le regrettait amèrement…

Absorbée dans ses pensées, elle ne remarqua pas qu'il s'arrêtait sans crier gare et ne put s'empêcher de le heurter.

— Mon bureau ?

C'était une question : il était agacé de ne pas connaître les lieux. Curieusement, elle s'en trouva un peu rassérénée. Et indignée, à présent !

Elle aurait peut-être dû lui dire qu'elle était médecin de l'armée, mais comment aurait-elle pu deviner que ce serait précisément lui qui commanderait l'escadron du génie chargé de la reconstruction de l'hôpital ? Il n'avait pas le droit d'être aussi arrogant ! Comme s'il se sentait déshonoré d'avoir couché avec elle…

Cependant, pas question de lui montrer à quel point elle était blessée par son attitude. D'abord, elle allait se comporter en professionnelle et le guider jusqu'à son bureau. Ensuite, elle s'éloignerait le plus possible et tâcherait de se ressaisir.

— Par ici, *colonel*, dit-elle en appuyant sur le grade.

Elle le précéda dans le labyrinthe de couloirs endommagés qui se ressemblaient tous. En fin de compte, ce serait amusant de le voir se perdre sans cesse les premiers jours…

Enfin, elle s'arrêta devant une porte.

— Voici votre bureau, colonel. Les escaliers sont par là, et vos quartiers sont au premier étage, troisième porte. En réalité, c'est une cellule exiguë, et qui aurait également besoin de travaux de réfection.

Elle réprima un soupir.

Au moins, Fitz disposait d'un box privé. Elle-même partageait une chambre avec deux autres femmes majors, qu'elle ne connaissait pas assez pour se sentir détendue en leur compagnie.

Fitz alla tout droit s'asseoir à la table de travail.

— Entrez et fermez la porte derrière vous, je ne tiens pas à ce qu'on entende notre conversation.

Son ton sec et froid la blessa davantage que ses paroles. Elle releva le menton, décidée à ne pas perdre une once de sa confiance en elle retrouvée.

— Avons-nous vraiment quelque chose à nous dire, *colonel* ? À mon avis, nous ferions mieux d'oublier que nous nous sommes déjà rencontrés. De toute façon, votre séjour ici sera bref, vous regagnerez vite Razorwire…

— C'est pour cela que tu as eu cette brillante idée de feindre de ne pas me connaître, *Ella* ?

S'il l'appelait par son diminutif et la tutoyait de nouveau, c'est qu'il tenait à mettre les choses à plat.

— Pour moi, c'était la meilleure solution. Je dois avouer que je n'ai pas l'habitude de ce genre de situation.

— Moi non plus, mais d'autres officiers nous ont vus ensemble au bar, ce soir-là. Mieux vaut coller le plus possible à la vérité que de risquer des soupçons de la part de certains, qui pourraient se douter que nous avons quelque chose à cacher.

Encore des mots qui faisaient mal. Mais le fait que Fitz affirme que la situation était nouvelle pour lui la soulagea un peu : ainsi, il n'avait pas couché avec beaucoup d'autres femmes officiers.

Elle fit la moue.

— Fitz, penses-tu que ce soit la peine de continuer ? Nous savons tous les deux ce que tu vas dire.

— Ah ? Et quoi donc ?

Ils s'étaient pourtant mis d'accord cette nuit-là… Mais cela ne facilitait pas les choses.

— Que nous avions décidé de ne plus jamais nous revoir. Ni toi ni moi ne pouvions prévoir…

— Tu en es certaine ? Tu n'avais vraiment aucune idée de qui j'étais ? Je t'ai bien dit que j'étais colonel dans le génie et que je partais pour une période d'affectation ? Tu aurais pu faire le lien.

Déformer les faits à ce point ! Mais elle n'allait pas se laisser faire !

Elle se redressa.

— En réalité, tu m'as juste expliqué que tes collègues et toi fêtiez votre départ. Et, si je n'avais pas deviné que tu étais militaire d'après le survêtement que tu m'apportais, je suppose que tu ne m'aurais rien dit. De plus, tu n'as pas mentionné le génie. Tu devrais tâcher de mieux te rappeler.

Fitz lui jeta un regard noir.

— Bon. Tu veux que je sois précis ? Quand je t'ai confirmé que j'étais dans l'armée, tu as délibérément omis de me dire que c'était aussi ton cas. Et, à partir de là, ça tombait sous le sens que je partais en mission. Tu as manqué l'occasion de me dire que tu quittais le Royaume-Uni pour le même motif.

Elle déglutit avec effort.

Présenté ainsi, ça paraissait très mal. Mais, si elle était prête à reconnaître qu'elle avait menti par omission, il était hors de question qu'elle se laisse accuser injustement.

— D'accord. Sachant que tu étais colonel et que tu partais en mission, je n'ai rien dit, et je le regrette. Mais comment aurais-je pu me douter que nous allions nous retrouver ici ? J'ignorais tout de ta destination. Nous aurions pu nous rendre dans deux pays distincts…

— Razorwire est un camp important où arrive pratiquement tout le monde. Tu ne pouvais pas ignorer que c'était une éventualité.

— Mais nous ne sommes pas à Razorwire, ici ! La probabilité était tellement réduite…

— Peu importe, tu m'as menti.

— Pas comme tu le crois, ni pour les raisons que tu imagines.

Autant lui expliquer ces raisons : s'ils devaient collaborer pour ce projet de reconstruction, mieux valait rétablir un semblant de confiance mutuelle.

— Fitz, essaye de comprendre. Si je t'avais dit que j'étais médecin militaire, nous aurions aussitôt aiguillé la conversation sur l'armée et commencé à comparer nos missions. Ce soir-là, je ne voulais pas être le major Gabriella Caplin, ni même avoir un nom de famille. Comme tu le sais, je venais de quitter mon fiancé dans des circonstances assez humiliantes… J'avais envie, le temps d'une nuit, d'être « juste Ella » et de faire quelque chose que je n'aurais jamais fait en tant que major Caplin.

Le silence qui lui répondit était si épais qu'elle suffoqua.

— Je te le répète, tu as l'air de considérer ça comme une catastrophe, mais il ne s'est en réalité rien passé de grave ni d'anormal. Nous n'avons rien fait d'interdit.

— Je suis colonel ! aboya Fitz.

Elle réprima un sursaut.

Qu'est-ce qui le rendait aussi furieux ?

— Tu n'es pas mon supérieur hiérarchique, je te le rappelle. Je suis sous les ordres du colonel Duggan qui dirige cet hôpital, et tu commandes l'escadron du génie chargé de la reconstruction. Tu n'as pas à intervenir dans mon travail.

— Nous avons enfreint une règle.

Elle crut comprendre et sentit monter la nausée. Mais il fallait qu'elle pose la question.

— Laquelle ? Tu es marié ?

— Bien sûr que non ! hurla-t-il aussitôt.

Elle s'agrippa au dossier du fauteuil, si soulagée que ses jambes en tremblaient. Après la trahison de Stevie, elle n'aurait pas supporté d'avoir joué le rôle de « l'autre femme ». Elle avait beau voir le pouls qui battait sous la mâchoire crispée de Fitz, impossible de se taire.

— Alors, quelle est cette règle que nous n'avons pas respectée ?

— La mienne : ne pas mélanger vie professionnelle et vie privée.

Elle eut envie de demander pour quelles raisons, mais mieux valait éviter de l'exaspérer. En vérité, elle connaissait pas mal d'officiers qui laissaient leur vie privée à l'entrée de la caserne… Ce qui était compréhensible quand il s'agissait d'une zone de guerre. Mais ici, sur cette mission, il n'avait pas besoin d'être aussi rigide. Il n'avait personne à protéger, à part lui-même.

Elle ne savait plus que dire. Elle espéra une réaction quelconque, mais Fitz se bornait à la fixer d'un œil noir.

Il lui en voulait de ne pas obéir à la même règle que lui…

Pouvait-elle s'en aller, à présent ?

Elle se dirigea vers la porte, fit demi-tour et s'approcha de nouveau du bureau métallique.

— Tu ne me connais pas, tu n'as pas le droit de me juger.

— Je ne te juge pas, j'essaye de te protéger.

— De qui ? De toi ?

Le regard désespéré qu'il lui lança lui glaça le cœur.

— Fitz, pourquoi penses-tu que j'aie besoin d'être protégée de toi ?

Il pinça les lèvres, et elle craignit qu'il ne réponde pas. Mais il se mit à parler.

— Tu es belle, vibrante, pleine de joie de vivre. J'ai peur de te détruire. Je détruis tout ce que j'approche.

— D'où tiens-tu cette idée ? demanda-t-elle, ébahie.

Fitz secoua la tête, mais il poursuivit comme malgré lui.

— Parce que c'est déjà arrivé. Plusieurs fois. Parce que je suis le fils de mon père.

Un silence plana.

Il devait parler de l'accident. Il se sentait coupable de la mort de sa mère et de sa sœur et se punissait d'avoir survécu. Elle aurait dû reconnaître plus tôt cette culpabilité… Elle-même ressentait de la culpabilité vis-à-vis de Stevie, qui lui avait permis de devenir médecin. C'était d'ailleurs pourquoi elle avait ignoré les signes qui indiquaient depuis longtemps qu'il ne lui était pas fidèle. Sans doute ce sentiment empêchait-il Fitz de s'ouvrir aux autres et d'accepter d'être heureux, comme s'il ne le méritait pas.

— Ton père était alcoolique, et tu allais avoir dix-huit ans. Tu n'es pas responsable.

Il eut un rire sans joie.

— Comment le sais-tu ?

— Alors, raconte-moi, dit-elle avec sollicitude, comme on regarde un collègue qui a des ennuis.

Elle le vit débattre intérieurement, hésiter. Puis il lui jeta un regard méprisant.

— À toi ? Il n'y a jamais eu que du sexe entre nous !

Ces mots lui firent l'effet d'un coup de poignard. La douleur fut si forte qu'elle lui coupa la respiration.

Ainsi, sa conquête d'un soir avait le pouvoir de la faire souffrir davantage que Stevie !

Elle tenta de dissimuler, mais elle se sentait trop faible.

— Comment pouvez-vous être si cruels avec les femmes, vous les hommes ?

— Ella…

Il s'approcha d'un pas, et elle recula en secouant la tête, incapable de parler.

Pourquoi souffrait-elle autant ? Ce devait être l'évocation

de Stevie. Fitz ne pourrait pas l'atteindre autant, elle devait faire un transfert… Elle haïssait son ex, et elle se haïssait de ne pouvoir rester calme et insensible, d'avoir montré à Fitz sa vulnérabilité.

Elle s'efforça de recouvrer sa dignité.

— En réalité, ce n'est pas à cause de toi que je suis si affectée.

— Je le sais.

Un ton détaché, creux, comme s'il la croyait.

Elle leva la tête vers le plafond de béton gris et réfléchit un instant.

Elle était la seule à connaître cette facette de lui, cette faiblesse que personne ne soupçonnait. Et c'était cette vulnérabilité qui l'avait fait se sentir proche de lui… En dépit de ce qu'il venait de lui jeter à la figure, ils avaient connu cette nuit-là plus qu'une attirance physique, une complicité qui les avait poussés à se raconter des événements marquants de leurs passés respectifs. Fitz ne pouvait pas nier ce lien uniquement pour des raisons pratiques.

Elle replongea le regard dans le sien.

— Tu n'as pas le droit de me traiter en ennemie. Je n'avais rien prémédité.

Il se redressa.

— Je sais ça aussi. Et je ne te vois pas comme une ennemie. Je ne voulais pas te blesser, c'est à moi-même que je parlais. Ça ne me plaît pas que ma vie privée interfère avec ma carrière, c'est tout.

— À mon avis, tu refuses plutôt qu'on en sache trop sur ton compte, et surtout ce que tu m'as confié ce soir-là.

— Peut-être.

— Et, à présent, ça te déstabilise que je sois au courant, n'est-ce pas ?

— Ella…

Son ton contenait un avertissement, mais elle était lancée.

— Soit tu as du mal à te remettre dans ta peau de colonel

en ma présence, soit… bien que ça ne t'arrange pas, tu me désires toujours.

Elle s'étonna elle-même de son audace. Elle le regarda avancer sur elle, se demandant s'il allait la jeter dehors.

— Je pense que tu connais la réponse, Ella.

Sa voix à présent rauque lui envoya des frissons dans tout le corps. Brusquement, elle eut envie de lui.

— Oui. Que pouvons-nous faire pour y remédier ?

8.

Fitz luttait comme un damné. Il aurait dû s'écarter d'Ella tout de suite, mais il était rivé au sol. Sa voix rauque le caressait, le remuait tout entier. Il était fou de désir. Elle l'attirait autant que la première nuit…

Il savait pourtant qu'il avait été victime d'une illusion : ce soir-là, les fantômes étaient revenus le visiter et il avait cherché une diversion. S'il n'avait pas rencontré Ella, il serait probablement parti avec une autre. La complicité qu'il avait perçue entre eux n'était pas réelle.

Et pourtant elle était là, devant lui, en chair et en os.

— Tu as voulu me laisser ton numéro de téléphone, lança-t-elle comme si elle jetait un atout sur la table. J'ai trouvé le papier froissé dans la corbeille.

Que répondre ?

— C'était une erreur, nous ne devions plus nous revoir.

— Alors, ordonne-moi de me taire, si c'est ce que tu préfères, murmura-t-elle. Je sors d'ici, et nous n'en reparlerons plus jamais.

Il ne parvint même pas à ouvrir la bouche.

Tout à l'heure, il s'était senti lâche en la voyant choquée par ses paroles cruelles. À présent, il était heureux de la voir apaisée.

En fin de compte, leur nuit ensemble n'avait peut-être pas été insignifiante… Mais quel sens lui donner ? Quel avenir pouvait-il offrir à une femme ? Même s'il le souhaitait, il s'en savait incapable. Pas avec ce monstrueux égoïsme qu'il tenait de son père.

— Que veux-tu de moi, Ella ?

Elle déglutit.

— Encore une nuit.

Il réprima un soupir de soulagement.

Donc, pas une liaison, pas un avenir, seulement une demande à court terme que tout son corps aspirait à accepter.

Jamais il n'avait désiré une autre femme aussi fort. Il avait bâti sa vie sur des règles rigides à tous les plans, et en ce moment il n'était capable d'obéir à aucune.

Il le fallait, pourtant. Il devait mettre un terme à cette histoire… Hélas, ses pieds semblaient cloués au sol.

Ella eut un demi-sourire, et il comprit que la donne avait changé.

Elle alla fermer la porte à clé, pivota sur elle-même et s'approcha. Ils se tinrent face à face, immobiles, haletants, les yeux dans les yeux. Enfin, elle plaqua la main sur son torse à l'emplacement du cœur.

Il s'en émut, même si une part de lui-même avait envie de tenter l'aventure et de voir si elle pourrait l'aider à guérir de son désespoir… Mais mieux valait la repousser pour la protéger.

— Attention, major !

Elle retira sa main en clignant des paupières.

— Ah non, Fitz, ce n'est pas juste ! Tu respectes le règlement quand ça t'arrange. J'étais prête à te laisser devant la porte de ton bureau, c'est toi qui m'as ordonné d'entrer pour me reparler de ce qui s'est passé entre nous. Tu m'as traitée en femme, pas en soldat. Si tu veux me rejeter, n'utilise pas ce genre de prétexte. Dis-moi simplement que tu ne veux plus me voir !

Il percevait le tremblement de sa voix malgré ses efforts pour le dissimuler mais, à l'évidence, elle n'avait pas l'intention de céder.

L'air autour d'eux était chargé d'électricité. Il sentait la tension lui nouer les entrailles, le sang battre à ses tempes. Il avait l'impression que plus rien n'existait : il ne voyait qu'elle, n'entendait qu'elle, ne sentait qu'elle. Plus il résistait, plus ses lèvres pleines devenaient tentantes. Elle restait muette, et il savait que la suite dépendait de lui.

— Ella… Même si je t'embrasse, ça ne changera rien.

Elle pencha un peu la tête de côté.

— C'est ta dernière chance, Fitz.

Il avait encore la possibilité de se détourner et de quitter la pièce. Il devait la repousser avant qu'il ne soit trop tard…

Au lieu de cela, il lui enlaça la taille, prit sa bouche, et se perdit dans les sensations qui l'envahissaient.

Ella était une oasis dans le désert. Son corps épousait le sien à la perfection, il sentait ses dents agacer sa lèvre inférieure, et ses légers soupirs exacerbaient son désir.

Ne se contenant plus, il se fit plus pressant. Quand ses lèvres s'ouvrirent sous la pression de sa langue elle émit un gémissement, et il oublia tout le reste. Leur baiser parut durer une éternité. Il le fit cesser pour l'embrasser sous la mâchoire, puis dans le creux au bas du cou. Ses frissons de plaisir le rendaient fou. Chaque fois qu'il revenait à ses lèvres généreuses, sa bouche le cherchait, et sa langue se joignait à la sienne avec fougue.

Alors qu'il s'abandonnait à ces sensations, son émotion croissait, et il se sentait fondre. Il succomba à son envie de délivrer sa chevelure d'or et de vermeil du calot réglementaire pour enfoncer les mains dans son épaisseur soyeuse. Il inhala son parfum fleuri, se souvint de la sensation de ses cheveux sur sa peau nue, et sentit son corps se raidir.

Au sourire qu'il devina sur les lèvres collées aux siennes, il sut que son érection n'avait pas échappé à Ella. Elle se frotta contre lui.

— Gabriella, grogna-t-il.

Mais il continua de l'embrasser avec tendresse ou avidité tour à tour, comme si ce baiser ne devait jamais cesser.

Elle était à présent assise sur le bureau, les jambes écartées et sa chemise d'uniforme ouverte sur sa poitrine dénudée. Comment était-ce arrivé ?

Peu importe, ses mains caressaient les seins parfaits dont il rêvait depuis une semaine…

Il devait cesser tout de suite !

Il observa le bureau métallique, qui n'était engageant ni pour lui ni pour elle, bien qu'en ce moment cela ait peu d'importance.

— Alors, que proposes-tu ? Qu'on s'envoie en l'air ici, maintenant ? Qu'est-ce que tu préfères, le carrelage défoncé ou le métal rouillé du bureau ?

N'importe quelle autre se serait offensée de ce ton brusque, mais Ella se contenta de rire.

— Voilà donc à quoi ressemble le véritable Fitz ! J'aime cette facette de toi. On ne la soupçonne pas sous ton masque.

— Ella…

— Je veux la même chose que toi. Une nuit de plus.

Ce n'était pas recommandé, mais ils n'enfreignaient aucun règlement. Et en étant très discrets…

Dans un effort dont il ne se croyait pas capable, il la repoussa.

— Hors de question.

Elle le regarda, les yeux luisants de désir.

— J'en prends la responsabilité, Fitz.

— Ce n'est pas si simple.

— Ah ? De qui essayes-tu de te protéger ?

— J'essaye de te protéger, toi.

— Encore ! Mais pourquoi ?

Il aurait préféré ne pas répondre, ne pas reparler du passé, mais les mots affluèrent malgré lui.

— Cet accident de voiture, c'était ma faute.

— Je croyais que tu n'y étais pas ?

— C'est vrai, mais justement j'aurais dû être là. Je faisais la fête avec mes copains. Maman avait été quelque temps serveuse au pub local, et on l'appelait pour qu'elle donne un coup de main quand il manquait un barman.

À l'époque, il lui en voulait de prendre sur le temps précieux qu'ils avaient à partager, sans comprendre que c'était l'occasion d'augmenter un peu leurs maigres revenus.

Il se força à poursuivre.

— Ça ne me plaisait pas qu'elle accepte ces remplacements. D'autant que ça m'obligeait à rester à la maison le soir pour garder ma sœur : pas de sortie avec les copains. J'étais furieux.

— Et, la nuit de l'accident, tu étais sorti, c'est ça ? Mais comment aurais-tu pu te douter ?

— Maman m'a appelé plusieurs fois pour me prévenir que mon père nous avait retrouvés, qu'il était totalement ivre et qu'elle avait peur.

— Oh ! Fitz…

Il l'ignora, décidé à poursuivre jusqu'au bout.

— Quand j'ai vu que j'avais des appels manqués d'elle, ça m'a agacé, et j'ai éteint mon portable. Je n'ai écouté les messages que bien plus tard. Je me suis précipité à la maison mais, bien entendu, elle était vide…

— Mon Dieu, Fitz, tu as dû être… Je n'arrive même pas à l'imaginer. Mais tu n'es pas responsable. Tu ne pouvais pas prévoir que ton père allait réapparaître ce soir-là !

— J'aurais dû écouter tout de suite mon répondeur, au lieu de couper mon téléphone comme si ma mère me dérangeait.

— Tu avais dix-huit ans et envie de fêter ton anniversaire, c'est compréhensible !

Pourquoi s'obstinait-elle à lui trouver des excuses ? Il n'était pas défendable.

— Tu ne comprends pas. Je les ai abandonnées, je ne les ai pas secourues. J'ai été aussi égoïste que *lui*.

Ella avait beau le regarder avec tendresse et empathie, il savait qu'il aurait dû rentrer pour les défendre. Même chose avec Janine : s'il avait été plus attentif, elle n'aurait pas perdu le bébé qu'elle attendait. Il s'était efforcé de se convaincre qu'il était capable de sentiments, mais il avait échoué. Janine était douce et gentille, elle l'aimait, et il n'avait pas été à la hauteur. Elle avait vu juste : il aurait mieux valu qu'elle ne le rencontre pas…

Et il aurait mieux valu aussi qu'Ella ne le rencontre pas.

Il faillit le lui dire, mais il se ravisa : elle risquait de lui répondre que ça lui était égal. Elle le regardait comme s'il était bon, et il avait tant envie d'être celui qu'elle croyait ! Il sentait son cœur sur le point de fondre.

Et s'il se mettait à éprouver des sentiments ? C'était terrifiant, toute cette peur qu'il refoulait depuis tant d'années.

— Rends-toi à l'évidence, Ella, je ne suis pas celui que tu voudrais que je sois. Tu m'as idéalisé. Entre nous, il n'y a rien d'autre que du sexe.

La crispation soudaine de son visage lui fit mal, mais c'était la seule façon de la protéger. Bien sûr, c'était atroce de la dévaloriser ainsi après la trahison de son ex, de jouer sur son insécurité…

— Tu mens, murmura-t-elle.

Il avait tant envie de le lui confirmer ! Elle le connaissait mieux qu'elle ne le croyait. Mieux que personne, en fait.

Mais sa souffrance serait passagère, et moins horrible que celle qu'il lui infligerait s'il acceptait de passer un moment avec elle pour l'abandonner ensuite comme à son habitude.

Mal à l'aise à la pensée qu'elle avait tout fait pour éviter cette discussion et que c'était lui qui avait insisté, il se dirigea vers la porte.

— Je n'ai plus le temps d'écouter tes jérémiades, nous avons une réunion, lança-t-il d'un ton rogue sans la regarder, de peur de faiblir dans sa décision.

Mais il n'avait pas le choix. Il risquait de lui révéler encore davantage de ses blessures anciennes, de lui dévoiler ce coin noir de son âme dans le vain espoir qu'elle l'éclaire de sa bonté.

Et ce serait un beau gâchis.

9.

— Voyez-vous l'ulcère sur l'antre gastrique, Amir ?

— Oui, docteur.

Ella se tourna vers son étudiant.

— Que proposez-vous ?

— Ablation de la partie ulcérée, murmura le jeune médecin. La fermeture devrait être réalisée assez aisément, sans déformation significative de l'organe.

— Bien. Et si l'ulcère avait été situé le long de la courbe la plus petite ?

— Ce serait plus problématique. Il y aurait davantage de risques d'hémorragie à cause des nombreux vaisseaux sanguins reliés à l'artère gastrique gauche.

— Autre chose ?

Amir hésita, soit à cause de la barrière de la langue, soit à cause d'une lacune dans ses connaissances, chose fréquente chez les médecins du lieu. Toutefois, elle était impressionnée par leur avidité d'apprendre. À l'évidence, Phil alliait à son expérience de dizaines d'années de chirurgie un excellent sens de la pédagogie.

Cela la stimulait d'habitude, mais pas aujourd'hui. Depuis deux jours, elle avait envie de se terrer dans sa chambre en priant pour que Fitz ne s'éternise pas sur le site.

Elle avait réussi à l'éviter depuis cette scène affreuse dans son bureau. Quelle humiliation ! Elle avait failli se mettre en colère, puis avait décidé de se résigner…

Elle se secoua et revint à Amir.

— Exact. L'incision est plus difficile à réaliser de ce côté et risque davantage d'aboutir à une déformation de l'estomac en forme de J, c'est-à-dire une torsion sur son axe de plus de cent quatre-vingts degrés, dite obstruction luminale ou volvulus gastrique…

— Hum. Avec perte de sang intermittente, obstruction de matériaux transitant dans l'estomac et parfois mort des tissus.

Elle sourit.

— Bien, Amir. Nous reverrons ce chapitre qui vous sera certainement utile par la suite. Voyons maintenant ce que nous pouvons faire pour ce patient.

Elle travaillait avec méthode, s'assurant qu'Amir suivait toutes les étapes, jusqu'à ce qu'elle se redresse, satisfaite.

— Major, avez-vous demandé au colonel Duggan si vous pourriez continuer à enseigner ici à la fin de votre période, comment dites-vous ça… *enchaîner* sur une seconde ?

Elle vit le visage plein d'espoir de son étudiant et ne put s'empêcher de sourire, contente qu'il apprécie ses cours.

Une fois ses trois mois ici écoulés, elle devrait partir, mais il y aurait cette année deux autres relèves de médecins, et elle espérait revenir pour la dernière.

— Je lui en ai touché un mot la dernière fois que je l'ai vu. Selon lui, j'ai des chances de revenir avant la fin de l'année. Mais c'est sans garantie, bien sûr.

— J'en suis heureux. Vous êtes si bon professeur, vous êtes si dévouée à votre métier !

— Merci. Bien, vous connaissez la technique de la suture, que je vous ai montrée hier. C'est à vous de fermer, maintenant.

Amir hocha la tête, l'air ravi, et se pencha sur la table d'opération.

Ainsi, il la jugeait dévouée… Et si elle l'était un peu trop ?

Mais comment se forger une carrière, sinon ? Fitz avait dû y sacrifier beaucoup, lui aussi. Était-ce ce qui lui faisait refuser toute intimité avec elle ? Elle ne le reconnaissait plus. Elle ne voyait plus deux facettes d'un même homme, mais deux hommes différents, l'un adorable, l'autre cruel. Lequel était le vrai ?

Carl, ami de longue date de Fitz, l'appréciait et le respectait — ainsi que les hommes de son régiment qui travaillaient sur le site. Elle avait vu leur moral remonter depuis son arrivée. Et, cependant, aucun ne l'avait connu comme elle durant leur nuit à l'hôtel.

S'il n'y avait eu que du sexe entre eux comme il le prétendait, il ne lui aurait jamais confié ces moments de sa vie privée qu'il avait jusque-là tenus secrets… Mais quelle importance, puisqu'elle n'aurait plus l'occasion d'en savoir davantage ? Il le lui avait bien fait comprendre, les confidences, c'était terminé.

De toute façon, elle n'était ni capable de se contenter d'une relation physique, ni prête pour une autre liaison. Sa carrière seule importait. Quand sa vie privée partait à vau-l'eau, elle était toujours médecin militaire. Évidemment, elle aurait bien aimé connaître Fitz un peu mieux, mais, comme il l'avait admis lui-même, il n'était sans doute pas l'homme qu'elle imaginait.

Elle chassa ces pensées amères pour examiner les sutures d'Amir, qui avait presque terminé.

Oui, l'essentiel, c'était son métier.

Tandis que le génie reconstruisait, prévoyant de nouvelles extensions qui seraient ensuite occupées par des organisations humanitaires internationales, elle dirigeait tout ce qui était d'ordre médical : elle assurait le commandement d'un hôpital qui recevait plusieurs nouveaux patients par jour. La population locale, démoralisée par le long et pénible trajet jusqu'à l'hôpital général, était impatiente que l'établissement se remette à fonctionner normalement. Plus l'hôpital serait facile d'accès, plus il serait aisé pour les femmes de convaincre leur mari de les y amener elles et leurs enfants. Car, dans ce pays, c'était aux hommes que revenait la décision de faire soigner leur famille.

Comme les chirurgiens et les médecins étaient rares — et bien entendu les spécialistes inexistants —, le défi était passionnant pour elle : elle avait sans cesse l'occasion de tester et de rafraîchir ses connaissances, passant de la pédiatrie à la gériatrie, de la médecine d'urgence à l'obstétrique, qu'elle était amenée à pratiquer très souvent. Les femmes étaient hélas nombreuses à mourir en couches sous ces latitudes. C'était donc une opportunité unique pour sa carrière, et elle ne laisserait pas le colonel Fitzwilliam la gâcher.

Qu'avait-il dit, déjà ? Qu'il détruisait tous ceux qu'il approchait et qu'il la détruirait elle aussi ? Elle commençait à croire qu'il n'avait pas tort…

Elle se concentra sur le travail de son étudiant, le commentant si nécessaire tout en restant en retrait.

Les sutures d'Amir étaient propres et nettes, il saisissait vite grâce à son attention sans faille. Il serait certainement d'ici peu un bon élément pour l'hôpital, où elle savait qu'il aspirait à obtenir un poste.

— Parfait. Vous savez que nous allons organiser une campagne de vaccination contre la polio et la varicelle dans les villages. Que penseriez-vous de prendre la tête d'une équipe mobile, seul cette fois ?

— Ça me plairait beaucoup !

L'infirmière bénévole leva la tête.

— Attention, docteur, il paraît qu'on prévoit une tempête de sable de façon imminente. On ne peut pas en être sûr, mais…

Ella sourit pour la rassurer.

— On n'est jamais trop prudent. Peu importe, on remettra à plus tard. Amir, vous rassemblez tout de même votre équipe. Vous partirez dès que vous le pourrez.

— Merci, docteur.

— Major ?

Elle tourna la tête vers l'écran de protection derrière lequel se distinguait la silhouette d'un soldat de liaison, qui avait sans doute attendu le bon moment pour attirer son attention.

Elle soupira.

Pour l'instant, un simple écran isolait la salle d'opération. Dans quelques mois, ce serait différent. Ils pourraient opérer dans un environnement stérile moderne.

Elle passa de l'autre côté.

— Oui, caporal ?

— Le colonel Fitzwilliam aimerait savoir si vous êtes disponible pour discuter avec le major Howes et lui-même de certaines modifications des plans.

Son cœur se mit à cogner contre ses côtes.

Fitz avait eu la présence d'esprit d'inclure Carl dans son message, était-ce un bien ou un mal ? L'idée d'avoir un témoin la rassurait, mais cela la contraindrait davantage à adopter un comportement professionnel… Était-elle assez bonne actrice pour y parvenir ?

— Nous aurons bientôt terminé. Informez le colonel que je le rejoindrai dans une demi-heure.

— Bien, major.

Elle suivit le jeune homme du regard et resta immobile encore un moment après qu'il eut disparu. Ses mains étaient moites, son cœur battait à cent à l'heure… Et la chaleur qui régnait dans le bloc n'y était pour rien. Ce matin, elle avait pratiqué sans en souffrir deux césariennes, puis cette opération de l'estomac. C'était la mention de Fitz qui lui faisait cet effet… Ce qui n'augurait rien de bon pour leur relation de travail.

Enfin, elle regagna la salle d'opération pour assister Amir.

Au moment où celui-ci faisait le dernier nœud, elle sentit le plancher trembler sous ses pieds.

Les séismes n'étaient pas rares dans ce secteur, mais celui-ci devait être violent, même si l'épicentre était loin. On aurait dit que la terre reflétait son émoi…

Se moquant d'elle-même, elle attendit la fin du phénomène tout en agrippant le bord de la table d'opération pour que le patient ne soit pas projeté au sol.

— Le colonel et moi, nous pensions que nous pourrions prolonger cette partie…

Carl tapota du bout de son stylo un point du plan.

— Et installer les soins intensifs à la place des salles

d'opération. Dans ce cas, nous achèverions de démolir le bâtiment où ils étaient prévus initialement.

— Impossible.

Ella gardait les yeux fixés sur Carl depuis le début de l'entretien. Si elle regardait Fitz, elle craignait de s'effondrer.

Du coin de l'œil, elle s'aperçut qu'il avançait sa chaise.

— Et pourquoi donc, major ? L'unité de soins intensifs n'en serait pas moins reliée au bloc !

Le son de cette voix… Elle se raidit et lui fit face.

— Bien sûr, colonel. Mais, pour la salle d'op située de ce côté, cela représenterait un trop long détour en cas d'urgence. Je finirais par être obligée de passer par la salle des femmes avec un homme sur un brancard, ou vice versa.

— Hum, d'accord, je vois.

Elle perçut au ton de sa voix qu'il se détendait. Avait-il appréhendé cette réunion autant qu'elle ?

— Nous avons une autre possibilité.

La vue de sa main qui glissait sur les plans la fit frissonner.

— Si nous déplacions le bloc, nous pourrions installer le local des réserves de gaz à cet endroit. Les soins intensifs viendraient ici, tout près des deux salles d'op. Dans ce cas, les générateurs seraient ici, et nous pourrions même faire passer une canalisation dans la nappe phréatique pour nous assurer que l'eau reste aussi propre que possible jusqu'à ce que le centre de traitement des déchets soit construit.

Elle réfléchit.

Cela semblait intéressant, mais son sixième sens lui soufflait qu'une amélioration supplémentaire, qu'ils n'avaient pas envisagée en tant qu'ingénieurs, pouvait être apportée du point de vue médical.

— Alors, major, qu'en pensez-vous ?

— Cette solution paraît viable. Elle me convient mais, pour qu'elle fonctionne à plein, je verrais encore une ou deux modifications des plans intérieurs. De combien de temps puis-je disposer ?

— Combien de temps vous faut-il ?

La voix de Fitz était neutre.

— L'après-midi me suffira, si nous n'avons pas d'urgences.

Carl lui sourit.

— Pour le moment, nous nous concentrons sur la restauration de l'aile gauche du bâtiment existant, mais je souhaiterais commencer les fondations externes cette semaine. Je pars tout à l'heure dans le Nord avec un convoi logistique pour inspecter le chantier du terminal ferroviaire. Je ne reviendrai que demain. Je peux donc vous laisser les plans jusque-là et les étudier avec vous à mon retour.

Elle frémit. Si Carl s'absentait, cela signifiait qu'elle serait forcée de s'adresser à Fitz en cas de problème imprévu.

La peur lui noua l'estomac.

— Il se trouve que je dois moi aussi accompagner un convoi demain jusqu'aux villages les plus éloignés de l'hôpital…

Elle envoya une excuse silencieuse à Amir, qui était si heureux de s'être vu confier la responsabilité de cette mission.

— J'en aurai pour au moins deux jours. Si je voyais ça ce soir, je pourrais mettre mon second au courant et le prier d'en discuter avec vous ?

— Major Howes, intervint Fitz, pouvez-vous demander au sergent Bell de se mettre au travail sur la zone dont nous avons parlé ce matin ?

— Tout de suite, colonel.

Fitz attendit que Carl ait refermé la porte derrière lui pour la regarder.

— Que vas-tu faire si loin ?

Inutile de lui rappeler que cela n'était pas l'affaire d'un colonel du génie.

— Une campagne de vaccination polio et varicelle. Ça fait partie de mon travail. Les femmes n'ont aucun pouvoir de décision en la matière, et on ne peut pas obliger les hommes à amener les enfants à l'hôpital. Mieux vaut nous rendre auprès d'eux pour les convaincre. Quand les organisations humanitaires auront mis en place les groupes de grands-mères pour la santé, ce sera différent.

Il ouvrit de grands yeux.

— Quels « groupes de grands-mères » ?

— Les anciennes sont les seules à avoir de l'influence sur leurs fils et leurs gendres. On passe donc par elles après les avoir sensibilisées aux problèmes sanitaires.

— Je vois. Mais les ONG n'arriveront pas avant que nous ayons terminé la reconstruction. Crois-tu qu'aller sur place rende les hommes plus réceptifs ?

— Certainement. Ils manquent surtout d'information et de conseils. Comme la plupart n'ont ni les moyens ni l'envie de venir jusqu'ici, nous nous déplaçons. Nous en profitons pour leur exposer certains symptômes, afin qu'ils soient aptes à les reconnaître et nous amènent l'enfant si jamais ils les repèrent.

— Tu pars dans quelle direction ?

— Sud-ouest. Mais je ne vois pas…

— C'est vraiment nécessaire ? La région n'est pas sûre en ce moment. Il y a de violentes tempêtes de sable, des murs de plusieurs kilomètres de large et de dizaines de mètres de haut.

— Je sais. Je n'en suis pas à ma première mission, j'ai déjà vécu des tempêtes de sable.

Elle crut voir passer une brève lueur d'inquiétude dans le regard de Fitz.

— Bien. Dans ce cas, inutile que je te dise que ce n'est pas une bonne idée de t'éloigner d'ici avec ces conditions météo. Sur ces routes qui méritent à peine leur nom, le risque d'accident est encore plus important que d'habitude.

À ces mots, elle sentit son agacement s'envoler d'un coup et son cœur se serrer. Elle se souvint de son regard hanté lorsqu'il avait évoqué l'accident qui l'avait privé de sa famille.

Le risque n'était pas si important qu'il l'affirmait. Le trafic était incessant, et les convois logistiques se croisaient sans cesse à l'entrée du site. Mais il craignait que le sien ne soit pris dans la tempête de sable !

Elle en fut touchée.

— C'est ce qui te fait le plus peur, n'est-ce pas ? murmura-t-elle.

Elle vit le sang se retirer du visage de Fitz, ses yeux lancèrent des éclairs, et un rictus lui déforma la bouche.

— Qu'est-ce qui te permet de dire ça ?

Une autre aurait peut-être été intimidée, mais pas elle.

— Tu te rappelles m'avoir raconté ce qui est arrivé à ta mère et à ta sœur ?

— Bien sûr, et alors ?

— Tu t'en sens responsable parce que tu n'étais pas avec elles ou parce que tu as survécu. Il me semble que, si tu t'inquiètes à mon sujet, c'est que cette fois encore la situation t'échappe.

Le silence s'installa, et l'espace exigu se fit encore plus étouffant.

Elle aurait juré que Fitz était soulagé, mais il éclata d'un rire tonitruant, déplaisant.

— C'est tout ce que tu as trouvé ?

— N'est-ce pas suffisant ? murmura-t-elle.

Il haussa les épaules et lui jeta un regard méprisant.

— Je me demande encore pourquoi je me suis confié à toi ce soir-là. Maintenant, si tu voulais bien cesser de me psychanalyser…

Ces mots lui firent l'effet d'une gifle.

Quelle idiote de s'être figuré qu'il se souciait d'elle ! Quand se mettrait-elle enfin dans la tête que, pour lui, la nuit qu'ils avaient passée ensemble n'avait eu aucune importance ?

10.

Fitz regretta aussitôt ses mots, mais c'était trop tard : vu l'expression d'Ella, son coup bas avait porté.

Il se détesta.

Il était censé la protéger de lui-même en la tenant à distance, mais s'il la détruisait déjà en le faisant…

— Navré. Ce que je viens de dire était… inutile.

Elle se redressa de toute sa hauteur, luttant visiblement pour se ressaisir.

— J'apprécie votre sollicitude, colonel, mais permettez-moi de vous faire remarquer que cette tournée n'est pas de votre ressort. Avec tout le respect que je vous dois, je vous rappelle que le côté médical de cette mission nous revient, au colonel Duggan et à moi. De nombreux convois empruntent constamment cette route, et la menace de tempête de sable n'est pas plus élevée en ce moment que d'habitude. De toute façon, si cela se produisait, nous suivrions le protocole en cherchant un abri ou en nous éloignant de la route jusqu'à ce que tout danger soit écarté.

Il l'avait vraiment blessée, pour qu'elle redevienne aussi professionnelle.

— Ella… J'ai tenté de te prévenir, déjà la première nuit, que je n'étais pas fréquentable.

Elle se borna à pincer la bouche.

— Colonel, les tempêtes de sable sont imprévisibles, et nous devrons partir à un moment ou à un autre. Et, pour préciser ma réponse à votre question, cette campagne de vaccination est plus que nécessaire, elle est vitale : les conditions sanitaires sont déplorables dans les villages, et les enfants ne sont pas protégés. Pour leur éviter de contracter la polio, je dois donc me déplacer, tempête de sable prévue ou pas.

Il faillit sourire.

Dès qu'Ella parlait de son travail, sa voix changeait, elle s'animait. C'était entre autres cette passion qui l'avait attiré au début. Et, même si elle ne le montrait pas, il savait qu'elle avait été touchée qu'il s'inquiète de sa sécurité.

— Ella, je te répète que je ne suis pas l'homme que tu imagines.

Elle haussa les épaules sans répondre, et il attendit qu'elle se décide à parler.

— Je ne crois pas une seconde que tu sois cruel, Fitz. Mais tu ne peux pas continuer à souffler le chaud et le froid, à me rappeler que nous avons été intimes pour me repousser aussitôt après.

— Je m'efforce d'agir au mieux.

— Tu élèves des barrières. Tu m'as confié des événements marquants de ta vie parce que tu croyais ne plus jamais me revoir. Et, comme tu m'as retrouvée ici, tu m'en veux de connaître tes secrets.

Comment faisait-elle pour le deviner aussi bien tout en refusant d'admettre sa part d'ombre ?

Il se leva d'un bond et contourna le bureau.

— Pourquoi tiens-tu autant à ma compagnie ? Je n'ai rien d'un homme responsable et attentionné.

— Va dire ça à ces hommes qui travaillent là-dehors ! Ils te respectent et t'aiment, c'est évident !

Ils étaient de nouveau si proches qu'il sentait la chaleur de son corps et son émotion. Il en eut le cœur serré, mais il ne fit pas un pas de plus.

— Ta réputation t'avait précédé quand je suis arrivée à Razorwire, et le haut commandement te tient en grande estime.

— Je n'ai pas honte du militaire que je suis, en effet. Je suis différent dans le cadre de ma carrière. Il m'est facile d'être un bon chef, je sais ce qu'on attend de moi. Mais en dehors, dès qu'il est question de sentiments authentiques, je change du tout au tout. Je suis un type détraqué, dangereux pour les autres.

Un peu plus, et leurs têtes se touchaient.

— Je ne te crois pas, murmura Ella. La première nuit, nous étions hors du cadre de l'armée, et tu t'es montré attentionné et sensible. Grâce à toi, je me suis sentie de nouveau désirable.

— Tu n'en serais pas si sûre si tu savais les horreurs que j'ai commises, les vies que j'ai détruites. Je suis incapable d'oublier mes erreurs.

— Tout le monde en fait, Fitz. Nous devons apprendre d'elles.

— Tu ferais mieux de t'en aller. Tout ce que j'ai appris de mes erreurs, c'est que je suis d'un égoïsme monstrueux, un type morbide et destructeur.

— Vraiment ? Je ne te reconnais pas dans cette description, et je suis sûre que ton vieil ami Carl serait aussi surpris que moi s'il t'entendait.

— Je te le répète, ici, je suis un autre.

— Permets-moi d'insister : ce n'est pas cette facette de toi que j'ai connue à Londres.

— Peut-être mais, si la relation que nous avons vécue cette nuit-là devait durer, tu t'apercevrais vite de ta méprise. C'est pourquoi je m'efforce de l'éviter.

— Dis-moi, si tu es tellement égoïste, pourquoi veux-tu à tout prix me protéger ?

Elle l'obligeait à voir les choses de son point de vue. Déconcerté, il se raidit.

— Parce que je ne t'ai pas tout dit. Il y a bien pire.

— Dans ce cas, je t'écoute.

Il brûlait de le faire, de lui livrer l'atroce vérité tout entière et de la laisser lui trouver des excuses comme d'habitude, mais un frisson glacé lui parcourut l'échine : si elle admettait qu'il était à l'image de son père, il ne le supporterait pas. Mieux valait qu'il se taise. Pour elle. S'ils ne s'étaient pas retrouvés ici, ils n'auraient jamais tenté de se revoir. Bien entendu, il avait vaguement projeté d'appeler son hôtel une fois rentré à Londres pour obtenir son nom et de découvrir ensuite son adresse, mais sans se faire trop d'illusions. Et, naturellement, il avait menti en affirmant qu'il ne s'agissait que de sexe. Mais combien de temps aurait duré leur relation ? Comme avec Janine, il aurait fini par se sentir piégé, et Ella aurait inévitablement souffert de sa cruauté.

— Je dois vivre tous les jours avec les conséquences de mes choix, lâcha-t-il enfin. Mais je peux faire en sorte de ne blesser personne. De ne pas te détruire.

— Pourtant, tu as beaucoup de mal à me tenir à distance, n'est-ce pas ? Tu ne cesses de me repousser, mais tu me retiens en même temps. Quand tu sens que je m'approche trop, tu m'envoies à la figure qu'il n'y a que du sexe entre nous. Mais je dois tout de même compter pour toi, puisque tu t'inquiètes que je sois prise dans une hypothétique tempête de sable. À quoi rime ce jeu étrange ?

Il se glaça.

Elle avait raison, bon sang ! Il se sentait lié à elle depuis le début. Le premier jour, il l'avait forcée à entrer dans son bureau et l'avait embrassée, et aujourd'hui il s'était débarrassé de Carl pour rester seul avec elle, alors que rien ne l'aurait empêché de rentrer à Razorwire et de travailler sur les plans là-bas…

Plus il savait qu'elle l'évitait, plus elle lui manquait, plus elle prenait de place dans son cœur. Il la voulait, et pas seulement dans son lit : il brûlait de l'entendre rire, de la voir sourire, de sentir la chaleur de cette aura qui irradiait d'elle.

Il s'était discrètement renseigné auprès des autres officiers du site, autant ceux qui travaillaient avec elle depuis des années que ceux qui venaient de faire sa connaissance. Les réponses étaient immuables : elle inspirait le respect et l'admiration, et il avait deviné que, à l'instar de Carl, certains n'étaient pas insensibles à son charme.

Une idée lui trottait dans la tête depuis quelque temps : s'il était incapable de la tenir à distance, pourquoi n'essayerait-il pas de profiter de sa compagnie jusqu'à parvenir au point de saturation ? Elle deviendrait alors une femme comme les autres. Il cesserait de la trouver unique et serait délivré de ce sortilège. Quand il serait enfin débarrassé d'elle, il pourrait se consacrer tout entier à sa mission.

Et si les règles étaient bien établies, s'ils acceptaient tous les deux que leur relation ne soit que temporaire, il ne craindrait plus de la faire souffrir. C'était la première fois qu'il se souciait de cela… Mais Ella ne ressemblait pas à ses autres conquêtes, et il se sentait différent avec elle.

Il avait besoin de temps pour y réfléchir.

— Je reconnais que je suis assez déstabilisé. Tout ce que je peux te dire pour l'instant, c'est que je m'efforce de te protéger.

Il lui tourna le dos et alla se rasseoir derrière sa table de travail.

— La question suivante est personnelle : quand pars-tu ?

Il fut soulagé de la voir sourire.

— À l'aube. Ce n'est qu'à quelques heures de trajet, nous aurons presque la journée et toute celle d'après-demain pour travailler. Nous rentrerons le matin suivant.

— D'accord.

Demain, donc, il rentrerait à Razorwire pour deux jours, puis il reviendrait pour profiter de sa compagnie jusqu'à ce qu'il se sente capable de l'oublier.

Il avait la nuit pour en décider.

Sur la place devant l'hôpital, Fitz surveillait les derniers préparatifs du convoi.

— Qu'est-ce que c'est que cette plaisanterie ?

Bien qu'il tournât le dos à Ella et que celle-ci n'ait pas crié, il perçut son exclamation.

— Un problème ? s'enquit-il en se retournant.

Elle l'examina d'un air méfiant et désigna des véhicules prêts à partir.

— J'ai comme l'impression qu'un convoi du génie s'apprête à bouger en même temps que le mien.

— Oui. Et alors ?

— Puis-je vous demander dans quel but, colonel ?

— Tout à fait. J'ai pensé que ce serait bénéfique pour mes hommes de profiter de ce voyage. Une partie de notre mission consiste à creuser de nouveaux puits et à bâtir des écoles dans plusieurs villages de la région. Or, après ces années de conflit, les autochtones ont tendance à se méfier des étrangers en général, mais pas des équipes médicales.

— Donc, vous escomptez tirer avantage de notre bonne réputation ?

Il eut un large sourire.

— Et gagner la confiance des villageois pour pouvoir procéder à quelques forages de test sur place. Par ailleurs, bien qu'il s'agisse d'une simple précaution, si les deux convois se suivent, vous serez une cible moins évidente, et nous n'aurons besoin que d'une seule escorte armée.

— Hum, je vois.

À son air sceptique, il comprit qu'elle n'en croyait pas un mot. En fait, elle était toujours convaincue qu'il s'inquiétait pour elle.

Elle n'avait pas tort. L'idée de la laisser affronter seule une tempête de sable avait fait resurgir ses vieux démons. Il connaissait l'effet dévastateur que peut avoir ce phénomène atmosphérique sur un convoi. De plus, vu la façon dont il avait traité Ella, il avait l'impression qu'elle avait eu l'impulsion de s'éloigner du site — de lui — ces quelques jours. Et il refusait d'avoir un malheur supplémentaire sur la conscience.

— Euh… Je ne sais pas si vous aurez le temps de réaliser grand-chose. Installer la machine et forer ne se fait pas en une heure, et nous n'avons pas l'intention de nous attarder.

Elle essayait visiblement de le décourager. S'il pouvait lui expliquer… Mais il ne comprenait pas lui-même.

Il lui sourit.

— Ah bon ? Il me semble que tu emportes un camion de

volailles envoyées par une ONG. Je suppose que ça fait partie du programme d'aide à l'alimentation durable, donner à chaque couple deux poules et de quoi construire un poulailler. Sans compter les vaccinations, il faut du temps pour distribuer tout ça, non ?

Elle haussa les épaules en rougissant.

— Hum… Oui.

— Donc, nous aurons tout le loisir de procéder à des tests dans chaque village.

— En effet, mais…

— De plus, tu dois le savoir mieux que moi, dans ce pays où l'hygiène est pratiquement inconnue par manque d'éducation, la plupart des autochtones ignorent la notion d'eau potable et boivent celle des rivières ou des mares. Creuser des puits est une mesure d'urgence en attendant qu'on ait construit des stations d'épuration et des égouts. Le nombre de cas de dysenterie, de choléra, de typhus et d'affections rénales sera diminué. Je continue ?

— Oui, évidemment, selon ce point de vue…

— C'est plutôt intéressant, non ?

— Je le reconnais.

Il réprima son sentiment de triomphe, conscient de son hypocrisie : c'était une idée géniale d'accompagner le convoi médical mais, ce qui l'enthousiasmait le plus, c'était d'être avec Ella.

— Dans quel véhicule comptes-tu monter ?

— Pardon ?

— Je te conseille mon 4×4, les suspensions sont meilleures que celles de l'ambulance. Mais je ne veux pas te forcer.

Elle redressa les épaules.

— Je ne voyage pas avec le génie.

« Avec toi », traduisit-il. C'était tout de même mieux que la tension atroce de la semaine précédente. Un pas, peut-être, vers un retour à l'échange drôle et détendu qu'ils avaient eu le premier soir au bar… Il allait s'en délecter.

Il eut un large sourire.

— Y a-t-il une priorité médicale ? s'enquit-il d'un ton poli.

Elle plissa les yeux, consciente qu'il la taquinait.

— Tu sais bien que non, mais…

— Parfait. Puisque nous n'avons pas entièrement conclu la discussion sur les plans du futur hôpital, j'estime que ces quelques heures de trajet dans un désert où il n'y a rien à voir sont l'occasion idéale pour la terminer.

11.

Ella n'en pouvait plus d'être si proche de Fitz dans ce 4×4 où les cahots les projetaient l'un contre l'autre, en outre sans possibilité de parler librement à cause du chauffeur.

Au début de leur voyage, il avait admis qu'il s'inquiétait pour elle et avait déclaré vouloir devenir son ami.

Après l'avoir humiliée, lui avoir montré qu'il pouvait la prendre et la laisser à son gré…

Donc, il n'était pas si insensible, en fin de compte. Il semblait même aussi tourmenté qu'elle. Mais où cela les mènerait-il ? Ils se connaissaient à peine. Leur mission terminée, sortiraient-ils ensemble ? Vivraient-ils une amitié amoureuse ? Peut-être souhaitait-il simplement faire plus ample connaissance avec elle durant ces deux jours hors du site ?

Elle ne savait pas trop ce qu'elle souhaitait elle-même. Bien entendu, elle était retombée sous le charme de Fitz et recommençait à rêver d'une relation plus suivie, mais elle n'avait aucune idée de la forme que cela prendrait.

Sentir sa cuisse contre la sienne et la chaleur qui l'envahissait, notable en dépit de la température ambiante, était un véritable supplice. Ainsi qu'entendre sa voix grave gronder à son oreille et résonner dans son corps, allumant un brasier au plus intime d'elle-même.

Encore deux heures et demie de torture…

Comment pouvait-elle le désirer encore au point que son corps en soit douloureux, après la façon dont il l'avait traitée toute cette semaine ?

Alors qu'elle ne songeait qu'aux possibilités offertes par ses dernières explications, elle se força à étudier les plans.

Elle réussit à résister à l'appel de ses sens pour discuter avec efficacité des modifications qu'il lui suggérait, et lui soumettre les améliorations auxquelles elle songeait. Curieusement, quand il s'agissait de travailler ensemble, ils formaient une excellente équipe, solide et unie. Professionnelle.

Mais, même si cette harmonie lui plaisait, ce n'était pas une raison pour recommencer à coucher avec lui…

Son bon sens et son corps semblaient en complet désaccord, et cette lutte intérieure l'épuisait. Quand le véhicule s'arrêta enfin devant le bâtiment administratif du premier village, elle se tortilla sur son siège, impatiente de se précipiter dehors. Elle ouvrit la portière et bondit sur le sol.

Ouf ! Enfin de l'espace !

Elle prit son sac, le jeta sur son épaule et se rua vers l'ambulance qui transportait le matériel destiné à la communauté.

C'était le but de sa présence ici : aider les gens, sauver des vies, éduquer à l'hygiène et aux précautions sanitaires. En bref, faire son travail de médecin militaire.

Voyant qu'on les attendait dans le hall pour les accueillir, elle se hâta de rejoindre l'interprète, qui discutait déjà avec Zi, une veuve de soixante-trois ans, bénévole depuis dix ans au-delà de la frontière, qui leur prêtait main-forte jusqu'à ce que les ONG prennent le relais. Ça ne se passait pas toujours aussi bien, mais aujourd'hui on semblait content de les voir… Tout en organisant la séance de vaccination, elle jeta un regard en arrière et observa que Fitz, qui maîtrisait assez bien la langue locale, bavardait de son côté avec des hommes souriants, qui paraissaient déjà conquis.

Si ça continuait ainsi, ils en auraient terminé plus tôt que prévu… Avait-elle vraiment décidé de ne plus le revoir ?

Depuis le hall où était reçue l'équipe médicale, elle le vit faire le tour de la bourgade avec ses nouveaux amis, sans doute pour déterminer les meilleurs emplacements pour les puits.

Elle sentait sa présence partout, comme si le village était

trop petit pour le contenir. Leur récente conversation et le fait qu'il se soit amadoué lui avaient remonté le moral. On aurait dit que l'antagonisme de la semaine dernière était oublié, qu'ils avaient retrouvé la complicité du matin où ils avaient pris le petit déjeuner ensemble…

Elle se secoua et mit son stéthoscope autour du cou.

— Prêts, les gars ? On va commencer. Cherchez tout ce qui est susceptible de réclamer notre aide : diarrhée, plaies ouvertes, etc. La communauté nous a présenté cinq ou six anciennes respectées et écoutées de tous. Zi va leur parler dans la salle d'attente, de l'hygiène de base — lavage des mains et respect de l'eau potable. En attendant que les premières latrines soient installées, il faut leur apprendre à ne pas souiller le fleuve où les femmes puisent l'eau pour boire. Dans deux heures, nous rejoindrons Zi pour leur parler des précautions sanitaires — surtout concernant la propreté de l'eau et la stérilisation —, et également de la grossesse et de la préparation à l'accouchement. Bref, nous facilitons le travail des ONG qui commenceront à développer leur programme dans les semaines et les mois à venir.

Après un chorus d'acquiescements enthousiastes de la part des membres de l'équipe, elle les regarda se répartir dans les box pour vacciner les enfants.

Cette mission était vraiment passionnante. Elle était de plus en plus décidée à revenir avant la fin de l'année.

Elle passa le restant de la matinée dans une sorte de brume, assistée de l'infirmière-sergent Jools, une vieille connaissance : Jools, avec son esprit vif et son don pour mettre les femmes de bonne humeur, avait été l'une de ses plus proches alliées du temps où elle n'était que simple lieutenant. Une matinée de rires qui était la bienvenue…

Au moment de la première pause, deux heures plus tard, Jools s'étira en soupirant.

— Ella, on va faire un tour dehors pour nous dégourdir les jambes ?

— J'aimerais bien, mais je pense qu'il serait plus sage de

rassembler le petit groupe chargé d'encourager les villageois à venir à la consultation. Zi fait bien son travail, et nous avons eu du monde, mais à mon avis pas mal de familles nous ont boudés.

Sa collègue eut un sourire narquois.

— Regarde un peu dans la salle d'attente !

— Tu crois ? Il me semble qu'elle est vide, je n'entends rien !

Elle souleva un coin du rideau et jeta un coup d'œil.

— Mais… je ne comprends pas. C'est bondé, et il n'y a pas un bruit !

La plupart des femmes étaient groupées en silence autour de Zi, qui les éduquait et qui amusait les enfants en même temps.

— Comment est-ce possible ? Zi n'est pas sortie du bâtiment depuis notre arrivée. Elles sont toutes là de leur plein gré ?

— Le colonel Fitzwilliam, dit Jools d'un air extatique, comme si ce nom suffisait à tout expliquer.

Ella serra les dents.

— Ah bon ?

Elle venait de s'obliger à grand-peine à cesser de s'intéresser à ses déplacements. Toujours suivi de près par une troupe d'hommes qui paraissaient fascinés, il avait mis de côté son propre travail, offert son soutien et ses bras pour aider à certaines tâches agricoles ou domestiques, et les cœurs et les esprits lui semblaient acquis.

Voilà d'où lui venait cette musculature impressionnante : il n'avait nul besoin de faire de la gymnastique, il s'exerçait sur le terrain. Elle se souvint avec une étonnante netteté de la rondeur de ses muscles sous ses mains, de ce qu'elle avait éprouvé quand il l'avait pénétrée, laissant son empreinte en elle à jamais…

Même à cette distance, il dominait tout le monde.

— Qu'a-t-il à voir avec la salle d'attente pleine ?

— Tu es peut-être insensible à son charme, mais ce n'est pas le cas de tout le monde ! Tu n'as pas vu comment il se démène depuis notre arrivée ? Quand je suis sortie chercher d'autres vaccins, l'unité mobile déchargeait le six-tonnes du génie du matériel destiné à la construction des poulaillers. Tu étais au courant ?

— Les ONG nous ont fourni des kits de base en même temps que les volailles. Il le savait, il m'en a parlé ce matin.

— Oui, mais il a apporté du bois plus résistant et des outils, et il a montré aux hommes comment et sur quel terrain les monter. Et en même temps, sans en avoir l'air, il a mentionné les avantages de la consultation.

— C'est donc à lui que nous devons tout ce monde ?

— Incroyable, non ? J'adorerais être à ta place pour travailler avec lui tous les jours. Et voyager serrée contre lui… Ce doit être génial.

Que répondre ? Impossible de la contredire.

— Ella, regarde, il est en train de nous en amener d'autres !

Fitz parlait à ses supporters, qui hochaient la tête en signe d'assentiment. L'interprète semblait totalement inutile. Aussitôt après, ils se dispersèrent pour se diriger vers des maisons.

— Veux-tu que j'aille chercher d'autres vaccins ? demanda Jools.

— Va vite ! Plus tôt nous aurons terminé ici, plus tôt nous partirons pour le prochain village.

Grâce à Fitz, ils pourraient peut-être vacciner plus d'enfants que prévu…

Elle en était presque agacée. Avait-il vraiment besoin de susciter son admiration ?

C'était décidé, elle passerait ces deux jours en sa compagnie, puisqu'elle n'avait pas le choix. Mais ensuite elle recommencerait à l'éviter. Cette histoire d'amitié entre eux ne faisait que compliquer les choses : il l'attirait encore plus depuis qu'il était aimable.

Ces deux derniers jours, le ciel avait été d'un bleu immaculé. Grâce à Zi et Fitz, ils avaient été mieux accueillis, avaient vacciné davantage d'enfants, examiné plus de femmes enceintes et sensibilisé plus de monde qu'Ella ne l'escomptait.

Elle avait même réussi à se convaincre qu'ils parviendraient à rentrer avant que le temps ne se gâte.

Hélas, le vent de sable s'était levé au moment où ils remballaient les derniers kits.

Tandis que la tempête faisait rage dehors, elle versa son pack de boisson dans son quart. Un chocolat au fort goût d'eau, mais c'était désaltérant.

Ici, c'était tout de même mieux que s'ils s'étaient trouvés entre deux villages au milieu de nulle part. Ils pouvaient s'abriter et attendre l'accalmie en paix…

Du moins, jusqu'à ce que Fitz passe la porte.

— Ah, tu es là ! Je me demandais où tu te cachais.

— Je ne me cache pas !

— Tout le monde est dans le bâtiment d'en face.

— J'y serais aussi si je n'avais pas été en train de ranger mon matériel dans l'ambulance quand la tempête est arrivée.

— Tu aurais eu tout le temps de traverser la place si tu l'avais voulu.

Impossible de le nier.

Elle baissa les yeux sans répondre et but une gorgée de chocolat.

— En réalité, tu essayes de m'éviter, reprit Fitz, qui lui avait tourné le dos pour déballer un petit réchaud à gaz et l'allumer.

— Oui. Tu ne comprends pas pourquoi ?

— Je croyais que nous avions décidé de prendre un nouveau départ, de ne plus nous disputer.

— Hum. Il se trouve que j'ai du mal à savoir comment me comporter avec toi. Je ne me suis jamais trouvée dans une telle situation.

— Moi non plus…

Elle regarda la flamme vacillante qui modifiait l'ambiance de la pièce mal éclairée et se trouva soudain transportée dans le bar où ils s'étaient rencontrés.

— Tiens, goûte plutôt ça. Ce n'est pas du chocolat d'hôtel

cinq étoiles, mais c'est toujours mieux que la lavasse de ton pack.

Elle prit la tasse qu'il lui tendait et en but une gorgée, avec un petit pincement de joie : il se souvenait donc de la boisson qu'elle avait commandée au petit matin dans sa chambre ! Elle était touchée qu'il ait mémorisé ce détail intime.

Ils étaient à nouveau seuls, et elle se sentait bizarrement en sécurité. Comme la première nuit. Et il l'attirait toujours autant…

Elle plongea les yeux dans les siens et sentit son cœur battre plus vite : lui aussi, il la désirait.

— Je ne sais toujours pas ce que nous allons faire ensemble, avoua-t-elle.

Fitz soutint son regard sans broncher.

— Apprendre à nous connaître.

— Dans quel but ?

— Celui que nous déciderons.

— D'accord. On commence par quoi ?

— Parle-moi de Stevie. Et du mal que tu l'as laissé te faire.

— Coup bas, marmonna-t-elle.

— Ce n'était pas volontaire. Simplement, tu n'as pas l'air du genre à te laisser marcher sur les pieds, et le peu que tu m'as raconté ne va pas dans ce sens.

Elle rougit.

— Tu veux dire… sa trahison ?

— Oui. J'ai eu l'impression que tu n'étais pas si surprise que ça, comme si ce n'était pas la première fois qu'il te trompait.

Bon sang, il était donc si perspicace ?

— Tu dois penser que j'ai été idiote de ne pas le quitter avant…

— Je ne pense rien, je demande.

— Une subite envie de jouer au détective ?

— Elle n'est pas du tout subite, rétorqua Fitz avec agacement. Ça me démange de comprendre depuis le début.

Elle l'intéressait donc davantage qu'il ne le prétendait…

Elle inspira à fond.

— C'est la question à dix mille livres.

— Tu es restée avec lui pour son argent ?

— Tu peux le dire ainsi, si ça te fait plaisir.

Sa mâchoire était crispée, et il semblait furieux.

— Non, ça ne me fait pas plaisir. Explique-moi.

Elle poussa un soupir.

— À quoi ça servirait, à part à satisfaire ta curiosité ? Tu penses que ça changerait quelque chose entre nous ? De toute façon, il n'y a rien.

— S'il te plaît, Ella.

— Je résume, alors.

— Si tu préfères. Pour l'instant.

Autant ignorer ces derniers mots.

Elle pencha la tête de côté, les yeux sur sa tasse.

— Nous avons grandi dans le même quartier pauvre et, quand nous avons commencé à sortir ensemble, j'avais quatorze ans et lui quinze. J'ai eu la chance que mes parents s'entendent bien, ce qui était plutôt rare dans ce milieu : ils étaient gais, drôles, et ils s'embrassaient tous les jours.

— Ils ne se disputaient jamais ?

— Oh ! si, bien sûr ! Le manque d'argent crée toujours des tensions. Mais ils surmontaient toutes les crises. Ma mère était très belle, avec ses cheveux auburn et ses yeux verts étincelants…

— Comme toi, murmura-t-il.

— Non, ce n'est pas vrai. Je lui ressemble, mais je n'ai pas sa classe.

— Tu lui ressembles beaucoup, insista-t-il, les yeux dans les siens.

Elle réprima son envie de pleurer.

— Et ils dansaient. Bon sang, qu'ils aimaient ça ! Ils étaient époustouflants.

— Tiens, je croyais que tu ne savais pas danser ?

Elle rougit en se rappelant la sensation de ses bras autour d'elle, de ses doigts courant sur sa peau, de sa cuisse dure entre les siennes…

Elle déglutit.

— C'est vrai, je n'ai jamais appris. Mes parents faisaient des concours et, Stevie et moi, on allait les regarder. Nous n'avions pas vraiment de distractions, la plupart des gamins se cachaient derrière la gare pour se soûler au cidre ou se droguer…

— Et pas toi ?

— Non. Je rêvais de devenir médecin. J'ignore d'où cette idée m'est venue, mais ça m'a pris à l'âge de cinq ans, et je n'ai jamais changé d'avis. Stevie, lui, voulait être footballeur professionnel.

— Et le fait d'être différents des autres vous a rapprochés.

— Hum. Nous étions les moutons noirs. Après la mort de ma mère, mon père s'est remarié. Sans doute pour retrouver ce qu'il avait connu avec elle, mais ça n'a pas marché. Sa nouvelle femme était méchante, peut-être parce qu'elle était jalouse… Par exemple, elle me serinait que je perdais mon temps à poursuivre mes études puisque je n'aurais pas les moyens d'aller à l'université. Elle a voulu m'envoyer travailler comme tout le monde à l'usine du quartier, pour que je rapporte un salaire au lieu de me faire entretenir. Stevie était loyal, gentil et généreux. Il ne cessait de me soutenir, de m'inciter à me battre pour mon rêve.

— Donc, tu t'es engagée pour financer tes études ?

— Pas du tout. J'ignorais que l'armée accordait des bourses pour la fac de médecine. C'est Stevie, qui jouait déjà dans un club assez important, qui m'a aidée. Il m'a payé l'université, les livres, le logement, la nourriture, tout.

— À condition que tu fasses semblant de ne pas voir qu'il te trompait ?

— Non, il n'était pas comme ça à l'époque… Oh ! En fait je n'en sais rien. En tout cas, il ne m'a jamais donné la clé de son nouvel appartement, et je ne suis jamais arrivée chez lui à l'improviste. Sauf la dernière fois, grâce au concierge qui m'a reconnue et laissée entrer.

— Donc, il te trompait.

— Oui, mais tu dois comprendre que nous venions de très bas, et qu'il a été catapulté d'un coup dans un univers où il était devenu une idole. Un joueur qui marque des buts et qui fait gagner son équipe est adulé par tout le monde. À dix-neuf ans, il avait déjà des fans, des groupies, des adorateurs… Et pas de vie de famille pour lui mettre du plomb dans la tête.

— Tu es en train de lui trouver des excuses ?

— Pas du tout. Je dis juste que je comprends comment il a pu en arriver là. Et je me demande si je n'aurais pas dû l'aider à garder les pieds sur terre… Pour être franche, je n'ai même pas essayé. Nous ne nous voyions plus que rarement, entre ses entraînements, ses déplacements et ses matchs, et ma carrière dans l'armée qui avait débuté. Il était souvent seul avec ces filles qui se jetaient à sa tête. Il a fini par craquer.

— Tu t'en doutais donc bien avant d'en avoir la preuve, et tu ne l'as pas quitté ?

— Je me sentais coupable. Pas assez pour faire l'effort de vivre avec lui, mais assez pour ne pas l'abandonner. Je pense que j'attendais que ce soit lui qui décide de rompre. Je lui étais tout de même redevable…

— Tu aurais trouvé un autre moyen de financer tes études.

— Peut-être, mais il a préféré que je ne prenne pas le risque.

— S'il était aussi génial, pourquoi ne l'aimais-tu pas ?

— Je n'ai jamais dit qu'il était génial. Il était d'humeur changeante, irascible, comme son père. Et je l'aimais au début d'un amour d'adolescente. En fait, à part nos rêves de sortir de ce milieu, nous n'avions pas grand-chose en commun. C'était un footballeur brillant, mais ses sujets de conversation étaient superficiels. Il ne parlait que de foot ou de cinéma.

— Mais, quand tu as su qu'il te trompait, tu t'es quand même sentie coupable ?

— La culpabilité ne disparaît pas comme ça. Tu ne peux pas comprendre.

— Oh ! que si ! marmonna Fitz.

— Tu penses à ta mère et à ta sœur, ou à Janine ?

— Ah, on t'a parlé d'elle…

L'ambiance de la pièce était à présent aussi épaisse que si la poussière du désert avait pénétré à l'intérieur.

— Pas beaucoup. Mais tu intéresses pas mal de femmes sur le site de l'hôpital, et tu sais ce que sont les rumeurs… Il paraît que c'était un officier logistique et que vous étiez fiancés ?

Il ne répondit pas tout de suite.

— C'est compliqué.

— Fais-moi confiance, Fitz, raconte-moi.

Le silence pesa, si fort qu'elle crut étouffer.

Soudain, des cris, un brouhaha… Et la porte de l'entrée claqua, si fort qu'ils se levèrent tous les deux d'un bond.

Un homme âgé, flanqué de quatre autres, portait une jeune femme enceinte et ensanglantée qui hurlait.

Un long fragment de métal dépassait de son flanc.

12.

Ella s'approcha du groupe pour encourager les hommes à porter la blessée jusqu'à un banc.

— Va chercher l'interprète, Fitz !

— Inutile.

Il s'adressa à eux tandis qu'elle tentait de saisir quelques bribes de la conversation. Il réussit à les calmer, puis leur demanda d'allonger la jeune femme pour qu'elle puisse l'examiner.

Elle remarqua le visage crispé de Fitz.

— Que s'est-il passé ?

— Elle est enceinte de sept mois. La tempête les a surpris sur la route principale. Ils se sont arrêtés prudemment sur le bord pour attendre une accalmie, mais un autre véhicule, dont le conducteur avait visiblement perdu le contrôle, les a heurtés de plein fouet et a envoyé leur voiture rouler dans l'oued.

Se souvenant du trajet aller, elle pinça la bouche.

Le ravin était assez profond, la voiture avait pu faire au moins deux tonneaux. La victime avait-elle attaché sa ceinture de sécurité ?

— Elle souffre, et elle a peur pour le bébé, rapporta Fitz, d'une voix altérée par la douleur.

Surprise, elle scruta son expression hantée et en eut le cœur brisé.

Il était trop pâle pour que ce soit dû à l'état de cette jeune femme… Mais elle n'avait pas le temps de s'attarder sur ses états d'âme.

— Peux-tu demander à l'un des hommes d'aller jusqu'au

bâtiment principal prier Jools de nous rejoindre avec ma trousse médicale ?

— J'y vais moi-même, on ne va pas envoyer quelqu'un dehors par ce temps.

— Non ! J'ai besoin de toi pour traduire.

Il se dirigea vers la porte comme s'il n'avait pas entendu.

— *Fitz !* Colonel Fitzwilliam !

Il jeta un regard éperdu par-dessus son épaule puis se tourna vers elle tel un automate.

— Tu ne peux pas y aller, tu comprends ? Tu dois m'écouter, il s'agit d'une urgence médicale.

On l'aurait dit changé en statue de sel. Avait-il au moins enregistré ses paroles ? Enfin, il parut se ressaisir.

— Oui, major.

Il se tourna vers les hommes pour leur transmettre les instructions. Deux d'entre eux se portèrent aussitôt volontaires et sortirent. Manifestement, le plus gros de la tempête était passé, même si cela ne signifiait pas qu'ils étaient tirés d'affaire.

Soulagée, elle regarda la jeune blessée et se tapota la poitrine.

— Je m'appelle Gabriella.

La jeune femme comprit aussitôt.

— Roshan.

Même si ce n'était pas grand-chose, elle se félicita qu'on lui ait enseigné quelques rudiments de la langue.

— Colonel, pouvez-vous demander aux hommes de vous raconter l'accident en détail pendant que j'interroge Roshan de mon côté ?

Fitz obéit, mais il semblait toujours aussi choqué.

Qu'est-ce qui le mettait dans cet état ? Et pourquoi en était-elle si affectée ? Malgré la barrière qu'il avait érigée entre eux, serait-elle en train de tomber amoureuse de lui ?

En tout cas, elle aurait voulu l'aider, mais elle n'en avait pas le temps.

Repoussant ses préoccupations personnelles, elle demanda à Roshan où elle avait mal et si elle avait perdu du sang. Elle procéda à un examen complet sans tenir compte du fragment de métal planté dans son abdomen, sachant que la blessure la plus évidente n'était pas forcément la plus grave.

Au moment où elle terminait, Jools entra, sa trousse à la main, accompagnée de l'interprète.

— Que comptes-tu faire ? demanda l'infirmière.

— Rien pour le moment. Impossible d'être sûre de quoi que ce soit simplement à l'examen. Elle respire, elle parle, elle effectue normalement certains gestes, mais je dois m'assurer qu'il n'y a pas de lésion au cou ou à l'épine dorsale.

— Ce n'est pas bon qu'elle reste allongée sur le dos, n'est-ce pas ?

— Non. Chez les femmes enceintes, surtout à ce stade, la compression utérine sur la veine cave inférieure et l'aorte peut aggraver le choc. Mais, avant de la tourner sur le côté gauche, il faut que j'évalue si le métal est enfoncé profondément.

— Bien. Bonne chance. J'y retourne, on a besoin de moi là-bas.

Quand Jools fut sortie, elle fit signe à Fitz, dont le visage s'était encore assombri. Elle le fixa en silence, attirée par les profondeurs obscures de son regard, puis se secoua.

— Fitz, peux-tu aller chercher dans l'ambulance un kit, un tensiomètre, des couvertures et un tissu quelconque qui puisse servir d'écran ? Merci.

Elle se retourna vers la jeune femme.

— Nous allons nous occuper de vous, Roshan.

Inutile de lui donner de faux espoirs. Bien qu'il n'y ait aucun signe d'hémorragie, ni de l'utérus ni de la plaie, elle ignorait ce qui se passait à l'intérieur de son corps. Le premier examen semblait rassurant, mais le métal pouvait avoir atteint directement le fœtus, déchiré le placenta, endommagé des organes ou provoqué une hémorragie interne.

Quand Fitz revint avec le matériel, elle avait mesuré le pouls, qui était régulier. La blessée n'était ni pâle ni moite, et sa façon de raconter son histoire indiquait qu'elle avait l'esprit clair.

— Et maintenant ?

Fitz venait de surgir juste derrière elle, la voix anormalement tendue.

— Il semblerait qu'elle ne soit pas en état de choc hypovolémique, et elle ne se plaint d'aucune douleur abdominale, même au niveau de la blessure. Je ne peux qu'espérer que la plaie soit moins profonde que je ne le redoutais, mais nous devons être prudents pour la déplacer.

— Tu veux la déplacer ?

— Oui, pour procéder à un second examen et vérifier que le bébé va bien. Il faut l'emmener à notre hôpital, celui de Razorwire est trop éloigné.

— Si l'enfant est vivant, tu devras faire une césarienne pour le sauver ?

— Pas nécessairement. De toute façon, nous ne disposons encore ni de couveuses, ni même de générateurs. Mais il est trop tôt pour se prononcer.

Elle sortit le moniteur fœtal de sa trousse et, les yeux rivés à l'écran, s'apprêta à écouter les battements du cœur du bébé.

Elle eut une heureuse surprise : le rythme cardiaque était un peu plus lent que la normale, mais vigoureux et régulier.

Elle cliqua pour imprimer le tracé et ôta les écouteurs pour que la maman puisse entendre.

Celle-ci éclata aussitôt en sanglots.

— Il vit ! s'écria Fitz.

— Oui. Apparemment, il n'est pas en danger.

— Donc tu laisses ce morceau de métal *in situ* ?

— Je préférerais, oui. Pour l'instant il ne semble pas causer de problème, et nous serons mieux équipés à l'hôpital si quelque chose tourne mal.

— Que faisons-nous, alors ?

— Nous nous assurons que tous les autres vont bien.

— C'est fait. Jools et ton équipe les ont emmenés dans le bâtiment d'en face, et tout est calme à présent. Les blessés seront examinés. Le seul véhicule endommagé est celui qui les a heurtés ; la passagère paraît indemne, mais son mari souffre d'une plaie à la tête que Jools voudrait que tu regardes.

— D'accord…

Elle lutta pour émerger de l'abîme obscur de ses yeux. Pour ne pas se noyer.

Cet homme ne lui proposerait jamais de passer sa vie avec lui. Non qu'il ne le veuille pas, mais il était persuadé d'en être incapable. Il avait beau prendre ses responsabilités dans sa vie professionnelle, il paraissait atteint pour le reste d'une obsession ridicule : la conviction qu'il détruisait les autres.

— Pourquoi étais-tu si troublé tout à l'heure, Fitz ?

— Pour rien.

— D'accord. Je ne dois pas insister, c'est ça ?

— Rien qui te concerne, en tout cas.

— Dès que ça te touche, je me sens concernée.

Elle venait de faire le rapprochement qui s'imposait : ainsi, Fitz culpabilisait aussi pour l'accident de Janine ! Pourtant, sa responsabilité n'était pas engagée puisqu'ils n'appartenaient pas au même corps, Janine faisant partie de l'unité logistique.

Le pire, c'était qu'il refuse de se confier à elle. Elle savait qu'elle n'avait aucun droit d'exiger qu'il lui accorde sa confiance, mais elle en souffrait. Et si elle était la seule à pouvoir lui offrir la planche de salut dont il avait besoin ?

Assis à sa table de travail, Fitz ruminait les événements de la journée.

Durant tout le trajet du retour, il avait hésité entre le soulagement et la frustration. Il était plus à son aise seul dans l'habitacle exigu du 4×4, puisque Ella surveillait Roshan dans l'ambulance, mais en même temps il regrettait qu'elle ne l'accompagne pas, car elle était la seule à pouvoir calmer ses nerfs à vif.

Quand Ella avait mentionné Janine, il avait éprouvé un choc, et il avait été surpris de ne pas se mettre en colère. Au contraire, il avait ressenti un besoin impérieux de lui raconter l'histoire. À leur arrivée à l'hôpital, il avait été déçu de la voir disparaître avec sa patiente sans un regard pour lui. Pourtant, il lui était reconnaissant d'avoir sauvé à la fois la vie de la mère et celle de l'enfant qu'elle portait.

Un peu comme si cela rachetait la mort du bébé de Janine…

Un coup frappé à sa porte le tira de ses sombres pensées, et Ella entra. En dépit du sourire qu'elle arborait, il lut la tension sur son visage.

— J'ai pensé que ça te rassurerait d'apprendre que la mère et l'enfant se portent bien. J'ai fini par retirer le bout de métal, qui s'était miraculeusement enfoncé entre les organes sans en toucher aucun. L'opération s'est bien déroulée, et j'espère que Roshan pourra mener sa grossesse à terme.

— Quelles chances a-t-elle ?

— Si elle passe la nuit sans complications, je serai optimiste. Les générateurs arrivent dans quelques jours, et les couveuses suivent. Si elle tient le coup jusque-là, tout ira bien.

— Tu dois être épuisée. Merci d'être venue me donner des nouvelles.

— Pas seulement. Je croyais que tu avais quelque chose à me raconter ?

Il était partagé : avait-il envie d'en parler tout de suite, n'était-il pas préférable de remettre son récit à demain ?

— Et si tu prenais un peu de repos d'abord ? En tout, tu as dû dormir environ dix heures, ces derniers jours.

— C'est vrai…

Mais il la sentit hésiter, comme si elle allait ajouter quelque chose. Finalement, elle baissa les yeux et se dirigea vers la porte.

Il devrait la remercier de ne pas insister…

— Au moment de l'accident, j'étais fiancé à Janine, annonça-t-il d'un trait.

Ella se figea, la main sur la poignée. Très lentement, elle retira ses doigts sans tourner la tête vers lui.

— Oh ! depuis très peu de temps ! Ce n'était pas exactement prévu, mais… il y avait un bébé en route.

Elle le regarda par-dessus son épaule.

— Je ne comprends pas.

Bien sûr. Lui non plus, il n'avait pas compris. Tout était arrivé si vite…

— Je l'avais rencontrée à Sandhurst. Elle était gentille et généreuse, le genre de fille qui aurait dû me plaire. Que j'aurais dû aimer. Elle avait le sens de l'armée, elle m'aimait, et je voulais lui rendre son amour.

Ella s'approcha de la table.

— Que veux-tu dire ?

— Que je n'y parvenais pas. Je l'aimais bien, mais je n'étais pas amoureux d'elle. Je suis assez particulier, Ella : je suis incapable de sentiments.

— Je ne te crois pas. Vous n'étiez pas faits l'un pour l'autre, c'est tout.

— Non, ce n'est pas ça… Je n'étais tout simplement pas présent quand nous étions ensemble. Je suis aussi égoïste que mon père.

Il vit la surprise et l'incrédulité passer sur son visage.

— Mais tu n'es pas ton père ! Comment peux-tu penser une chose pareille ?

Cette foi qu'elle lui témoignait faisait faiblir sa résolution d'aller jusqu'au bout, mais il devait poursuivre. Elle savait que son père était cruel et violent, elle comprenait qu'il se sente coupable de l'accident, et elle lui trouvait des excuses. Mais elle ignorait tout de son comportement avec Janine.

Il lui devait la vérité, cette vérité difficile et complexe.

— Ella, je ne mérite pas ton indulgence. Tu me crois bon, mais tu te trompes.

— Fitz…

Il se leva.

— Non. Tu me prends pour un type bien, comme mes collègues et mes hommes, mais tout le monde se trompe sur mon compte. Ici, je suis celui que j'aspirerais à être : j'aime ce que je suis, ce que je fais, l'influence que j'ai sur mes soldats. J'ai tout misé sur ma carrière.

— Je le sais bien…

— Mais dans le privé, coupa-t-il, je suis lamentable. J'ai pourtant essayé de m'améliorer…

— C'est faux. La première nuit, j'ai connu un type bien. Ce sont les démons de ton passé qui t'aveuglent. Tu t'es engagé quelques semaines après le drame, et l'armée t'a permis de vivre une nouvelle vie, de te réinventer. En un sens, c'était ce que tu pouvais faire de mieux. Mais tu as omis une étape essentielle : tu n'as pas pris le temps de faire ton deuil. C'est pourquoi, chaque fois que tu rentres chez toi, tu te retrouves au même point. Jusqu'à ce que tu lâches prise, tu ne tourneras pas la page.

Il aurait tellement voulu la croire… Mais il n'avait pas fini.

Il inspira à fond.

— Ella, laisse-moi parler, veux-tu ? Il faut vraiment.que tu m'écoutes…

Au moment où il contournait la table pour s'approcher d'elle, on frappa à la porte.

— Entrez !

— Colonel, nous avons un message du major Howes. L'une de ses sections est en difficulté dans la vallée du Zenghar. Le tremblement de terre a compliqué les choses.

Il reprit aussitôt ses esprits. Pour que Carl fasse appel à lui en urgence, c'était sérieux.

— À cause du pont qui doit relier la voie ferrée à l'hôpital ?

— Oui, monsieur. Les secousses ont déstabilisé le terrain et, selon le major, de nombreux autochtones vivent juste en dessous.

Il en eut froid dans le dos.

Les risques de glissements de terrain étaient déjà suffisamment importants dans la région en temps normal…

— Je vois. Si jamais le sol cède, il risque d'y avoir de gros dégâts, murmura-t-il comme pour lui-même.

— Exact, colonel.

— Appelez-moi la brigade, caporal.

— Ils sont déjà en ligne, monsieur. Dans la salle OPS.

Sans hésiter, il se rua derrière le jeune soldat, puis il se souvint qu'Ella était toujours dans la pièce.

Il se tourna d'un coup.

— Nous parlerons plus tard, Ella.

— Oui. Ne t'inquiète pas. Vas-y.

Il sortit sans un regard en arrière.

13.

— Parfait, nous avons bien travaillé.

Tout en se débarrassant de ses gants dans la salle d'opération, Ella félicita son équipe avec enthousiasme.

— Trois interventions à la file, qui se sont toutes déroulées mieux que nous ne l'avions prévu. Du bon boulot, les gars !

Le fait de travailler avec Fitz sur le site ces derniers temps lui avait ouvert les yeux. Dans un tel environnement, c'était inévitable de faire connaissance presque intimement : ils vivaient, mangeaient, travaillaient ensemble. Impossible de s'échapper une minute, de sortir pour se distraire. En y réfléchissant, elle avait dû passer plus de journées avec Fitz qu'avec Stevie ces cinq ou six dernières années… Et elle préférait de loin l'homme qu'il était à celui que Stevie était devenu. Elle avait envie de l'aider, de le convaincre qu'il avait besoin d'elle. Elle était certaine que le lien affectif qu'elle ressentait avec lui était réel.

Non, il n'y avait pas entre eux *que* du sexe !

Elle se lava les mains en écoutant bavarder ses collègues.

C'était agréable d'être de nouveau d'humeur légère après ces deux derniers jours. La tempête avait causé des dégâts dans les villages, et les blessés affluaient, mais il semblait que le rythme des entrées ralentissait…

Pourtant, quand elle pénétra dans la salle pour un tour d'horizon, le bourdonnement sourd et tendu des voix lui fit aussitôt comprendre que quelque chose clochait.

Elle avisa Jools, entourée d'un petit groupe.

— Que se passe-t-il ?

— Un glissement de terrain dans la vallée du Zenghar. Ce séisme que nous avons ressenti l'autre jour était plus proche que nous ne l'avions cru, et il a dû provoquer un affaissement du sol. Razorwire envoie nos équipes de sauveteurs, mais il y a déjà au moins soixante-trois morts.

Elle sentit un frisson glacé lui courir sur l'échine.

C'était là-bas que ce pont en construction posait problème...

— Le colonel Fitzwilliam est parti rejoindre le major Howes.

Jools hocha la tête et lui jeta un regard sombre.

— Oui. Les gars du génie ont été coincés, eux aussi. Il paraît qu'ils ont quelques blessés, on n'a pas plus de détails.

Ella traversa la pièce sur des jambes en coton, entra dans un box fermé par un rideau et s'écroula sur la chaise à l'abri des regards indiscrets, craignant que son cœur ne cesse de battre.

Le moment était mal choisi pour prendre conscience du sentiment qu'elle éprouvait pour Fitz. C'était comme si elle avait enfin trouvé la pièce manquante du puzzle de sa vie, et à présent la crainte qu'il ait été blessé — ou pire — venait de faire exploser cette pièce à l'intérieur d'elle, confirmant son hypothèse.

Quand était-elle tombée amoureuse de lui ?

Certainement dès le premier soir, quand il l'avait secondée avec compétence pour traiter cette crise d'épilepsie, et plus tard, lorsqu'il lui avait confié comment sa mère et sa sœur étaient mortes et qu'elle avait entrevu sa vulnérabilité. Dès le début, elle avait été fascinée par son assurance, sa détermination, son autorité, et en même temps émue par sa gentillesse et sa sensibilité.

Dire qu'elle avait failli le laisser échapper au prétexte que sa rupture était trop récente pour qu'elle sache où elle en était... En fait, parce qu'elle croyait ne pas mériter un véritable amour !

Il était temps de commencer à écouter son cœur.

Elle bondit de la chaise, souleva le rideau et sortit du box, si vite que Jools l'évita de justesse.

— Ella ? Où cours-tu ainsi ?

— Je vais parler au colonel Duggan, cria-t-elle par-dessus son épaule. Ils ont besoin de médecins sur place. Je serai plus utile là-bas.

— Super ! s'écria Jools en accélérant le pas pour la rattraper. Dis-lui qu'ils peuvent aussi compter sur moi !

— Ça ira, docteur, grommela Fitz en dégageant son bras. Ce n'était rien de grave.

— Colonel, vous avez besoin de soins, insista le jeune médecin penché sur lui. Vous avez beaucoup forcé, à retirer seul des décombres de nombreuses victimes. Votre organisme est à bout, et je crains des blessures internes.

Fitz s'assit sur le brancard de fortune.

Il devait admettre que ce gars-là était courageux. Il avait beau n'être que première classe, il savait que son métier lui donnait autorité sur un colonel.

Il réprima un sourire admiratif.

— Rappelez-moi de signaler à votre chef que vous méritez une promotion, *caporal*, bougonna-t-il.

— Merci, monsieur.

— Bien. Maintenant que vous m'avez recousu, laissez-moi rejoindre mes hommes.

— Colonel, vous comprenez que vous devez être évacué sur Razorwire ? Vous ne supporteriez pas un effort physique supplémentaire.

Fitz détourna les yeux vers l'hélicoptère qui atterrissait.

— Il y a des blessés plus atteints que moi à transporter en priorité. Je marche, je parle et je vais bien.

— Je vous répète que ce n'est pas prudent. Il vous faut faire des examens…

Il lui jeta un regard impérieux.

— Et moi, mon garçon, je vous répète que je me porte comme un charme et que mes hommes m'attendent. Ils ont besoin de moi, vous m'entendez ? tonna-t-il.

— Oui, monsieur, balbutia le jeune médecin. Pourtant…

Mais Fitz n'écoutait plus : il fixait une silhouette féminine qui débarquait de l'hélicoptère.

Ella ? Impossible ! Ce ne pouvait pas être elle !

Il bondit du brancard et traversa le terrain en évitant les décombres.

— Qu'est-ce que tu viens faire ici, bon sang ?

— Contente de vous voir, colonel. Inutile d'aboyer.

Il se força à baisser la voix.

— Tu ne peux pas rester ici !

Brusquement, il était saisi d'une frayeur invraisemblable, qui chassait toutes ses autres préoccupations. Il se sentait proche de la panique, il était en train de perdre sa maîtrise de soi. Exactement comme quand il avait enfin écouté les messages terrifiés de sa mère…

Bon, il ne supportait pas l'idée que quelqu'un qui comptait pour lui soit blessé. Parce que, finalement, il devait admettre qu'Ella comptait pour lui, même s'il n'avait pas envie de creuser la question pour parvenir à l'inévitable conclusion.

Il n'aspirait qu'à une chose : la renvoyer d'où elle venait, là où la montagne ne risquait pas de s'écrouler encore à chaque seconde. Cette vallée était traîtresse, il pouvait y avoir une réplique du séisme à tout moment.

Mais Ella n'était pas sous ses ordres… Ce qui était plutôt un bien, en un sens, car sinon toute relation intime leur eût été interdite.

— Je suis médecin urgentiste, et nous sommes sur un site de catastrophe, répondit-elle. Où voudrais-tu que je sois ?

Elle semblait très calme, mais il perçut le tremblement de sa voix.

— Et tes patients de l'hôpital ?

— On me remplace auprès d'eux. Ma place est ici, c'est le colonel Duggan qui m'envoie.

— Mais c'est très dangereux ! s'exclama-t-il malgré lui.

— Et c'est notre travail.

Elle avait parlé d'une voix douce, en dépit de sa posture très droite et de sa mâchoire crispée.

Il reconnaissait la femme qu'il avait admirée le premier soir pour sa détermination. Ils restèrent silencieux quelques instants, et il eut l'impression que tout disparaissait autour d'eux, le chaos, le fracas, la poussière… Ils étaient seuls au monde.

À ce moment précis, il s'autorisa à admettre la vérité : il l'aimait.

Il fallait qu'il le lui dise, à cette femme belle et adorable, qui voyait toujours le bon côté des choses, avec sa volonté de fer et son esprit brillant. Elle était sa nourriture, son air. Après sa première nuit avec elle, il avait cru étouffer, jusqu'à ce qu'il la revoie. Jamais il n'avait ressenti un tel besoin d'être avec quelqu'un. Il ne se lasserait jamais d'elle, qui avait éclairé d'une vive lumière les profondes cavernes de son âme. L'idée de la perdre lui nouait les entrailles…

Cependant, le lieu et le moment étaient mal choisis pour lui avouer son amour. Elle avait raison, leur place à tous les deux était ici. Ils avaient préféré cette vie aventureuse qui les passionnait, et c'était ce qui importait pour l'instant. Le rôle d'Ella en tant que médecin d'urgence était vital.

Tout à coup, il reprit conscience du bruit et du chaos qui les entourait.

Il inspira à fond et mit sa peur et ses doutes de côté.

— D'accord. Mais, tant que nous ne serons pas rentrés à l'hôpital, je suis responsable de ce site, et tu es sous mon commandement. Compris ?

Ella baissa la tête en signe de soumission, bien qu'un léger sourire flottât sur ses lèvres.

— Parfaitement, colonel. De combien de tentes disposez-vous ?

— Trois, pour le moment.

— Bien. Où voulez-vous m'envoyer ?

Il jeta un coup d'œil circulaire pour évaluer l'espace.

À quelques centaines de mètres de l'hélicoptère se trouvait une zone sûre où l'on pouvait transporter les blessés pour effectuer le triage, déterminer s'ils devaient être évacués ou pouvaient être soignés sur place.

Il la lui désigna.

— Installe-toi là-bas.

— D'accord.

Elle ramassa son sac et alla aider à décharger le matériel.

Il la suivit du regard, envahi par un sentiment de fierté.

Visiblement, elle était appréciée et respectée de tous… Et elle avait réussi à réunir les fragments de son cœur en miettes, avec tant d'habileté qu'il avait peine à se souvenir à quel point il avait été brisé.

Jusque-là, il n'avait parlé de l'accident qui avait frappé sa famille qu'à trois personnes : au thérapeute qu'on l'avait forcé à voir la première semaine, au psychologue de l'armée quand il s'était engagé, et à Janine, qui l'avait questionné après que le colonel Billings l'eut informée du drame figurant dans son dossier. Toutefois, à aucun il n'avait donné de détails.

Tous trois lui avaient répété qu'il n'était pas responsable, sans résultat. Ella était la seule à lui avoir fait comprendre qu'il n'aurait rien pu faire. Qu'il ne pouvait pas savoir que son père resurgirait du néant au bout de trois ans et que, même s'il s'était précipité chez lui au premier appel, il n'aurait pas pu changer le cours des événements. Elle lui avait permis d'admettre que le seul être à blâmer était son père, et qu'il était temps pour lui d'aller de l'avant.

Pendant près de vingt ans, il s'était voué corps et âme à sa carrière pour ne pas penser au naufrage qu'était sa vie privée. Mais le mur qu'il avait érigé avait beau être solide, Ella y avait ouvert en quelques mois des brèches assez larges pour qu'il soit sûr à présent de pouvoir le franchir sans dommage. Il pouvait enfin regarder l'avenir d'un point de vue nouveau. Un avenir incertain, mais où il serait avec elle.

Il lui suffisait de l'en convaincre.

Oh ! Il était capable d'attendre… Un jour, une semaine, un mois, jusqu'à ce qu'ils aient l'occasion de se retrouver en tête à tête. Elle méritait de savoir qu'elle était spéciale et unique, qu'il n'envisageait pas le reste de son existence sans elle et que ce qu'ils vivraient ensemble ne serait pas temporaire.

Ella se retourna sans crier gare, comme si elle avait lu dans ses pensées. Cette sorte de lien instinctif qui se tissait entre eux depuis ce premier soir…

— Qu'y a-t-il, colonel ?

Il n'entendait pas sa voix, mais il lut sur ses lèvres. Il ne put s'empêcher de répondre, même si ses paroles étaient destinées à se perdre au milieu du chaos.

— Rien, dit-il en souriant. Ou, plutôt, tout.

Un instant, elle le fixa, comme pour s'assurer qu'il pensait ce qu'il disait. Elle l'avait donc entendu… Puis elle le gratifia d'un sourire si chaleureux qu'il semblait refléter le soleil.

Son Ella ! Il serait heureux de passer le restant de ses jours dans ce halo de bonheur qui irradiait d'elle. Et il était prêt à consacrer le reste de sa vie à la chérir, l'admirer et l'aimer comme elle le méritait.

14.

Des hourras retentirent quand ils dégagèrent enfin de sous la coulée une autre fillette, sale et à bout de forces, mais vivante. Fitz souleva le petit corps agrippé à lui et avisa Ella qui courait vers eux. Elle aussi semblait éreintée.

— Par ici ! Nous avons installé une aire de soins supplémentaire… Et, après, repose-toi un peu. Quand as-tu mangé pour la dernière fois ?

— Et toi ?

Il la suivit tandis qu'elle soulevait la corde qui barrait l'accès à la zone de soins, pour éviter que les proches des victimes, avides de nouvelles, ne s'agglutinent autour d'elles.

Lorsqu'ils entrèrent sous la tente, la fillette avait été amenée par son équipe, et sa mère pleurait de soulagement à son chevet.

Ella se précipita pour l'examiner.

Il y avait environ vingt heures qu'ils avaient sécurisé le site et commencé à trouver des victimes à dégager, réclamant le silence au moindre bruit repéré. Ils découvraient encore des survivants, mais la liste des morts s'allongeait à mesure que les corps étaient retirés du plus profond…

Il savait qu'il aurait dû obliger les volontaires locaux à prendre une pause au bout de trois heures maximum, et en profiter pour les interroger sur ce qu'ils avaient vu. Ses hommes pouvaient travailler plus longtemps à la suite, mais la tâche devenait de plus en plus démoralisante.

Il se passa une main sur le visage.

— Je t'ai demandé si tu t'étais un peu arrêtée, Ella.

Elle releva la tête.

— Je viens de le faire, en fait.

— C'est vrai ? Tu veux dire que quelqu'un t'y a forcée !

Son expression piteuse répondit pour elle.

— Mais toi, tu as besoin de souffler et d'avaler quelque chose.

— Dès que les renforts arriveront. Nous attendons deux sections supplémentaires envoyées par le major Howes et l'escadron du major Richards.

Elle fronça les sourcils.

— Ils devraient déjà être là…

— Tu as raison. J'espère qu'il n'y a pas eu de glissement de terrain de l'autre côté de la vallée. Il faut que j'aille me renseigner.

— Attends une minute, Fitz. J'ai terminé avec cette fillette pour l'instant, je veux vérifier que tes sutures tiennent. Je suis étonnée qu'elles n'aient pas encore craqué.

— Est-ce un ordre médical, major ?

— Oui. Je vais chercher du matériel sous l'autre tente.

Elle sortit en souriant, et il s'assit sur le bord d'un lit, prêt à ôter son pansement.

— Fitz ? C'est toi ?

Il se raidit. La voix de… de Janine ! Comment était-ce possible ?

Il s'attendait à éprouver la culpabilité familière, mais à sa grande surprise il ne ressentit rien de tel. Et, soudain, la vérité lui apparut : quand il avait rencontré cette fille douce, deux ans à peine après l'accident, la solitude lui pesait tant qu'il s'était persuadé qu'elle pourrait le sauver de sa peine. Mais Janine attendait un homme fort pour la soutenir contre son père autoritaire, elle était trop fragile pour l'aider à se reconstruire. Il n'était pas l'homme qu'elle cherchait, et elle n'était pas… Ella.

— Contente de te voir ! dit Janine en reprenant son souffle.

Remarquant sa pâleur et son air angoissé, il oublia aussitôt ses vieux démons.

— Janine ? J'ignorais que ton unité était ici.

— Nous apportions des générateurs à un hôpital en cours de reconstruction quand un éboulement nous a brusquement coupé la route.

— Des blessés ?

— Deux 4×4 ont dévalé le ravin, mais nous avons eu de la chance : nous nous en sommes tirés avec des hématomes et des bosses. Le convoi du génie nous suivait, je pense que personne n'a été touché non plus.

— Les renforts que nous attendions…

Elle hocha la tête.

— Ils sont restés là-bas pour dégager la voie. Ils étaient mieux équipés que nous, et nous devions absolument remettre ces générateurs très vite, parce que le prochain convoi apporte des couveuses et un appareil d'IRM.

Et surtout, se dit-il, parce que l'ancien groupe électrogène trop souvent réparé risquait de tomber en panne à tout moment, privant l'hôpital entier de courant.

Une idée le frappa. Il se figura mentalement le trajet et se leva.

— Si le major Howes est occupé, il faut que je vous accompagne jusqu'au site.

— Inutile, il m'a assuré qu'il nous suivrait de près.

— Ce n'est pas si simple. Il y a un pont à passer. Nous l'avons déjà vérifié, mais avant le séisme. Si jamais il a été affaibli, il risque de s'effondrer sous le poids de vos véhicules lourds.

— Dans ce cas, merci, Fitz.

Le soulagement de Janine était évident.

Au moment où il se dirigeait vers la sortie, la voix d'Ella l'arrêta.

— Et votre bras, colonel ?

Il se retourna : elle était immobile au fond de la tente, des paquets à la main. Elle avait sans doute entendu la plus grande part de la conversation.

Il hésita une seconde.

Il aurait aimé lui expliquer que cette mission comportait

un élément personnel : escorter Janine était peut-être le moyen de se racheter de ses erreurs passées et de soulager sa conscience. De tourner la page définitivement pour que leur avenir ensemble soit plus prometteur. Mais, comme il manquait de temps, il devait tâcher de faire passer le message dans des propos d'ordre pratique.

Il se tourna vers Janine.

— Il faut te faire examiner. Le major Caplin va s'en charger. Pendant ce temps, je rassemble une équipe.

Il devait aussi prier Carl d'envoyer l'une des deux sections pour aider aux sauvetages.

— Pardonnez-moi d'insister, colonel, mais je dois vérifier vos sutures *d'abord*.

Il fit un signe de dénégation. Plus tôt il aurait terminé sa mission, plus vite il pourrait songer à leur avenir.

— Elles tiennent, mon bras va très bien. Je dois partir tout de suite. Examinez le major Billings, je vous prie. Ensuite, remballez vos affaires et rentrez à l'hôpital avec votre équipe. Ne m'attendez pas.

L'expression du visage d'Ella lui noua l'estomac.

Il venait encore de la blesser, et cette fois malgré lui. Pour s'expliquer, il devrait patienter jusqu'à son retour à l'hôpital, où ils auraient enfin une conversation décisive. À moins qu'elle ne soit pas d'accord…

Dans ce cas, il serait forcé de respecter son choix et de la laisser partir.

Ella fixa un long moment la toile épaisse de l'entrée de la tente après la sortie de Fitz.

« Ne m'attendez pas. »

Il avait dû vouloir lui signifier quelque chose, elle en était sûre. Ses paroles contenaient un message.

Puis elle se retourna vers le major Billings avec un sourire professionnel.

Bizarre, cette femme était en train de l'étudier avec attention. Encore une admiratrice du colonel Fitzwilliam, certainement.

— Pouvez-vous vous asseoir sur le lit, major ?

— Appelez-moi Janine.

Elle eut l'impression de recevoir un coup de poignard en plein cœur.

Tout s'expliquait ! Fitz était encore amoureux de cette femme. Il venait de la choisir, et elle-même passait de nouveau au second plan, comme avec Stevie.

Bien entendu, Fitz ne lui avait rien promis. Dès le début, il l'avait prévenue qu'il ne cherchait pas de relation sérieuse. Elle s'était figuré qu'il avait établi cette règle faute d'avoir trouvé la femme qui l'aiderait à surmonter son traumatisme, et qu'elle était justement cette femme. Quelle idiote… Pendant tout ce temps, il ne pensait qu'à cette Janine.

« Ne m'attendez pas. »

Soit. Même si c'était douloureux, elle allait obéir. Fitz ne voulait pas d'elle, c'était on ne peut plus clair. Elle allait ranger son matériel et passer les derniers jours de sa période de service à Razorwire avant de rentrer à Londres. L'hôpital n'avait plus besoin d'elle, le nouvel escadron et la relève étaient arrivés. Elle n'y retournerait pas tant que Fitz y serait. Ce serait insupportable de travailler à côté de lui.

Janine lui jeta un regard scrutateur.

— Vous savez qui je suis ?

— Pas vraiment.

Les épaules de la jeune femme s'abaissèrent, comme si elle était vaincue.

— C'est clair, il vous aime vraiment…

Malgré elle, Ella émit un petit rire.

— Ça m'étonnerait !

— Comment, vous ne vous en êtes pas aperçue ? Je l'ai senti dès qu'il vous a vue.

Janine parlait d'une voix douce, empreinte de nostalgie.

— J'aurais donné n'importe quoi pour qu'il me regarde

une seule fois comme il vous a regardée. Je vous assure qu'il vous aime.

Ella considéra la jeune femme, déconcertée. Pourquoi celle-ci lui donnait-elle de faux espoirs ? Ce serait encore plus douloureux quand elle aurait la preuve que c'était faux… Et pourtant elle se prenait à la croire.

— Ce n'est pas de l'amour. Du moins, pas de sa part.

Les mots avaient jailli sans qu'elle ait réfléchi.

À sa grande surprise, Janine sourit.

— Vous a-t-il parlé du bébé ?

Comment répondre ?

— Euh… Un peu.

La jeune femme hocha la tête d'un air entendu.

— Ah. Preuve qu'il vous fait confiance. Il n'a jamais raconté cette histoire à personne. D'ailleurs, je pense qu'il n'a jamais parlé de nous.

Ella se sentait gênée à présent, comme si elle se mêlait d'une affaire qui ne la regardait pas.

— Il n'est pas entré dans les détails.

Janine la gratifia d'un autre sourire triste.

— C'est tout à fait son genre. Mais le fait qu'il se soit ouvert à vous devrait vous faire comprendre à quel point il vous estime. Vous a-t-il aussi parlé de sa famille ?

Ella hésita. Elle se sentait déloyale vis-à-vis de Fitz et avait le sentiment qu'elle devrait mettre un terme à cette conversation. Pourtant, une partie d'elle-même ne pouvait se taire. Quand Fitz lui avait assuré qu'elle était la première personne à qui il se confiait, elle s'était sentie spéciale, unique. Mais il avait menti.

— Je… Je sais que sa mère et sa sœur sont mortes dans un accident de voiture.

Janine fronça les sourcils.

— Son père aussi, le pauvre homme. Fitz a dû être anéanti d'avoir perdu toute sa famille en un instant, mais il n'a jamais évoqué ce moment.

Ainsi, Janine ignorait que ce père était un alcoolique qui

maltraitait sa femme, et qu'il conduisait en état d'ivresse le soir du drame ?

— Avec vous, si, pourtant, avança-t-elle prudemment, les yeux baissés pour poursuivre son examen médical.

— Je l'ai un peu forcé. Mon père… Il était colonel, à l'époque. Quand il a su que j'étais enceinte, il m'a parlé de cet accident et m'a conseillé d'oublier Fitz. Selon lui, ce garçon était un détraqué.

« Détraqué ». C'était ainsi que Fitz s'était décrit à plusieurs reprises.

— Et vous, le lui avez-vous dit ?

Janine baissa la tête, visiblement honteuse.

— Je n'aurais pas dû, je sais. Mais je venais de perdre mon bébé. J'étais malheureuse, et blessée qu'il ne semble pas s'en soucier. Bien entendu, c'était compréhensible, il n'y avait que quelques heures qu'il savait que j'étais enceinte. Il n'était sans doute pas encore habitué à l'idée.

— Comment ça, quelques heures ?

— Il ne vous a pas raconté ?

— Il m'a dit que vous étiez enceinte de trois mois et qu'il n'aurait pas dû vous laisser partir avec ce convoi. Qu'il aurait dû prévenir quelqu'un et s'assurer qu'on vous renvoie chez vous. Il se sent responsable de la perte du bébé.

— C'est vrai ? Comment aurait-il pu l'être ? Je lui avais annoncé ma grossesse le matin, juste avant mon départ. Il était choqué, mais il avait immédiatement proposé de m'épouser. Mon convoi devait revenir le soir même, et je repartais le lendemain pour le Royaume-Uni. Je comptais annoncer notre mariage à mes parents.

Ella secoua la tête.

— Il ne m'a pas raconté ça.

Bien qu'encore réticente, elle digérait ces révélations, les comparait au récit de Fitz, et mesurait à quel point il avait pu être bouleversé. Lui qui portait déjà le poids de sa culpabilité et de son sentiment d'impuissance depuis le drame de son adolescence…

Si elle l'aimait, elle trouverait un moyen de lui prouver qu'elle ne l'abandonnerait jamais. Elle lui accorderait le temps qu'il faudrait pour l'accepter.

— Il est persuadé qu'il a trahi votre confiance, Janine.

Elle-même avait l'impression de trahir celle de Fitz, mais elle ne pouvait s'empêcher d'avoir de la peine pour cette fille, peut-être sûre d'elle en tant que major, mais qui semblait un peu naïve, pas très mûre pour son âge. Si quelqu'un pouvait lui dire la vérité sur Fitz, c'était elle.

— Ah ? vraiment ? C'est moi qui ai voulu me séparer de lui, après… l'accident.

Elle baissa la tête.

— En fait, je me suis un peu servie de lui. Je n'en suis pas fière, mais j'avais vingt-deux ans, et surtout envie d'échapper à mon père. Je trouvais Fitz fort et déterminé, et je pensais que, si je lui donnais un enfant, il réussirait à m'aimer. Je me faisais des illusions : il m'aurait épousée, aurait assumé sa famille, mais il ne m'aurait jamais vraiment aimée.

— Vous êtes tombée enceinte volontairement ?

— Pas du tout ! J'étais sincèrement amoureuse de lui, et je n'ai jamais essayé de le piéger. Ou alors de façon inconsciente, c'est possible. Et je le regrette plus que vous ne pouvez l'imaginer.

— Pourquoi me raconter tout ça à moi ?

Janine haussa les épaules.

— La culpabilité, je suppose. Il y a si longtemps que je la porte seule… J'ai suivi la carrière de Fitz un moment, puis j'ai cessé en me disant que ce n'était pas le meilleur moyen d'aller de l'avant. Et quand je vous ai vue, je ne sais pas… J'ai pensé que je pouvais me confier à vous.

— Quelle ironie, murmura Ella.

— Pourquoi ?

— Je n'en suis pas sûre, mais j'ai le sentiment que, s'il a proposé d'escorter votre convoi, c'est par besoin de se racheter en assurant cette fois votre sécurité. Peut-être veut-il aller de l'avant, lui aussi…

— J'estime qu'il ne me doit rien, mais ce ne serait pas un mal que nous en finissions. Et vous, qu'allez-vous faire à présent ?

Que répondre ?

Par chance, un jeune caporal entra, hors d'haleine.

— Major Billings, le colonel Fitzwilliam m'envoie vous informer que son véhicule est prêt. Votre convoi va se mettre en route.

— Entendu.

Janine se leva.

— Puis-je partir ?

— Sans problème. Vous semblez indemne.

— Merci. Au revoir, et… bonne chance.

Ella la suivit du regard, le cœur cognant contre ses côtes.

Elle n'avait pas pris Fitz au sérieux quand il lui avait dit qu'il détruisait les autres. Elle le comprenait mieux, désormais. Mais, comme pour sa mère et sa sœur, il exagérait sa culpabilité.

Le moment n'était peut-être pas encore venu de le revoir… Elle n'était pas très sûre d'elle, et ça risquait de mal tourner. Sa seule certitude, c'était qu'elle s'était sentie beaucoup plus jalouse de Janine que des groupies qu'elle avait découvertes dans le lit de Stevie.

Mais était-elle vraiment guérie de son ex-fiancé ? Était-ce prudent de commencer une relation avec Fitz ? Ils avaient tous les deux besoin de découvrir qui ils étaient vraiment. Ils ne pourraient prendre la décision de vivre ensemble que lorsqu'ils se seraient chacun débarrassés de leur encombrant passé.

D'un autre côté, elle redoutait de lui imposer cette attente : si elle ne répondait pas à son désir, il risquait de lui fermer la porte, et il n'y aurait plus de retour en arrière possible…

Elle n'avait aucune idée de ce qu'elle devait faire.

15.

Pour la centième fois, Fitz relut le bout de papier où il avait noté l'adresse d'Ella.

Il n'oublierait jamais le désespoir qui l'avait envahi à son retour, quand il avait constaté qu'elle était partie pour Razorwire avant la fin de sa période de service.

Sans l'en avertir ! Comme s'il ne comptait pas pour elle !

Bien qu'il se soit juré qu'il la suivrait partout et ne la laisserait jamais le quitter, une fois au pied du mur, il avait senti faiblir sa résolution. Il s'était plongé dans le travail autant que possible, mais tout lui rappelait sa présence. À la satisfaction générale, les travaux avançaient vite, et il ne cessait de songer que c'était en grande partie dû à la compétence du caporal Caplin… Ils avaient formé une si bonne équipe ! Comment l'oublier, dans ces conditions ?

Il s'était promis de la retrouver dès son retour au Royaume-Uni, de lui parler, de la convaincre qu'ils devaient se donner une chance d'essayer.

À présent, son avion était sur le point d'atterrir, et il devait trancher. Que lui dirait-il ? Lui demanderait-il de faire l'essai d'une relation avec un type qui ignorait où cela les mènerait et qui risquait de la faire souffrir en dépit de ses bonnes intentions parce qu'il ne savait pas aimer ?

Il ferma les yeux et attendit la descente, plein de doutes et d'espoirs mêlés. Il hésitait toujours quand l'appareil eut touché le sol.

La convaincre de prendre encore des risques avec lui,

c'était peut-être la perdre définitivement, de la faire souffrir davantage…

Absorbé dans ses pensées, il salua ses hommes qui sortaient du hangar pour rejoindre leurs autocars, prit la porte de côté donnant accès au parking des officiers supérieurs… Et n'en crut pas ses yeux.

Ella était là. En civil comme lors de leur première rencontre, appuyée au capot d'une voiture.

Il stoppa net.

— Bonsoir, Ella, dit-il avec un sourire timide.

— Bonsoir, Fitz.

Elle ouvrit la portière côté conducteur, s'installa au volant et boucla sa ceinture, puis elle baissa sa vitre et lui rendit son sourire.

— Tu montes ?

Elle avait l'air calme et détendue, comme si elle savait exactement ce qu'elle faisait. Soudain, il eut plus que jamais envie de croire qu'il était l'homme qu'elle voyait en lui et que tout se passerait bien.

Il s'approcha de la voiture, ouvrit le coffre et y déposa ses bagages.

Quand il s'assit à côté d'Ella, le papier portant son adresse était dans le creux de sa main. Il le lui tendit.

— Eh bien ? lança-t-elle tout de go. Tu avais l'intention de t'en servir ?

— Franchement, je n'en sais rien. J'essayais de me persuader qu'il valait mieux que je te laisse tranquille, mais je suppose que je n'aurais pas pu m'empêcher de te voir durant ces quinze jours.

Elle hocha la tête, parut hésiter…

— D'accord, dit-elle enfin.

Elle fit ronfler le moteur, sortit du parking et s'engagea sur la route.

Pendant le trajet, il regarda par la vitre, se familiarisant de nouveau avec l'environnement londonien, jusqu'à ce qu'elle se gare contre le trottoir d'une petite rue.

Ils étaient devant chez elle !

Un sourire heureux éclairait le visage d'Ella alors qu'elle débouclait sa ceinture, et il éprouva lui aussi une absurde satisfaction.

Toujours sans un mot, il la suivit à l'intérieur, curieux de voir à quoi ressemblait sa maison.

Il ne fut pas surpris : les coloris raffinés, les tons doux des meubles, les couleurs chaudes des tableaux accrochés aux murs, tout lui ressemblait. Chaque photo, chaque bibelot reflétait une facette de sa personnalité, forte et résistante et en même temps spirituelle et dynamique. Bizarrement, bien qu'il ne soit là que depuis quelques minutes, il se sentait déjà plus chez lui que n'importe où auparavant.

— À propos de Janine…

Elle le fit taire d'un geste.

— Je ne veux rien savoir de plus. Du moins, pas tout de suite. Tu n'as pas fini d'y réfléchir, et de mon côté j'ai aussi de quoi faire. Je t'ai déjà dit que tu exagérais ta culpabilité. Crois-moi, je sais que c'est compliqué. Ce que j'aimerais savoir, c'est si tu veux y travailler avec moi, si tu penses que nous avons un avenir ensemble.

— J'ignore comment construire un avenir avec quelqu'un… Toute ma vie d'adulte a été consacrée à ma carrière jusqu'à ce que je te rencontre. Au fait, je n'ai pas encore eu l'occasion de te le dire, mais je t'aime. Ce que je ne sais pas, c'est si je t'aime suffisamment.

Elle s'approcha de lui.

— C'est un bon début, en tout cas.

— Mais est-ce suffisant ?

— Cela dépendra de nous, je suppose. Si nous le voulons vraiment…

Il brûlait de la croire.

— Et si j'échouais ? Si je ne parvenais pas à être l'homme qu'il te faut et que tu mérites ?

— Oublie ton passé, souffla-t-elle en se collant à lui.

— Ella… Et si je te faisais souffrir ?

Elle leva la tête pour plonger les yeux dans les siens, et il sentit ses mamelons durs frotter contre son torse.

— Et si tu ne me faisais pas souffrir ? murmura-t-elle.

Elle lui prit la tête entre les mains, et il sentit l'armure qui enrobait son cœur se fendre tel un glacier.

Ella retint son souffle pour ne pas gâcher ce précieux moment.

Fitz l'avait enfin attirée à lui !

Il la serrait dans ses bras comme si elle était la chose la plus précieuse au monde. Il semblait ne jamais devoir la lâcher, et ce n'était pas pour lui déplaire.

Son modeste logis lui semblait soudain plus vivant qu'elle ne l'avait jamais connu. L'air vibrait, comme si Fitz aimantait l'espace. Ou alors, c'était le courant qui passait entre eux… En principe, elle n'aimait pas tellement recevoir des gens chez elle. Cette maison était son sanctuaire, l'endroit où elle se réfugiait pour vivre sa vraie vie, loin de l'opulence tapageuse de l'appartement de Stevie.

Mais Fitz… C'était curieux, on aurait presque dit qu'il avait toujours vécu ici.

— Je veux tout te promettre, murmura-t-il dans ses cheveux. Tu me fais sentir des trucs dont je n'avais pas conscience, auxquels je n'avais jamais pensé. J'ai l'impression que mes principes n'ont plus d'importance et que, en revanche, ces nouveautés que je découvre deviennent vitales. Il me semble que, tant que je serai avec toi, tout est possible.

— Je… Merci, balbutia-t-elle, bouleversée. Tu te souviens de cette discussion que nous avons eue ? Nous étions d'accord pour dire que les mots ne signifient rien s'ils ne sont pas soutenus par des actes.

— D'accord. Mais est-ce que je peux tout de même te le redire ?

Sa voix grondait contre sa joue, et elle frissonna d'impatience.

— Hum.

— Je ne m'en lasserai jamais. Major Gabriella Caplin, je vous aime.

— Moi aussi, je t'aime…

Elle rejeta la tête en arrière, et son souffle se fit court.

Elle n'avait plus envie de parler. Les yeux de Fitz étaient d'un gris sombre presque noir, avides d'elle, mais elle y lisait davantage que du désir : les promesses futures qu'il était encore incapable de formuler et qu'elle n'était pas prête à entendre.

Il pressa les lèvres sur les siennes avec une fougue dont elle espérait qu'elle ne s'éteindrait jamais. Quand il s'écarta enfin d'elle, elle ressentit un étrange manque, comme la première nuit.

— Je t'ai apporté quelque chose, Ella. Attends une minute.

Elle le vit prendre les clés sur la table de l'entrée, se ruer vers la voiture et revenir presque aussitôt.

En voyant le petit écrin recouvert de velours qu'il tenait à la main, elle sentit son cœur battre la chamade. D'excitation, mais aussi d'angoisse.

Ils ne se connaissaient pas assez, elle n'était pas encore prête…

— Quand as-tu trouvé le temps de…

— J'ai déniché cette boîte à Razorwire. Curieux, ce que les gens peuvent envoyer dans des colis !

Il était aussi nerveux qu'elle, visiblement.

— Fitz, c'est…

— Ouvre, Ella, s'il te plaît.

Le cœur lourd et les doigts tremblants, elle obéit.

En voyant ce que contenait l'écrin, elle fut si soulagée et ravie qu'elle en eut le vertige.

— Oh ! une clé ! Tu t'es souvenu !

Fitz sourit largement.

— Oui. Tu peux venir chez moi quand tu veux, inutile d'attendre que je t'invite.

S'était-elle jamais sentie aussi heureuse ?

— Je te remercie, vraiment, balbutia-t-elle d'une voix étranglée. C'est… C'est parfait.

— Comme toi, murmura Fitz en l'attirant dans ses bras. Bon, où en étions-nous ?

Trois ans plus tard…

Lorsque Fitz et elle se détournèrent de l'autel, Ella entendit les cornemuses du régiment de Gurkhas. Dehors, la garde d'honneur était composée de collègues officiers de leurs deux régiments, enchantés de participer à ce grand jour.

— Heureuse ? murmura Fitz alors qu'ils commençaient à redescendre l'allée centrale.

— Plus que ça ! C'est l'apogée des trois merveilleuses années que nous avons vécues ensemble.

— Eh, ça peut encore s'améliorer ! intervint une voix féminine près d'eux.

Ella se retourna pour sourire à Felicity, sa dame d'honneur toute ronde, sur le point d'accoucher.

— Si tu perds les eaux sur la traîne de ma robe, gronda-t-elle sur un ton faussement menaçant, eh bien… Eh bien, peu importe. Je suis tellement contente que tu aies pu rester jusqu'à la fin !

Puis son amie repassa à l'arrière-plan car Fitz lui enlaçait la taille.

Son mari. C'était en même temps si excitant et si normal…

— Allons-y, major Fitzwilliam, dit-il en riant. Ou préférez-vous rester le major Caplin ?

Elle lui donna une petite tape tandis qu'ils sortaient pour passer entre la haie d'honneur.

— Je viens de répondre à cette question, il me semble. Je m'appelle Fitzwilliam. Mais ils ont intérêt à ne pas m'appeler Fitz !

— Ils n'oseraient pas.Tu te rends compte, la jeune promue lieutenant-colonel de l'hôpital de campagne, et bientôt membre de l'ordre de l'Empire britannique !

Il semblait presque plus fier qu'elle-même de cette promotion et de cet honneur. C'était tout Fitz. En trois ans, il ne lui avait jamais préféré sa carrière. Ils avaient travaillé ensemble, avaient enterré leurs vieux démons, et ils débutaient aujourd'hui un chapitre tout neuf de leur vie commune. Elle était si impatiente !

— Je fais ce que je peux pour rester à ta hauteur, monsieur le sous-chef d'état-major au QG de la région militaire de Telridge. Même si nous avons la plus courte lune de miel de l'histoire, puisque tu prends ton poste demain matin.

— Je me ferai pardonner, promit-il.

Elle plongea son regard dans le sien.

— Assez parlé, soldat, passons aux actes.

Et il obéit, comme toujours : elle sentit sa main glisser sur sa nuque, et il l'attira plus près pour l'embrasser sous l'ovation de l'assistance.

BLANCHE

HARLEQUIN

Un patron pour voisin, d'Alison Roberts - N°1683

Obstétricienne reconnue par ses pairs, le Dr Ella Grisham n'apprécie guère la méfiance dont fait preuve le Dr Logan Walsh à son égard. Certes, son patron est un ponte dans leur domaine, mais elle connaît son métier elle aussi ! Résolue à lui montrer l'étendue de ses capacités, Ella s'efforce d'ignorer l'attirance qu'elle ressent pour Logan. Un défi d'autant plus grand qu'ils sont voisins et doivent donc se côtoyer à la maison comme à l'hôpital...

L'espoir d'une sage-femme, de Rachel Dove

Voilà des années que Molly partage secrets et fous rires avec le Dr Matt Loren, son meilleur ami. Jusqu'au jour où ils succombent à une nuit de délices dans les bras l'un de l'autre. Alors que tous deux voudraient oublier ce moment d'égarement qui pourrait mettre en péril leur relation, Molly se découvre enceinte. Sous le choc, elle se demande alors si en portant l'enfant de Matt, elle peut taire plus longtemps les sentiments amoureux qu'elle nourrit pour lui en secret...

Le secret de Jena, de Wendy S. Marcus - N°1684

Le cœur battant la chamade, Jena s'efforce de rassembler son courage. Derrière la porte se trouve Justin, l'homme qu'elle a toujours aimé, et qu'elle n'a pas revu depuis plusieurs mois. Depuis cette unique nuit d'amour qui a bouleversé sa vie à jamais... en lui laissant bien plus qu'un souvenir impérissable : deux adorables jumelles, qu'elle vient de mettre au monde dans la plus grande discrétion. Pourtant, même si elle est décidée à les élever seules, Jena sait qu'il est temps de révéler à Justin son secret...

Un médecin au bout du monde, de Tina Beckett

Rien ne pourra décourager Stevie de mener à bien la mission médicale et humanitaire pour laquelle elle a embarqué sur le bateau-hôpital circulant sur le fleuve Amazone. Pas même la jungle, les moustiques et la chaleur moite. Et encore moins le Dr Matt Palermo qui, convaincu qu'elle ne s'adaptera jamais à ces conditions difficiles, fait tout pour l'écarter du *Projeto Vida*. Pour convaincre cet homme arrogant de la garder auprès de lui, Stevie est prête à lui tenir tête, et, si c'est nécessaire, à partager son étroite cabine sur l'eau...

Leur mission : sauver des vies.
Leur destin : trouver l'amour.

BLANCHE

Coup de foudre pour le Dr Conway, d'Annie Claydon - N°1685

La veille au soir, Kate a cru sa dernière heure arrivée. Et seule l'intervention inattendue du Dr Ethan Conway l'a sauvée des griffes de son agresseur. Pourtant, alors qu'il continue aujourd'hui de s'inquiéter pour elle, Kate sent l'agacement l'envahir : pourquoi la traite-t-il ainsi en victime ? Où est passé le séducteur qui lui rendait visite à la clinique vétérinaire où elle travaille pour flirter avec elle ? Kate est tout sauf une fleur délicate, et elle compte bien le prouver à Ethan !

L'envoyé du destin, de Judy Duarte

Kara n'a qu'un rêve : adopter Eric et Ashley, les adorables petits orphelins qu'elle a pris en affection. Hélas, comment convaincre les autorités qu'elle peut offrir un foyer – une famille ! – aux enfants, alors qu'elle est toujours célibataire ? Désemparée, elle sent l'espoir renaître quand Michael Harper entre dans sa vie. Beau, prévenant, attentionné envers Eric et Ashley, son nouveau voisin a tout pour plaire. Serait-il l'homme de sa vie ?

HARLEQUIN

Leur mission : sauver des vies.
Leur destin : trouver l'amour.

HARLEQUIN
www.harlequin.fr